PROLOG

Tag 6, 23 Uhr

Viel zu berauscht.

Die drei Worte schwirren mir die ganze Zeit im Kopf herum. Sie beschreiben perfekt, wie ich mich gerade fühle. Ich bin viel zu berauscht von deinen süßen, herzzerreißenden Worten, deinen starken, muskulösen Armen und deinen weichen, warmen Lippen. Ich bin viel zu berauscht von diesem … gespielten Leben, in dem ich so vollkommen aufgegangen bin.

Und weißt du was? Es gefällt mir. Es gefällt mir sogar sehr. Obwohl ich eigentlich weiß, dass alles nur gespielt ist. Dass, wie du mit mir redest, wie du mich ansiehst, mich berührst, mich küsst … alles bloß Show ist. Ich bin eine Art Schutz für dich, aber das macht mir nichts aus. Ich will es so.

Ich will dich.

Ich verstehe nur nicht, was wir hier gerade machen. Ich liege mit dir in deinem Bett, wir sind halbnackt, unsere Arme und Beine sind ineinander verschlungen, die

Decke ist heruntergerutscht, und uns ist so heiß, dass es sich anfühlt, als würde unsere Haut verbrennen. Du küsst mich immer weiter und flüsterst mir ins Ohr, wie sehr du mich willst, und oh Gott, ich will dich auch, aber die leise, mahnende Stimme in meinem Kopf erinnert mich daran, dass wir nur noch einen Tag haben, bevor wir wieder ins echte Leben zurückkehren.

In dem du mich ignorierst. Und ich dich. Du bekommst, was du willst – du kannst deine Eltern und alle anderen bei dir zu Hause so richtig schocken, damit sie endlich aufhören, dich zu nerven. Und ich kriege, was ich will, nämlich das Geld, das du mir dafür versprochen hast, dafür, dass ich mich eine Woche »mit deinem Scheiß abgebe«, damit ich wenigstens noch ein bisschen länger für meinen kleinen Bruder sorgen kann. Wir werden wieder in unsere alten Rollen schlüpfen.

Wo du mich hasst und ich dich.

Es wird eine Lüge sein. Ich hab dich vielleicht vorher gehasst, aber jetzt …

Ich glaube, ich bin dabei, mich in dich zu verlieben.

KAPITEL 1

4 Tage vorher

Drew [dru:] Präteritum von draw: durch eine innewohnende Kraft oder Macht wieder zu sich kommen, von etwas angezogen sein.

Ich warte draußen vor der Kneipe auf sie. An das harte Backsteingebäude gelehnt, die Hände tief in den Taschen meines Sweatshirts vergraben, die Schultern hochgezogen, um mich vor dem Wind zu schützen. Es ist arschkalt und durch die tiefhängenden Wolken verdammt dunkel. Keine Sterne, kein Mond. Ganz schön unheimlich, vor allem, weil ich hier draußen ganz allein rumstehe.

Wenn es anfängt zu regnen und sie mit ihrer Arbeit immer noch nicht fertig ist, dann scheiß ich drauf. Dann gehe ich. Ich brauche das nicht.

Von plötzlicher Panik erfasst, atme ich tief durch. Ich kann nicht gehen. Ich brauche sie. Ich kenne sie noch nicht mal, und sie mich garantiert auch nicht, aber ich brauche sie, um zu überleben. Es ist mir egal, ob ich klinge wie ein Schwächling; es ist nun mal so.

Ich kann die nächste Woche auf gar keinen Fall allein bleiben.

Aus der kleinen Kneipe dröhnt laute Musik auf die Straße, und ich höre die Leute drinnen lachen und rufen. Ich könnte schwören, mehrere der Stimmen zu kennen. Alle feiern, dabei stehen die Zwischenprüfungen kurz bevor, und die meisten von uns sollten eigentlich lernen, oder etwa nicht? Wir sollten in der Bibliothek rumhängen oder an unseren Schreibtischen sitzen, die Nase in einem Buch, oder uns über unsere Laptops beugen, wir sollten unsere Unterlagen durchgehen, Hausarbeiten schreiben, so ’nen Kram eben.

Doch stattdessen hängen die meisten meiner Freunde rotzbesoffen in dieser Kneipe herum. Es scheint niemanden zu kümmern, dass erst Dienstag ist und wir noch drei Tage lang Prüfungen und Abgabetermine haben. Es geht jetzt um alles oder nichts, aber alle denken nur noch daran, dass wir nächste Woche frei haben. Dann werden fast alle aus dieser scheiß Kleinstadt, in der wir aufs College gehen, abhauen.

So wie ich. Samstagnachmittag bin ich hier weg. Obwohl ich gar nicht will. Ich würde viel lieber hierbleiben.

Aber ich kann nicht.

Mitternacht hat sie Feierabend. Ich hab eine der anderen Kellnerinnen im La Salle’s gefragt, als ich vorhin kurz drin war, noch bevor die anderen alle gekommen sind. Sie war schon da, in der Küche, deshalb hat sie mich nicht gesehen. Was auch gut so war.

Ich wollte nicht, dass sie mich bemerkt. Noch nicht.

Und meine sogenannten Freunde müssen auch nicht wissen, was ich vorhabe. Niemand weiß von meinen Plan. Ich hätte Angst, dass irgendwer versuchen könnte, ihn mir wieder auszureden.

Als ob ich jemanden hätte, dem ich überhaupt davon erzählen könnte. Es wirkt vielleicht so, als hätte ich jede Menge Freunde, aber eigentlich stehe ich niemandem von ihnen wirklich nah. Und ich will es auch gar nicht. Leuten zu nah zu kommen, bringt nur Probleme mit sich.

Die alte Holztür schwingt quietschend auf und trifft mich am Bauch. Der Krach von drinnen schlägt mir mit voller Wucht entgegen. Sie tritt heraus in die Dunkelheit, die Tür kracht hinter ihr zu und es ist wieder still. Sie trägt einen kurzen, gebauschten roten Mantel, der sie fast verschluckt und ihre Beine in den schwarzen Strumpfhosen noch länger wirken lässt.

Ich stoße mich von der Wand ab und gehe auf sie zu. »Hey.«

Der wachsame Blick, mit dem sie mich ansieht, sagt schon alles. »Kein Interesse.«

Hä? »Ich hab dich doch gar nichts gefragt.«

»Ich weiß, was du willst.« Sie geht los, und ich folge ihr. Jage ihr regelrecht hinterher. Ich hab das hier nicht geplant. »Ihr seid doch alle gleich. Glaubt, ihr könnt einfach hier herumlungern und mich abpassen. Mich in die Falle locken. Mein Ruf ist viel schlimmer als das, was ich tatsächlich mit irgendeinem deiner Freunde gemacht hab«, wirft sie mir über die Schulter zu, während sie an Tempo zulegt. Dafür, dass sie so klein ist, ist sie ganz schön schnell.

Moment mal. Was will sie mir damit sagen? »Ich bin nicht auf ’ne schnelle Nummer aus, falls du das meinst.«

Sie lacht, aber es ist ein schrilles Lachen. »Du musst mich nicht anlügen, Drew Callahan. Ich weiß, was du willst.«

Zumindest weiß sie, wer ich bin. Als sie die Straße überqueren will, greife ich nach ihrem Arm. Sie bleibt wie angewurzelt stehen und dreht sich zu mir um. Meine Finger kribbeln, obwohl ich bloß ihren Mantelstoff berühre. »Was denkst du denn, was ich von dir will?«

»Sex.« Sie spuckt das Wort aus und kneift dabei ihre grünen Augen zusammen. Ihre blonden Haare leuchten im Licht der Straßenlaterne, unter der wir stehen. »Hör zu, mir tun die Füße weh, und ich bin müde. Du hast dir den falschen Abend ausgesucht.«

Ich bin total verwirrt. Sie redet, als wäre sie eine Prostituierte und ich auf einen schnellen Blowjob in einer dunklen Gasse aus.

Ich betrachte ihr Gesicht, und mein Blick verweilt auf ihrem Mund. Sie hat einen großartigen Mund. Volle, sexy Lippen; damit könnte sie mir, ehrlich gesagt, tatsächlich einen vorzüglichen Blowjob geben, aber deswegen bin ich nicht hier.

Mit wie vielen aus meiner Mannschaft sie wohl schon rumgemacht hat? Es stimmt schon, der einzige Grund, weswegen ich mit ihr rede, ist ihr Ruf, den sie gerade erwähnt hat. Aber ich will sie nicht für Sex bezahlen.

Ich will sie zu meinem Schutz bezahlen.

Fable ['feɪbl]: Fabel; eine Geschichte, die nicht auf Tatsachen beruht; eine Unwahrheit.

Der Sonnyboy des Campus, Drew Callahan, hält mich fest, als wolle er mich nie wieder loslassen, und er macht mich nervös damit. Er ist groß, um einiges größer als eins achtzig, und er hat Schultern so breit wie ein Berg. Dafür, dass er Football spielt, nicht besonders erstaunlich, oder? Ich habe schon mit einigen Typen aus seinem Team rumgemacht. Die sind alle ziemlich groß und muskulös.

Aber keiner von ihnen bringt mein Herz zum Rasen, nur weil er mich am Arm fasst. Meine Reaktion gefällt mir überhaupt nicht. Normalerweise reagiere ich auf überhaupt niemanden.

Mit aller Kraft reiße ich mich von ihm los und mache einen Schritt von ihm weg, um den dringend nötigen Abstand herzustellen. Auf einmal sieht er mich fast flehentlich an. Ich öffne schon den Mund, um ihm zu sagen, dass er sich verpissen soll, aber er ist schneller.

»Ich brauche deine Hilfe.«

Ich runzle die Stirn und stemme die Hände in die Hüften. Was gar nicht so einfach ist bei dem unförmigen Mantel, den ich anhabe. Es ist eisig, und der dünne Rock, den ich zur Arbeit trage, schützt meine Beine nicht vor der Kälte. Gott sei Dank gibt es so etwas wie Wollstrumpfhosen, auch wenn mein Chef sie nicht ausstehen kann. Er meint, die wären nicht besonders sexy.

Ist mir doch egal, was er für sexy hält. Meine Trinkgelder sind trotzdem gut. Allein heute Abend habe ich über hundert Dollar bekommen. Auch wenn ich sie schon längst ausgegeben habe.

Mein Geld ist immer schon ausgegeben, bevor ich es tatsächlich in der Hand halte.

»Wozu brauchst du meine Hilfe?«, frage ich.

Er blickt sich um, als hätte er Angst, uns könnte jemand beobachten. Was keine Überraschung ist. Die meisten Typen wollen nicht mit mir zusammen gesehen werden.

Manchmal ist es echt ätzend, die Campus-Schlampe zu sein. Besonders, wo ich noch nicht mal auf dieses blöde College gehe.

»Vielleicht können ja wir irgendwo hingehen und reden«, sagt er mit einem Anflug von einem Lächeln. Die meisten Mädels würden bei dem verführerischen Blick garantiert dahinschmelzen. Er sieht gut aus mit seinen dunklen Haaren und den leuchtend blauen Augen und ist sich dessen auch vollkommen bewusst.

Aber ich bin keins von diesen Mädels. Ich mache mir aus ziemlich vielen Dingen nichts. »Ich gehe nirgendwo mit dir hin, um zu reden. Wenn du was zu sagen hast, kannst du es genauso gut hier tun. Und beeil dich, ich muss nach Hause.« Meine Mom ist bestimmt nicht da, das heißt, mein kleiner Bruder ist ganz allein.

Gar nicht gut.

Er schnaubt. Mir egal. Um was auch immer er mich bitten will, ich werde es ihm abschlagen. Aber trotzdem bin ich neugierig, ich will wissen, was es ist. Damit ich mich später daran laben kann.

Drew Callahan redet nicht mit Mädchen wie mir. Ich bin eine Einheimische. Eine Kleinstädterin. Er ist der Quarterback unseres siegreichen College-Football-Teams. Er ist eine Art Superstar, legendär, mit Fans und allem. Er will mal in der Profiliga spielen, um Himmels willen.

Ich dagegen hab einen beschissenen Job und komme kaum über die Runden. Meine Mom ist eine rumhurende Alkoholikerin, und mein kleiner Bruder bekommt langsam Probleme in der Schule. Ich lebe in so einer vollkommen anderen Welt als er. Keine Ahnung, worüber er mit mir reden wollen könnte.

»Wir haben nächste Woche frei, wegen Thanksgiving«, fängt er an, und ich verdrehe die Augen.

Ach nee. Ich freue mich auch schon darauf. Das bedeutet nämlich, dass alle die Stadt verlassen und die Kneipe so gut wie leer sein wird. Da wird die Arbeit ein Kinderspiel. »Und weiter?«

»Ich muss über die Ferien nach Hause.« Er macht eine Pause und wendet den Blick ab. Auf einmal werde ich unruhig. Was hat denn das mit mir zu tun? »Ich möchte, dass du mitkommst.«

Okay. *Damit* habe ich nicht gerechnet. »Was? Warum?«

Er sieht mir wieder in die Augen. »Ich möchte, dass du eine Woche lang so tust, als wärst du meine Freundin.«

Ich starre ihn an. Ich fühle mich wie ein Fisch auf dem Trockenen. Mein Mund geht auf und wieder zu. Als würde ich meine letzten Atemzüge machen, was sich irgendwie auch gerade tatsächlich so anfühlt. »Das soll ja wohl ein Witz sein.«

Er schüttelt langsam den Kopf. »Nein.«

»Warum ich?«

»Ich …« Er schüttelt wieder den Kopf und presst die Lippen aufeinander, als ob er es mir nicht sagen will. »Ich bezahle dich dafür.«

Ich verschränke die Arme vor der Brust. Durch die bescheuerte aufgeplusterte Jacke werden meine Möpse noch extra hochgedrückt. Ich hasse die Jacke, aber es ist die wärmste, die ich hab. Ich wette, ich sehe aus wie eine Tonne. »Ich bin nicht käuflich.«

»Hör zu, ich will dich nicht für irgendwelche … sexuellen Dienste bezahlen.« Seine Stimme ist jetzt um eine Oktave tiefer, und ich bekomme eine Gänsehaut. Es klang gerade unglaublich sexy, wie er das gesagt hat, auch wenn das bestimmt gar nicht seine Absicht war. »Du musst nur so tun, als wärst du meine Freundin. Wir müssen uns auch nicht das Zimmer teilen oder so. Ich werde dir nicht an die Wäsche gehen. Aber es muss so aussehen, als wären wir zusammen. Verstehst du?«

Keine Antwort. Ich will ihn noch etwas weiterreden lassen, damit ich mich später daran erinnern kann, wie der unglaubliche Drew Callahan mich angefleht hat, seine Freundin zu spielen. Dabei kann das hier gar nicht noch absurder werden, als es bereits ist.

»Ich weiß natürlich, dass du dein Leben hast und einen Job und so. Es ist wahrscheinlich nicht so einfach für dich, alles stehen und liegen zu lassen, um 'ne Woche mit mir wegzufahren, aber ich verspreche dir, dass es sich für dich auszahlen wird.«

Durch den letzten Satz fühle ich mich auf einmal total billig. Als wäre ich tatsächlich die Hure, mit der alle Typen immer rumprahlen. Dabei übertreiben sie maßlos. Die Geschichten sind so unglaublich, dass ich gar nicht erst versuche, sie abzustreiten. Es wäre zwecklos. »Von wie viel reden wir hier?«

Er sieht mir in die Augen, und ich sitze in der Falle. Erwartungsvoll warte ich auf seine Antwort.

»Dreitausend Dollar.«

KAPITEL 2

2 Tage vorher

Wenigstens einmal will ich wissen, wie es sich anfühlt, die erste Wahl von jemandem zu sein.

– Fable Maguire

Fable

Ich kann es immer noch nicht fassen, dass ich zugestimmt habe. Aber dreitausend Dollar sind einfach viel zu viel, um sie mir entgehen zu lassen. Und Drew weiß das. Er hatte mich von dem Moment an, als diese unglaubliche Zahl über seine perfekten Lippen kam. Trotz meiner üblichen Vorsicht und meiner Sorge darüber, wie zum Teufel ich eine Woche lang die Stadt verlassen soll, ohne dass es in meiner Abwesenheit zur totalen Katastrophe kommt, sagte ich ohne zu zögern Ja.

Wahrscheinlich bin ich einfach zu gierig. Aber ich kann mir so eine Gelegenheit nicht entgehen lassen, auch wenn ich mich dadurch fühle wie der letzte Abschaum. Da kann ich mir noch sosehr sagen, dass ich es nur für meine Familie tue. Für meinen Bruder, Owen. Er ist gerade mal dreizehn, und ich finde es schrecklich, wie er sich jetzt schon zu einem Unruhestifter entwickelt. Er ist süß und hat wirklich ein gutes Herz, aber er ist in so einer scheiß Jungsclique in der Schule und schwänzt ständig den Unterricht und klaut, und ich weiß, dass er schon ein paarmal gekifft hat. Seine Klamotten haben danach gerochen.

Unserer Mom ist das egal. Ich bin die Einzige, die das juckt. Und jetzt fahre ich eine Woche weg. Er hat nur die Hälfte der Zeit schulfrei, aber das reicht völlig aus, um Mist zu bauen.

Das Tauziehen in meiner Brust ist fast nicht auszuhalten.

»Warum musst du weg?«

Aus dem obersten Schrankfach ziehe ich den alten Seesack, den seit Ewigkeiten keiner mehr benutzt hat, und schmeiße ihn auf Moms Bett. Eine Staubwolke wirbelt auf. »Es ist ja nicht lange.«

»Eine Woche, Fable. Du lässt mich sieben verdammte Tage mit Mom allein.« Owen wirft sich neben den Seesack aufs Bett und fängt wegen des ganzen Staubs in der Luft an zu husten.

»Hör auf zu fluchen.« Ich schlage nach seinem Knie, und er rollt sich übertrieben aufjaulend auf die Seite. »Es ist ein richtig guter Job, der mir ziemlich viel Geld einbringen wird. Er wird uns ein tolles Weihnachten bescheren.«

»Ich scheiß auf Weihnachten.«

Ich werfe ihm einen tadelnden Blick zu, und er murmelt eine halbherzige Entschuldigung. Seit wann flucht er in meiner Gegenwart so ungeniert? Was ist nur aus dem weinerlichen kleinen Bruder geworden, der mir überall hin folgte, als würde er mich vergöttern?

»Und was für ein richtig guter Job ist das, wo du in so kurzer Zeit so viel Geld verdienst?« Der Sarkasmus in seiner Stimme ist nicht zu überhören. Er ist eigentlich noch zu jung – nein, eigentlich nicht, ich mache mir nur selbst etwas vor –, aber ich hoffe sehr, dass er nicht denkt, dass ich mich prostituiere.

Ich fühle mich auf jeden Fall so, als würde ich es tun.

Mein Hirn bekommt fast einen Knoten, als ich krampfhaft versuche, mir eine Erklärung einfallen zu lassen. Ich kann Owen nicht sagen, was ich wirklich mache. Ich hab ihm nicht gesagt, wie viel Geld ich bekommen werde; er weiß nur, dass es eine Menge ist. Meiner Mom hab ich's auch nicht gesagt – nicht, dass es sie interessieren würde. Ich hab sie schon seit über vierundzwanzig Stunden nicht gesehen, aber sie hat einen neuen Freund, also wird sie wohl bei ihm sein. »Ich werde als Kindermädchen arbeiten. Es ist eine Familie mit drei Kindern, und sie fahren über Thanksgiving in den Urlaub.«

Die Lüge kommt mir ganz leicht über die Lippen, und das macht mir Angst.

Owen fängt an zu lachen, der Idiot. »Du und Kindermädchen? Du kannst Kinder nicht ausstehen!«

»Das stimmt nicht.« Und ob. »Die Familie ist sehr nett.« Ich hab keine Ahnung, ob die Callahans nett sind. »Und ich werde in einem riesigen Haus wohnen.«

Drew hat erzählt, seine Familie wohnt in Carmel. Ich war noch nie da, aber ich hab davon gehört. Ich hab es in der Bibliothek gegoogelt und mir Fotos angesehen. Es sieht toll aus. Teuer.

Angsteinflößend.

»Du willst bestimmt nicht wieder weg, wenn du erst mal da bist.« Owen setzt sich auf und fährt mit den Fingern über den Seesack, wobei er eine Spur im Staub hinterlässt. »Du wirst aussehen wie 'ne abgebrannte Schlampe, wenn du mit der Tasche da aufkreuzt.«

»Hast du mich grad ›abgebrannte Schlampe‹ genannt?« Ich kann es ihm nicht übelnehmen, schließlich sagt er die Wahrheit. Ich werde lächerlich aussehen mit meiner dürftigen Garderobe und meinem zerrissenen, staubigen Seesack. Seine Familie wird mich auslachen. Drew wird mich wahrscheinlich auslachen. Dann wird er mir einen Fünfziger in die Hand drücken und mich zur Bushaltestelle fahren, weil ihm plötzlich bewusst wird, dass ich die mieseste angebliche Freundin bin, die man sich nur vorstellen kann.

»Kann sein.« Owen grinst. »Ich hoffe, es lohnt sich.«

Die Angst droht mich jeden Moment aufzufressen, aber ich stoße sie weg. »Das wird es, versprochen.«

»Und was ist, wenn Mom verschwindet?« Kurz erhasche ich einen Blick auf den alten Owen. Den kleinen Jungen, der von mir abhängig ist. Der sich mir gegenüber verhält, als wäre ich seine Mom, seit unsere so unzuverlässig geworden ist.

»Wird sie nicht.« Ich hab bereits mit ihr gesprochen und werde es auch noch mal tun, bevor ich fahre. Ich muss ihr alles dreimal sagen, als wäre ich die Mutter und sie das Kind. »Ich werde sie versprechen lassen, dass sie jeden Abend nach Hause kommt.«

»Na hoffentlich. Sonst rufe ich dich an, damit *du* nach Hause kommst.« Das Grinsen ist wieder da. »Könnte sein, dass ich dich wieder ›abgebrannte Schlampe‹ nenne und du so sauer wirst, dass du sofort nach Hause kommen musst, nur um mir den Arsch zu versohlen.«

»Jetzt reicht's aber.« Ich kralle ihn mir und fange an, ihn zu kitzeln. Ich bohre die Finger in seine Rippen, und sein Lachen macht mich glücklich.

»Hör auf!«, keucht er zwischen den Lachanfällen. »Lass mich los!«

In diesem kurzen Moment kann ich beinah vergessen, was für ein Mistleben wir haben. Beinah.

Drew

»Du bringst jemanden mit?« Mein Dad legt die Hand über die Sprechmuschel, aber ich kann ihn immer noch hören. »Adele, Drew bringt zu Thanksgiving jemanden mit.«

Ich zucke zusammen. Ich wollte echt nicht, dass mein Dad es gleich meiner Stiefmutter weitererzählt, vor allem nicht, wenn ich immer noch am Telefon bin. Sie hätte es früher oder später eh rausbekommen, und ich hatte auf später gehofft.

»Wie heißt sie denn?«, höre ich sie fragen. Sie hört sich nicht gerade begeistert an. Alles in mir zieht sich zusammen.

»Fable«, sage ich zu meinem Dad.

Mein Dad sagt nichts, und ich denke schon, er hat aufgelegt, aber dann höre ich Adele im Hintergrund flüstern. »Nun, Andy? Wie heißt sie?«

Sie klingt wie eine eifersüchtige Zicke. Was sie wahrscheinlich auch ist.

»Ist das ihr Spitzname?«, fragt mein Dad.

»Es ist ihr richtiger Name.« Ich hab auch keine Erklärung dafür. Herrgott, ich kenne Fable Maguire so gut wie nicht. Sie ist eine Einheimische. Sie ist zwanzig Jahre alt, hat einen kleinen Bruder und arbeitet in einer Kneipe.

Außerdem hat Fable schöne hellblonde Haare, grüne Augen und nette Titten. Aber das werde ich meinem Dad nicht sagen. Das wird er schon früh genug selbst herausfinden.

Wieder sind gedämpfte Stimmen zu hören. Wahrscheinlich sagt er ihr jetzt Fables Namen. Sie lacht. Blöde Kuh. Ich hasse Adele. Meine Mom ist gestorben, als ich zwei war. Ich kann mich nicht an sie erinnern. Ich wünschte, ich könnte es. Mein Dad hat angefangen, mit Adele auszugehen, als ich acht war, und drei Jahre später haben sie geheiratet.

Adele ist die einzige Mutter, die ich je gehabt hab, aber ich will sie nicht. Und sie weiß das.

»Na, dann bring deine kleine Fable mit, sie ist herzlich willkommen.« Dad macht eine Pause, und ich warte, voller Angst, was er wohl als Nächstes fragen wird. »Du bist ja nicht gerade der Typ für eine feste Freundin.«

»Mit ihr ist es anders.« Mehr das Gegenteil von dem, womit sie rechnen. Doch in meinen Augen macht das Fable umso perfekter.

»Bist du verliebt?« Dad senkt die Stimme. »Fragt Adele.«

Ich koche vor Wut. Als wenn sie das irgendwas anginge. »Ich weiß nicht. Was ist denn das schon, Liebe?«

»Du klingst wie ein Zyniker.«

Ich hab halt von den Besten gelernt. Mein Dad ist ziemlich unterkühlt. Ich kann mich nicht erinnern, wann ich das letzte Mal gesehen hab, wie er Adele geküsst oder in den Arm genommen hat. Mich küsst und umarmt er jedenfalls nicht, auch wenn ich das gar nicht wollte.

»Ach, was soll ich sagen. Wir sind jetzt schon 'ne Weile zusammen, aber ich weiß es nicht.« Ich zucke mit den Schultern, dann fällt mir ein, dass er mich ja nicht sehen kann, und ich komme mir vor wie ein Idiot.

»Du hast sie noch nie vorher erwähnt.«

»Was wird das hier, ein Kreuzverhör?« Ich fange an zu schwitzen, nur weil ich lüge. Ich hab den ganzen Tag noch nicht mit Fable gesprochen, und es ist Donnerstagabend. Wir fahren Samstagnachmittag. Wir müssen uns unbedingt noch zusammensetzen und unsere Geschichten aufeinander abstimmen, auch wenn wir während der vierstündigen Fahrt wahrscheinlich genug Zeit haben werden, die Details zu besprechen.

Bei dem Gedanken, vier Stunden allein mit Fable in meinem Pickup zu sitzen, bekomme ich einen ganz trockenen Mund. Worüber sollen wir bloß reden? Ich kenne sie überhaupt nicht, und ich nehme sie mit zu meinem Dad und tue so, als wäre sie meine Freundin. Wir müssen wirken wie ein echtes Paar.

Was zum Teufel hab ich mir nur dabei gedacht?

»Ich bin bloß neugierig. Aber wir werden die Details schon noch herausbekommen, wenn ihr zwei erst mal hier seid. Samstagabend kommt ihr, ja?«

»Ja.« Ich schlucke schwer. »Samstagabend.«

»Da werden wir bei so einer Veranstaltung vom Country Club sein. Hast du deinen Schlüssel noch?«

»Ja, hab ich.« Verdammt, ich will echt nicht nach Hause zurück. Da ist ganz schöne Scheiße passiert. Ich hab den Ort jetzt schon eine ganze Weile gemieden wie die Pest. Die letzten Jahre sind wir an den Feiertagen immer weggefahren und haben Thanksgiving oder Weihnachten auf Hawaii in Dads Ferienhaus verbracht. Oder ich bin wegen des Football-Trainings am College geblieben oder was für eine Ausrede auch immer ich mir hab einfallen lassen, um noch ein bisschen länger fernbleiben zu können.

Ganz schön hartes Leben, ich weiß. Von außen gesehen, hab ich eine perfekte Familie. Na ja, so perfekt wie eine Familie mit einer toten Mutter, einer toten Schwester, einer beschissenen Stiefmutter und einem eiskalten Vater eben sein kann.

Ja. Richtig perfekt eben.

Dass mein Dad darauf besteht, dass ich dieses Thanksgiving nach Hause komme, ist echt scheiße. Als wir das letzte Mal telefoniert haben, meinte er, er sei es leid, dass wir das Haus über die Feiertage immer meiden. Wir müssten eben neue Erinnerungen schaffen.

Aber ich will keine neuen Erinnerungen. Nicht an das Haus. Und nicht mit Adele.

»Okay, dann bis dann.« Ich kann hören, wie er über den Fliesenboden geht, als würde er sich ein Stück von

Adele entfernen. »Dieses Thanksgiving wird gut werden, mein Sohn. Du wirst schon sehen. Es ist schönes Wetter angekündigt, und deine Mutter macht einen viel gesünderen Eindruck.«

»Sie ist nicht meine Mutter«, sage ich durch zusammengebissene Zähne.

»Was?«

»Adele ist nicht meine Mom.«

»Sie ist die einzige Mutter, die du jemals hattest.«
Großartig. Jetzt ist er beleidigt. »Warum kannst du sie nicht einfach akzeptieren? Meine Güte, sie ist jetzt schon so lange Teil deines Lebens.«

Sie ist der beschissenste Teil meines Lebens, auch wenn ich das meinem Dad nicht sagen kann. Wenn er damals nicht begriffen hat, was los war, dann wird er es jetzt erst recht nicht glauben können.

»Ich mag es nicht, wie leicht du meine richtige Mom vergisst. Ich werde sie niemals vergessen«, sage ich mit Nachdruck.

Er schweigt einen Moment, und ich starre aus dem Fenster, obwohl nichts zu sehen ist. Es ist dunkel und nieselt, und der Wind ist wieder aufgekommen und peitscht durch die Zweige der Bäume im offenen Hof vor meinem Apartmentkomplex.

Die Leute denken, ich hätte so ein tolles Leben. Aber das hab ich nicht. Ich pauke, und ich trainiere hart, weil es mir hilft zu vergessen. Ich habe Freunde, aber es sind eigentlich keine richtigen Freunde. Meistens bin ich allein. So wie jetzt. Ich sitze im Dunkeln in meinem Zimmer. Ich telefoniere mit meinem Dad und wünsche mir so sehr, ich könnte ihm die Wahrheit sagen.

Aber ich kann es nicht. Ich bin gefangen. Ich brauche einen Puffer, um mir durch das hindurchzuhelfen, was zu einer der schlimmsten Wochen meines Lebens werden könnte. Gott sei Dank hab ich Fable. Sie weiß noch nicht mal, wie sehr sie mir hilft.

Und sie darf es auch niemals erfahren.

KAPITEL 3

Reisetag (zählt nicht mit)

Nur ein Idiot stolpert über das,
was hinter ihm liegt.

– Unbekannt

Fable

Sein Pickup ist echt nett. Es ist das neueste Fahrzeug, in dem ich jemals mitfahren durfte. Und Drew sieht auch gut darin aus, so ungern ich es allein mir selbst gegenüber auch zugebe. Aber der dunkelblaue Toyota Tacoma passt perfekt zu ihm.

Alles an Drew ist perfekt. Wie er sich kleidet – sein Arsch sieht einfach toll aus in dieser Jeans, und ich will gar nicht erst davon anfangen, wie sein T-Shirt sich über seinen Brustmuskeln spannt. Wie er sich verhält – immer zuvorkommend; er sieht mir in die Augen und macht nie irgendwelche blöden Kommentare über meine Brüste oder meinen Hintern. Und der Klang seiner Stimme – dunkel und sexy, eine Stimme, der ich den ganzen Tag einfach nur zuhören könnte. Er hat die Perfektion ziemlich gut drauf.

Er hat mich gestern vor der Arbeit angerufen, um ein paar Dinge zu besprechen. Wann er mich abholt und dass wir uns einen Plan überlegen müssen auf der Fahrt zu seinen Eltern.

Dann hab ich ihn gefragt – wegen der Bezahlung. Wie ich das Geld erhalten soll. Ich hab mich ein bisschen nuttig gefühlt, aber ich musste danach fragen. Ich wollte den Scheck, bevor ich die Stadt verlasse, damit ich Owen für den Notfall Geld dalassen konnte.

Also hab ich mich mit Drew bei meiner Bank getroffen, fünfzehn Minuten vor Kassenschluss und bevor ich dann zur Kneipe losmusste. Wir haben uns ein paar Minuten unterhalten, über nichts Großartiges, und dann hat er mir den Scheck gegeben. Er war total lässig, so als wäre es etwas ganz Normales, dass ein Typ einem Mädel einen Scheck über dreitausend Dollar gibt.

Der Scheck war auf sein persönliches Bankkonto ausgestellt. Von ihm unterschrieben und alles. Er hat eine ziemliche Sauklaue. Ich konnte seine Unterschrift kaum lesen. Aber sein Name ist Andrew D. Callahan.

Während er die Bank betrat und zum Schalter ging, grübelte ich die ganze Zeit darüber nach, wofür das D wohl steht.

Jetzt sitze ich hier in Andrew D. Callahans Pickup, und der Motor schnurrt – statt zu murren und zu stottern, als würde er jeden Moment sterben, so wie der beschissene 91er Honda von meiner Mom. Ich hab meiner Mom die gleiche Kindermädchen-Story aufgetischt wie Owen. Und meinem Chef im La Salle's auch. Weil eh nicht viel los sein wird, wenn ich weg bin, hat er auch kein Problem damit gehabt. Er weiß, dass unsere finanzielle Situation ziemlich beschissen ist, und hat sich für mich gefreut, dass ich einen befristeten, gut bezahlten Job gefunden hab.

Meine Mom hat mich kaum beachtet, als ich Tschüss gesagt hab.

Ich weiß echt nicht, was ich getan hab, dass sie mich so sehr hasst. Na ja. Hassen ist vielleicht etwas zu viel gesagt. Das würde ja bedeuten, dass sie tatsächlich etwas für mich empfindet. Aber sie verhält sich mir gegenüber so gleichgültig, als wäre ich ihr vollkommen egal.

»Vier Stunden, ja?« Ich breche das Schweigen und schrecke ihn auf. Ich hab gesehen, wie er zusammengezuckt ist. Der große, böse Footballspieler hat Angst vor mir?

Seltsam.

»Ja, vier Stunden.« Er trommelt mit den Fingern aufs Lenkrad. Er hat lange Finger, ohne irgendwelchen Dreck unter den Fingernägeln. Starke, saubere Hände mit großen Handflächen. Sie sehen … schön aus.

Stirnrunzelnd schüttle ich den Kopf. Auf was für dumme Gedanken komme ich nur, wenn ich doch eigentlich klar denken sollte.

»Ich war noch nie in Carmel.« Ich versuche, ein Gespräch anzufangen, denn die Vorstellung, so lange zu fahren, ohne dass wir uns unterhalten, macht mich nervös.

»Ist schön da. Ziemlich teuer.« Er zuckt mit den Schultern. Er trägt ein schwarzes T-Shirt und darüber ein blau-grau-kariertes Flanellhemd. Steht ihm gut.

Gott. Ich richte meinen Blick wieder auf die vorbeiziehende Landschaft. Ich muss aufhören, ihn anzusehen. Er lenkt mich viel zu sehr ab.

»Okay, wir müssen uns also irgendeine Geschichte ausdenken, ja?« Ich werfe ihm einen verstohlenen Blick zu – ich kann nicht anders. Bei meinem Glück vergeht diese vierstündige Fahrt wie im Flug, und auf einmal stehe ich vor seinen geschniegelten Eltern und weiß nicht, was ich sagen soll.

Mit anderen Worten, ich brauche so viel Zeit wie möglich, um mir mit Drew einen ausgefeilten Plan zu überlegen, damit wir klingen wie ein echtes Paar.

»Ja. Irgendeine Geschichte wäre gut.« Er nickt, ohne den Blick von der Straße abzuwenden.

Was gut so ist, sage ich mir. Er ist ein umsichtiger Fahrer, er hat alles im Blick, was um ihn herum passiert.

Aber trotzdem wäre es mir eigentlich lieber, er würde mich ansehen. Mir ein bestärkendes Lächeln zuwerfen. Sogar ein nur so dahingesagtes »wird schon gut gehen« würde mich jetzt glücklich machen.

Er sagt nichts dergleichen. Auch nicht Danke.

»Okay.« Ich räuspere mich, denn ich springe jetzt ins kalte Wasser, auch wenn er sich anscheinend lieber weiter am sicheren Ufer aufhalten will. »Wie lange sind wir schon zusammen?«

»Seit Anfang des Semesters? Klingt doch ganz gut, oder?«

Seine unbekümmerte Art bringt mich auf die Palme.

»Sechs Monate also?«, versuche ich ihn zu provozieren. Und es funktioniert.

Er sieht mich ungläubig an. »Drei.«

»Oh.« Ich nicke. »Klar. Tja, ich weiß das nicht so genau, ich gehe nicht aufs College.« Was die blödeste Antwort überhaupt ist. Jeder weiß, wann das Semester losgeht.

»Warum eigentlich nicht?«

Mit der Frage habe ich nicht gerechnet. Ich dachte, es würde ihn gar nicht interessieren. »Ich kann es mir nicht leisten. Und für ein Stipendium war ich in der Schule nicht gut genug.« Als ob ich im Moment überhaupt Zeit dafür hätte, aufs College zu gehen. Ich arbeite, so viel ich kann. Ich hatte mal einen Vollzeitjob, aber nur bis vor einem Jahr. Seitdem kellnere ich so oft es geht im La Salle's und in einem kleinen mexikanischen Restaurant in der Nähe unserer Wohnung, aber das ist mehr so ein Aushilfsjob. Die rufen mich nur an, wenn sie unterbesetzt sind.

Das Geld, das ich dank Drew jetzt auf dem Konto hab, wird mir etwas von dieser Last nehmen, zumindest für eine Weile. Ich hab es aber nicht auf das Konto getan, das ich mit meiner Mom teile, denn wenn sie erst einmal mitbekäme, wie viel Geld da ist, würde sie es sofort ausgeben.

Das kann ich nicht riskieren.

»Und wie haben wir uns dann kennengelernt?« Drews tiefe Stimme unterbricht meine Gedanken. Ich wünschte, er würde die Initiative ergreifen und sich selbst eine Geschichte ausdenken.

»In der Kneipe«, sage ich, denn es klingt so trashig,

und ich nehme an, der einzige Grund, dass er mich mitnimmt, ist, dass er seine hochnäsige Familie schocken will. »Du warst mit deinen Freunden da, und als wir uns gesehen haben, war es Liebe auf den ersten Blick.«

Er guckt mich an, als könne er es nicht glauben, und ich werfe ihm ein Lächeln zu. Wenn ich mir unsere Geschichte ausdenken soll, dann werde ich sie zur romantischsten, kitschigsten Geschichte überhaupt machen.

In meinem Leben gibt es keinen Platz für Romantik. Es ist total bescheuert, aber ich lasse mich von den Typen ausnutzen, um diesen einen flüchtigen Moment zu genießen, wenn sie ihre ganze Aufmerksamkeit auf mich und niemanden sonst richten. Es hilft mir zu verdrängen, dass sich eigentlich niemand richtig für mich interessiert.

Und in der nächsten Sekunde werde ich dann auch schon wieder aus meiner geistigen Umnachtung herausgerissen und fühle mich billig. Schmutzig. Diese ganzen Klischees aus Filmen und Büchern, das bin ich. Ich bin ein wandelndes Klischee.

Außerdem bin ich die Dorfschlampe, die gar nicht so eine Schlampe ist, wie alle immer denken – noch so ein Klischee. Und ich bin eindeutig keine, die man mit nach Hause bringt, um seine Mutter zu beeindrucken. An mir ist nichts Besonderes.

Und trotzdem nimmt Drew mich mit nach Hause, um seine Mutter zu beeindrucken. Oder besser gesagt, um sie zu schocken. Ich bin garantiert der absolute Albtraum einer jeden reichen Schlampe (jetzt klinge ich schon wie Owen, von der »abgebrannten Schlampe« zur »reichen Schlampe«). Sie wird wahrscheinlich ausflippen, sobald ich ihr unter die Augen trete.

»Du nimmst mich doch nur mit, damit deine Mom austickt, oder?« Ich muss mir die Vermutung bestätigen lassen. Es ist eine Sache, es nur zu denken. Aber ich muss den Tatsachen ins Auge sehen. Mit den Auswirkungen kann ich mich später befassen. Zum Beispiel, wie mir diese ganze Sache den Kopf verdrehen kann. Aber ich brauche nun mal das Geld.

Er beißt die Zähne aufeinander, und seine Lippen werden zu einer dünnen, geraden Linie. »Meine Mom ist tot.«

Oh. »Das tut mir leid.« Ich bin so blöd.

»Kannst du ja nicht wissen. Sie ist gestorben, als ich zwei war.« Er zuckt mit den Schultern. »Mein Dad wird dich mögen.«

Es macht mir ein bisschen Angst, wie er das sagt. Als wäre sein Dad ein Perversling und würde mich deswegen mögen.

»Dann sind es also nur dein Dad und du?«

»Und Adele.« Seine Lippen verschwinden praktisch, als er den Namen ausspricht. Und er hat eigentlich sehr schöne volle Lippen, und ich frage mich, wohin genau die verschwunden sind. »Meine Stiefmutter.«

»Okay, du willst also, dass deine Stiefmutter wegen mir austickt.«

»Ich scheiß drauf, was meine Stiefmutter denkt.«

Die Anspannung ist ihm regelrecht anzusehen. Zwischen seiner Stiefmutter und ihm scheint irgendwas ziemlich im Argen zu liegen.

Ich ignoriere seinen Kommentar und frage weiter. »Hast du Geschwister?«

Er schüttelt den Kopf. »Nein.«

»Oh.« Sein Mangel an Kommunikationsfähigkeit könnte noch zum Problem werden. Schließlich bin ich die ganze nächste Woche von diesem Kerl abhängig. »Ich hab einen Bruder.«

»Wie alt?«

»Dreizehn.« Ich seufze. »Owen ist jetzt in der Achten. Er macht grad 'ne Menge Probleme.«

»Ist ein schwieriges Alter.«

»Hattest du viele Probleme, als du dreizehn warst?« Irgendwie kann ich mir das kaum vorstellen.

Er lacht und bestätigt damit meine Vermutung. »Es war mir gar nicht erlaubt.«

»Wie meinst du das?« Ich runzle die Stirn. Seine Antwort ergibt keinen Sinn.

»Mein Dad hätte mir gehörig die Leviten gelesen, wenn ich irgendwie auffällig geworden wäre.« Wieder zuckt er mit den Achseln. Was er ziemlich oft tut, aber es gefällt mir, denn dadurch werde ich an seine traumhaften breiten Schultern erinnert. Wenn ich Glück habe, kann ich sie während der nächsten sieben Tage unserer Pseudo-Beziehung ja mal anfassen. Und meinen Kopf daran lehnen. Und meine Wange gegen den sanften Stoff seines T-Shirts pressen und heimlich seinen Duft einatmen. Er riecht gut, aber ich möchte richtig nah an ihn herankommen und ihn inhalieren.

Die Emotionen drohen mich zu überwältigen, und zum ersten Mal in meinem zynischen Leben, in dem kein Platz ist für Märchen, bin ich bereit, es geschehen zu lassen. Aber schließlich muss ich ja auch die beste Schauspielerin der Welt sein, richtig?

»Ist das nicht das, was alle Väter ihren Kindern androhen, für den Fall, dass sie aus der Reihe tanzen?«, frage ich.

»Kann schon sein, aber meiner hat es wirklich so gemeint. Außerdem war es schon immer leichter, einfach zu tun, was von mir erwartet wird, und mich nicht von irgendwas ablenken zu lassen.«

»Und was wird so von dir ›erwartet‹?« Ich mache Gänsefüßchen in die Luft, so wie diese nervigen Studentinnen es ständig tun, die ins La Salle's kommen. Ich hasse diese Weiber, und wie sie immer ihre Haare zurückwerfen, viel zu laut lachen und die bescheuertsten Dinge sagen. Und wie sie mit ihren falschen Wimpern klimpern, um die Aufmerksamkeit der Typen auf sich zu ziehen.

Himmel, klinge ich verbittert.

»Meine Kurse zu besuchen, zu lernen und gute Noten zu bekommen. Zum Footballtraining zu gehen, in Form zu bleiben, das Beste aus mir rauszuholen und zu hoffen, dass ich die Scouts beeindrucken kann, die mich die ganze Zeit beobachten.« Er rattert es herunter wie eine Liste, seine Stimme ist eintönig.

»Und wovon sollst du dich nicht ablenken lassen?«

»Partys, Saufen, Weiber.« Er wirft mir einen Blick zu. Seine Züge sind jetzt weicher, die Wut ist verflogen. »Ich verliere nicht gern die Kontrolle.«

»Ich auch nicht«, flüstere ich.

Er lächelt mich an, und es fühlt sich an wie ein Dolch in meinem weicher werdenden Herzen. »Klingt, als würden wir ein ganz gutes Paar abgeben.«

Sobald die Worte aus meinem Mund sind, will ich sie auch schon wieder zurücknehmen. Wir sind eindeutig kein gutes Paar. Sie ist das unpassendste Mädel, das ich mir für mich vorstellen kann. Deswegen bringe ich sie ja mit. Damit mein Dad denkt, ich hab mir ein heißes Football-Groupie geangelt, die es mir macht, wann immer ich will, und Adele mich endlich in Ruhe lässt.

Fable ist wirklich ein Footballteam-Groupie. Sie hat angeblich allein diese Saison schon mit der Hälfte des Teams gevögelt, allerdings weiß ich nicht, wie viel ich auf die Gerüchte geben kann. So bin ich jedenfalls überhaupt erst auf sie aufmerksam geworden. Ich war kurz nach Semesteranfang mit ein paar Typen aus dem Team im La Salle's, und nachdem Fable unsere Bestellungen aufgenommen hatte, haben sie angefangen, über sie zu reden, und damit geprahlt, wie toll sie im Bett ist. Einer von ihnen hat sie sogar in den Hintern gekniffen, als sie vorbeigegangen ist, woraufhin sie ihm einen lüsternen Blick zugeworfen hat und alle lachten.

Ihr Ruf – und ihre Reaktion – waren der erste Anhaltspunkt für mich, dass sie die perfekte Freundin für mich spielen könnte. Ich mache mit keinem der Mädels rum, die nach dem Training oder nach den Spielen in der Umkleide rumhängen. Ich mache eigentlich mit *niemandem* rum. Ist einfacher so. Wenn man Mädels den kleinen Finger gibt, wollen sie immer mehr, mehr, mehr. Lauter Dinge, die ich ihnen nicht geben kann. Ich verschließe mich, um mein Leben irgendwie erträglich zu machen. Manchmal bin ich wie eine gottverdammte Maschine.

Ich fühle nichts, mir ist alles egal.

Mein Dad macht sich Sorgen um mich. Ich weiß, dass er mich für eine Pussy hält, die nie flachgelegt wird, und das macht ihn wahnsinnig. Er hat mich schon mal darauf angesprochen und mich unumwunden gefragt, ob ich schwul sei.

Die Frage war aus dem Nichts gekommen, und ich war so überrascht, dass ich lachen musste. Das hat ihn erst recht geärgert, und obwohl ich es abgestritten hab, weiß ich, dass er mir nicht wirklich geglaubt hat.

Wenn ich mit Fable auftauche, wird das Thema hoffentlich durch sein.

Verdammt! Ich weiß, ich bin ein Arsch, das zu tun und so zu denken – Fable für diesen Scheiß zu benutzen. Aber es ist ja auch nicht der einzige Grund, warum ich sie mitnehme. Ich kann ihr natürlich nicht die ganze Wahrheit sagen, aber wenn ich ihr ein bisschen davon erzähle? Vielleicht würde sie es verstehen. Sie macht jedenfalls den Eindruck, als wäre sie ein Mädel, das es verstehen könnte. Als hätte sie vielleicht teilweise den gleichen Mist durchgemacht wie ich.

Worüber wir allerdings wirklich reden sollten, ist unsere angebliche Beziehung. Ich muss aufhören, mich so in meinen Sorgen zu verfangen, und anfangen, ihr ein paar Fragen zu stellen. »Du hast also nur deinen kleinen Bruder?«

»Ja, nur Owen. Und meine Mom.« Ihre Stimme ist auf einmal angespannt. Wahrscheinlich mag sie ihre Mom nicht besonders.

Das Gefühl kenne ich.

»Du verstehst dich nicht so gut mit deiner Mom?«

»Ich sehe sie sowieso so gut wie nie. Ich bin immer arbeiten, und sie macht ständig nur mit ihrem neuesten Freund rum.« Die Verbitterung ist ihr anzuhören. Die beiden scheinen nicht viel füreinander übrigzuhaben.

»Und was ist mit deinem Dad?«

»Ich kenne ihn nicht. Er war noch nie Teil meines Lebens.«

»Aber wenn Owen erst dreizehn ist …« Ich bin verwirrt.

»Das war ein anderer Kerl. Und der ist auch nicht geblieben.« Fable schüttelt den Kopf. »Meine Mom weiß, wie sie Typen aufgabelt.«

Ich hab keine Ahnung, was ich sagen soll. Ich fühle mich bei so privatem Zeugs nie besonders wohl. Ich hab zwar Freunde, aber keine besonders engen. Die Typen, mit denen ich rumhänge, sind alle aus meinem Team, und wir reden über Football und Sport und so 'nen Kram. Manchmal reden wir auch über Mädels, aber dann sitze ich immer nur dabei und lache einfach über alles, was die anderen sagen. Ich rede eigentlich nie mit. Zu dem Thema hab ich nicht viel zu sagen.

Die Sache ist die: Ich könnte jedes Mädel haben. Das weiß ich. Ja, ich bin ein arroganter Arsch, so zu denken, aber es stimmt. Ich sehe ganz akzeptabel aus, ich bin intelligent, und ich spiele ordentlich Football. Und die Mädels wollen mich erst recht, weil ich ihnen nicht die geringste Aufmerksamkeit schenke.

Aber sie wollen alle was von mir. Etwas, was ich ihnen nicht geben kann. Und Fable habe ich wenigstens von Anfang an ehrlich gesagt, was ich von ihr will, und ich hab ihr sofort eine Gegenleistung erbracht. Sie wird nichts weiter von mir erwarten.

So ist es einfacher. Sicherer.

»Kann ich dich mal was fragen?«, reißt sie mich mit ihrer süßen Stimme aus den Gedanken. Sie sieht total tough aus mit ihrem ganzen Augen-Make-up, den dunklen Klamotten und den platinblonden Haaren. Aber sie hat die gefühlvollste Stimme, die ich je gehört habe.

»Klar.« Damit öffne ich das Gespräch für eine mögliche Katastrophe. Ich spüre es schon.

»Warum ich?«

»Hä?« Ich stelle mich blöd. Ich weiß ganz genau, was sie meint.

»Warum hast du mich als deine angebliche Freundin ausgesucht? Ich weiß, dass ich nicht die ideale Wahl bin. Du kannst ruhig ehrlich sein.«

Sie muss Gedanken lesen können. »Ich wusste einfach, dass du mir keine großen Probleme machen würdest.«

»Was meinst du damit?«

Ich werde es verbocken – ich weiß es jetzt schon. »Jede andere würde nicht einfach nur so tun wollen, als wäre sie meine Freundin. Sie würde eine richtige Beziehung mit mir wollen, weißt du? Und ich wusste, dass du das nicht wollen würdest.«

»Woher willst du das wissen? Du kennst mich doch gar nicht.«

»Ich hab dich im La Salle's gesehen.« Schwaches Argument.

»Ach was. Eine Menge Typen kommen ins La Salle's. Eine Menge Typen, mit denen du Football spielst und abhängst, sind ständig da. Mit ein paar von denen hatte ich Sex.« Sie verschränkt die Arme, sodass ihre Brüste hochgedrückt werden und ich die nackte Haut oberhalb ihres BHs sehen kann, die jeden Moment aus ihrem weit ausgeschnittenen Top quellen wird. Normalerweise fange ich nicht an zu sabbern, wenn ich so ein Dekolleté sehe, aber sie hat irgendetwas an sich, das bewirkt, dass ich sie nackt sehen will. »Mit dir werde ich keinen Sex haben.«

Sie ist trotzig, und irgendwie gefällt mir das. Was ist nur los mit mir? »Ich will gar keinen Sex. Dafür hab ich dich nicht angestellt.«

»Angestellt.« Sie schnaubt, und es scheint ihr egal zu sein, wie es sich anhört oder wie sie dabei aussieht, und das bewundere ich. »Das klingt ja, als wäre es ein richtiger Job, dabei bin ich in Wirklichkeit deine bezahlte Freundin oder besser gesagt Nutte. Wo hast du eigentlich das Geld her?«

»Keine Sorge, das war meins.« Ich hab Geld gespart. Mein Dad arbeitet in der Finanzbranche und hat im Laufe der Jahre eine Menge Geld gemacht. Er ist ziemlich großzügig damit, besonders jetzt, seit ich wieder sein einziges Kind bin. »Und bezeichne dich nicht als Nutte. Du bist keine Nutte.« Ich will nicht, dass sie sich so fühlt. Auch wenn die Dinge, die sie mit anderen Typen gemacht hat, sie vielleicht zu einer machen könnten, ist Sex wirklich das Letzte, woran ich bei ihr denke.

Oder zumindest war es das. Jetzt allerdings … *fuck*. Ich weiß nicht.

Sie verwirrt mich. Was ich in ihrer Gegenwart denke, was ich fühle, das verwirrt mich. Dabei kenne ich sie noch nicht mal. Sie bringt mich total durcheinander, und ich weiß nicht, wie ich das ändern soll.

»Es wird keinen Sex geben«, sagt sie wieder. Als wolle sie sich selbst damit genauso überzeugen wie mich. »Und auch keine Blowjobs.«

»Ich will überhaupt nichts Derartiges.« Das ist wahr – zumindest versuche ich, mir das einzureden. Sie ist heiß, keine Frage, aber Sex bringt nichts als Probleme mit sich. Und ich hab nicht vor, mit einem Mädel rumzumachen, das einen zweifelhaften Ruf hat und mir praktisch die ganze nächste Woche zur Verfügung steht. Das führt doch zu nichts.

Oder?

»Aber wir müssen so tun, als würden wir uns mögen«, erinnere ich sie. »Als würden wir uns … lieben.« Das letzte Wort ist mir ziemlich schwer über die Lippen gekommen. Ich benutze es eigentlich nicht. Mein Dad sagt mir nie, dass er mich liebt. Adele hat es getan. Aber ihre Liebe war mit Bedingungen verknüpft und Sachen, über die ich nicht nachdenken will.

Ich kann nicht über sie nachdenken, ohne an die Decke zu gehen.

»Kein Problem«, sagt Fable leichthin.

Da kommt mir eine Erkenntnis. Ich bin so ein Idiot. »Ich werde deine Hand halten und dich umarmen müssen.« Daran habe ich gar nicht gedacht.

»Keine große Sache.« Sie zuckt mit den Schultern.

»Ich werde dich küssen müssen.« Ja, daran hab ich auch nicht gedacht.

Sie sieht mich an und lässt ihren Blick zu meinem Mund wandern. Denkt sie darüber nach, mich zu küssen? »Das wird schon nicht so schlimm werden. Meinst du, du schaffst das?«

»Hey, na klar.« Ich klinge viel zuversichtlicher, als ich mich fühle.

»Wenn du meinst«, sagt sie, während sie sich auf ihrem Sitz zurücklehnt.

Und verdammt, ich weiß ganz genau, dass sie mich durchschaut. Das sollte mir echt Angst machen.

Aber was mir viel mehr Angst macht, ist, dass es mich gar nicht zu beunruhigen scheint.

KAPITEL 4

Die Nacht davor (zählt nicht)

Ich möchte an das Märchen glauben.

– Fable Maguire

Drew

Als ich den Pickup die lange, gewundene Auffahrt hinauffahre und das Haus zum Vorschein kommt, sind alle Fenster erleuchtet. Das Haus hat ungefähr eine Million Fenster, es ist so verdammt groß, es macht einen gewaltigen Eindruck. Auf einmal mache ich mir Sorgen, ob sie vielleicht doch zu Hause sind.

Ich hatte gehofft, ihnen bis zum Morgen nicht zu begegnen.

Fable ist anscheinend auch angespannt. Die Realität schlägt mit voller Wucht zu. Nicht nur bei ihr. Auch mir wird gerade bewusst, dass ich dieses Haus betreten und mich meinen Dämonen stellen muss.

Ich klinge wie eine Drama Queen, aber so ist es nun mal.

»Das Haus ist ja riesig«, murmelt sie.

»Ja.« Ich hasse es. Der Tod meiner Schwester – das Schlimmste, was ich je erlebt habe – es ist hier geschehen. Auch wenn sie schon vor ziemlich genau zwei Jahren gestorben ist, fühlt es sich immer noch an wie gestern.

Tief in meinem Herzen weiß ich, dass ihr Tod meine Schuld war. Und Adeles. Das ist einer der vielen Gründe, warum ich nicht hier sein will.

»Und so nah am Meer«, sagt Fable sehnsuchtsvoll. »Ich liebe das Meer. Ich bin viel zu selten da.«

»Von der Terrasse geht eine Treppe direkt runter zum Strand«, sage ich, um sie aufzuheitern.

Ihr Lächeln beruhigt mich ein bisschen, aber nicht sehr.

Das hier wird kein angenehmer Besuch. Ich hab mir selbst etwas vorgemacht, als ich mir vorgestellt hab, mit Fable würde es leichter werden. Ihre Anwesenheit wird es wahrscheinlich weniger stressig machen, aber die Atmosphäre wird trotzdem angespannt sein und es wird Wut und Trauer geben – mit diesem Ort und dieser Jahreszeit sind einfach viel zu viele Gefühle verbunden. Wahrscheinlich wird Fable mich, bis wir wieder abreisen, für total verrückt halten.

Ob sie irgendwem von mir erzählen wird? Daran hab ich gar nicht gedacht. Was mal wieder beweist, dass ich diesen Plan nicht genug durchdacht habe. Das wird hier wahrscheinlich alles richtig in die Hose gehen. Ich ahne es schon. Ich kann keinem vertrauen.

Niemandem. Eindeutig nicht diesem Mädchen neben

mir, das an seinem Zeigefinger herumkaut, als wolle sie ihn bis auf den Knochen abnagen. Sie ist nervös, dabei weiß sie ja noch gar nicht, was ihr bevorsteht.

Meine Handflächen sind nass geschwitzt, und ich hab das Gefühl, mich jeden Moment übergeben zu müssen. Es ist eine Sache, meine Eltern im Urlaub zu sehen. Aber es ist etwas vollkommen anderes, nach Hause zu kommen und mich dem, was hier passiert ist, stellen zu müssen. Das letzte Mal war ich vor fast genau zwei Jahren hier.

»Ist alles okay?« Fables Stimme durchbricht das Schweigen. Sie klingt besorgt. »Du atmest so merkwürdig.«

Großartig. »Mir geht's gut«, sage ich, während ich ausatme und verzweifelt versuche, mich am Riemen zu reißen.

Ich parke vor der geschlossenen Garage, schalte den Motor aus und lasse mich einen Moment von der Stille umhüllen. Ich kann Fables leichten, gleichmäßigen Atem hören und das leise Ticken des Motors. Der Geruch von ihrem Parfüm, ihrem Shampoo oder was auch immer es ist, liegt in der Luft. Es ist ein leichter, leicht süßlicher Duft, nach Vanille oder Schokolade, ich weiß es nicht genau, und er passt nicht ganz zu der toughen Person, die sie zu sein vorgibt.

Sie ist ein einziger Widerspruch, und ich will herausfinden, was dahintersteckt.

»Hör zu. Ich weiß nicht, was los ist, aber ich hab das Gefühl, das hier ist irgendwie schwierig für dich. Kann das sein?« Sie legt ihre Hand über meine und fährt dabei mit den Fingerspitzen über meine Knöchel. Bei der Berührung zucke ich zusammen, aber sie lässt ihre Hand liegen. Ich bin völlig baff, dass sie mich tatsächlich berührt und versucht, mir Mut zu machen.

Ich nicke und schlucke schwer. Ich will etwas sagen, aber nichts kommt aus mir heraus.

»Ich hab auch 'ne ziemlich kaputte Familie.« Ihre leise Stimme berührt mein Innerstes und beruhigt meine Nerven. Es überrascht mich, dass sie es einfach so hinnimmt.

»Hat die nicht jeder?«, scherze ich, auch wenn ich oft genug denke, dass ich der Einzige bin, der solches Pech hat. Niemandes Familie ist so im Arsch wie meine.

»Glaube ich nicht. Aber keine Ahnung, ich weiß es nicht.« Sie lächelt, und mir wird schon etwas leichter ums Herz. »Vergiss nur nicht zu atmen, okay? Du wirst mir bestimmt nicht erzählen wollen, was los ist oder warum du deine Familie so sehr hasst, aber ich merke, dass es so ist. Wenn du mal 'ne Pause brauchst, und wenn's auch nur für fünf Minuten sind, werde ich dir helfen. Wir brauchen nur ein Codewort.«

Ich runzle die Stirn. »Ein Codewort?«

»Ja.« Sie nickt, und ihre Augen leuchten auf. »Wenn dein Dad sich zum Beispiel arschig verhält und dich fragt, was du aus deinem Leben machen willst, und du es nicht länger aushältst, kannst du einfach ›Marshmallow‹ sagen, und dann werde ich ihn unterbrechen und dich da rausholen.«

Ich muss unwillkürlich lächeln. »Marshmallow?«

»Totaler Quatsch, oder? Es ergibt überhaupt keinen Sinn. Was das Ganze noch besser macht.« Ihr Lächeln wird breiter, und meins auch.

»Und wenn du gerade nicht da bist?« Ich hab irgendwie so ein Gefühl, dass ich sie nicht aus den Augen lassen werde, aber das ist natürlich unmöglich.

»Schick mir 'ne SMS. Wo auch immer ich bin, ich werde dir zur Hilfe eilen.«

»Das würdest du wirklich tun?«

Als sie mich ansieht, glühen ihre Augen regelrecht, so sehr leuchten sie. Und so schön sind sie. Verdammt, sie ist echt schön. Warum ist mir das nicht schon vorher aufgefallen? Ich fühle mich richtig zu ihr hingezogen, dabei passiert mir so was doch nie. »Ich bin absolut bereit, den Job zu machen, für den du mich bezahlt hast.«

Das Gefühl von Wärme und Geborgenheit ist mit einem Mal dahin. Als hätte sie einen Eimer eiskaltes Wasser über mir ausgeschüttet. Ihre Worte erinnern mich auf brutale Weise daran, dass das, was wir hier tun, diese angebliche Beziehung, für sie nichts weiter als ein Job ist. »Okay.«

Wie blöd kann man nur sein. Da hab ich tatsächlich gedacht, dass sie mich retten würde, weil sie selbst es will.

Fable

Dieses Haus ist so groß wie ein Museum und genauso kalt. Es ist wunderschön, still und makellos. Die gedämpfte Stimmung macht mir eine Heidenangst. Als die Tür mit einem leisen Klick hinter uns ins Schloss fällt, läuft es mir kalt den Rücken runter. Ich folge Drew den breiten Flur entlang, an dessen Wänden diverse Familienfotos hängen, die ich mir später mal genauer ansehen muss. Aus dem Zimmer am Ende des Flurs höre ich Stimmen, und dann sind wir da. In einem riesigen Wohnzimmer mit einer kompletten Fensterfront, durch die man das Meer sieht. Ich kann sogar den Schaum auf den Wellen erkennen. Es ist das Schönste, was ich jemals gesehen habe.

Drew bemerkt es gar nicht. Er ist viel zu sehr mit den beiden auf dem Sofa beschäftigt, die jetzt ihre langen, dünnen Körper vom dunkelbraunen Samt lösen und mit schnellen Schritten auf uns zukommen.

Mir wird auf einmal ganz flau im Magen, und dann fasst Drew plötzlich nach meiner Hand und verschränkt seine Finger mit meinen. Die Zuneigungsbekundung überrascht mich kurz, aber dann fällt es mir wieder ein.

Ich bin seine Freundin. Ich spiele eine Rolle, genauso wie er, und das tun wir wegen genau der Leute, die jetzt mit erwartungsvollen Blicken vor uns stehen.

»Andrew. Wie schön, dich zu sehen. Du siehst ja zum Anbeißen aus.« Die Stiefmutter sagt das, und ich finde, es ist ein ziemlich merkwürdiges Kompliment. Welche Stiefmutter bezeichnet ihren Stiefsohn schon als »zum Anbeißen«?

Drew gefällt es auch nicht, das merke ich sofort. Er lässt meine Hand los, legt mir den Arm um die Schulter und zieht mich an sich heran. Ich pralle gegen seinen warmen, festen Körper, und ein Prickeln durchfährt mich. Er steht da wie versteinert, und ich hab keine andere Wahl, als ihm den Arm um die Hüfte zu legen und mich an ihn zu klammern. Nicht, dass ich etwas dagegen hätte.

Das ist alles bloß ein Ablenkungsmanöver, damit er seine Stiefmutter nicht umarmen muss. Sie hatte die Arme schon nach ihm ausgestreckt, aber lässt sie jetzt fallen. Die Enttäuschung steht ihr ins hübsche Gesicht geschrieben. Und wenn ich hübsch sage, meine ich damit umwerfend schön. Ihre fast schwarzen, glatten Haare gehen ihr beinah bis zur Hüfte. Sie hat hervorstehende Wangenknochen, eine olivfarbene Haut, und ihre Augen haben die Farbe von Espresso. Sie ist größer als ich, und bei ihrem schlanken Körperbau kann es gut sein, dass sie früher mal Model war.

»Das ist also deine kleine Fable?« Ihre herablassende Stimme geht mir schon jetzt auf die Nerven, und ich versteife mich. Drew breitet die Hand auf meinem Rücken aus und presst mir seine Finger auf die Haut. Es ist beruhigend, seine Hand dort zu spüren.

»Ja, ich bin Fable. Freut mich, Sie kennenzulernen.« Ich strecke ihr die Hand entgegen, und sie nimmt sie mit offensichtlicher Verachtung und lässt sie sofort wieder los, als wäre sie mit Scheiße beschmiert.

Was hat die blöde Kuh denn für ein Problem?

»Fable, das ist Adele«, stellt Drew sie mir grimmig vor. »Adele, das ist meine Freundin.«

Er betont das Wort Freundin besonders, und in Adeles Augen sehe ich so etwas wie Abscheu aufflackern. Doch so schnell es da war, ist es auch schon wieder verschwunden.

»Drew.« Der Mann neben Adele sieht aus wie eine ältere Version meines angeblichen Freunds, und ich bin beeindruckt. Drew wird umwerfend gut aussehen, wenn er vierzig, fünfzig ist, sollte er dann immer noch nach seinem Dad kommen.

So etwas wie Zuneigung ist auf Drews Gesicht zu erkennen, und er lässt mich los, um seinen Vater kurz zu umarmen. Doch genauso schnell, wie er mich losgelassen hat, legt er mir seinen starken Arm auch schon wieder um die Taille, und seine Finger ruhen auf meiner Hüfte. Es ist eine ziemlich besitzergreifende Geste, eine, die ich unglaublich erotisch finde, und ich muss mir kurz in Erinnerung rufen, dass das hier nur gespielt ist.

Drew will keine Freundin. Er scheint Mädels nicht besonders zu mögen. Weswegen ich mich frage, ob er vielleicht vom anderen Ufer ist.

Ich sehe ihn an und ergötze mich an den vielen dunklen Haaren und diesen intensiven blauen Augen mit den dichten Wimpern. Was für ein Jammer, sollte es so sein. Was für ein Verlust für uns Frauen!

»Dad, das hier ist Fable. Meine Freundin«, sagt er wieder, und dieses Mal wird meine Hand herzlich geschüttelt, auch wenn der abschätzende Blick seines Vaters mich verunsichert. Ich werde beurteilt, und ich bin mir dessen durchaus bewusst. Wenn ich in der Kneipe arbeite, bin ich daran gewöhnt, denn hey, die Jungs glotzen mich halt an. Das gehört zum Job dazu.

Aber dieser ältere Mann betrachtet mich auf eine Weise, die bewirkt, dass ich mich unwohl fühle. Ich würde mich am liebsten aus Drews Umarmung winden und von hier abhauen.

»Wie war die Fahrt?«, fragt Drews Vater, als er es schließlich schafft, den Blick von mir zu reißen. Vor Erleichterung falle ich beinah in mich zusammen.

»Gut.« Drew hält kurz inne. »Ich dachte, ihr beide wärt heute Abend nicht da.«

»Adele war heute Abend nicht schon wieder nach einer Country-Club-Veranstaltung«, erklärt sein Dad.

»Die sind ständig. Diese Woche ist sogar noch eine, und da werdet ihr beide mitkommen.« Drews Stiefmutter wedelt mit einer ihrer eleganten Hände und setzt ein Lächeln auf, bei dem ihre geraden, weißen und so widerlich perfekten Zähne zum Vorschein kommen. Ich würde sie ihr am liebsten einschlagen und zusehen, wie sie ihr einzeln aus dem Mund fallen. Aus irgendeinem Grund bringt sie eine gewalttätige Seite in mir hervor. »Ich wollte hier sein, um euch zu begrüßen.«

»Wäre echt nicht nötig gewesen«, murmelt Drew und bohrt mir die Finger ins Fleisch.

Das hier ist einfach so merkwürdig. Keiner scheint den anderen zu mögen, und die Spannung zwischen uns vieren ist beinah schmerzhaft spürbar. Ich hab so etwas wie Zuneigung zwischen Drew und seinem Dad gesehen, aber abgesehen davon sind alle auf der Hut und voller Misstrauen. Als würden sie etwas vollkommen anderes meinen, als sie sagen.

Unheimlich.

Einen flüchtigen Moment fühle ich mich versucht, nach Drews Hand zu greifen und ihn hier rauszuzerren. Die Atmosphäre in diesem Haus ist einfach unglaublich negativ aufgeladen.

Aber ich tue es nicht.

»Ihr schlaft im Gästehaus. Ich hab beide Zimmer für euch herrichten lassen«, sagt sein Dad.

»Ich finde das unangebracht«, unterbricht ihn Adele und presst die Lippen aufeinander. Offensichtlicher könnte sie ihr Missfallen nicht kundtun.

Drews Dad verdreht die Augen. »Er ist verdammte einundzwanzig Jahre alt, Adele. Die beiden können doch ein bisschen Privatsphäre haben.«

Hm. Seine Stiefmutter will also nicht, dass wir Unzucht treiben, aus Angst, dass wir von einem allwissenden Gott erschlagen werden könnten, und sein Dad will uns dazu ermutigen, indem er uns einen Zufluchtsort gibt.

Das ist alles so was von merkwürdig.

»Danke, Dad. Das Gästehaus ist prima.« Die Erleichterung ist Drew anzuhören, und ich muss zugeben, dass auch ich erleichtert bin. Ich will nicht mit diesen Leuten in einem Haus wohnen. Sie scheinen mich nicht besonders zu mögen.

Na ja, einer benimmt sich, als würde er mich vielleicht sogar zu *sehr* mögen, und die andere würde mich am liebsten überhaupt nicht ansehen müssen.

»Ihr wollt euch sicherlich erst mal ein wenig ausruhen.« Drews Dad zwinkert ihm zu. *Zwinkert* ihm zu und schlägt ihm mit einer solchen Wucht auf den Rücken, dass Drew einen Schritt vorwärts macht und mich mitreißt. »Wir treffen uns um acht zum Frühstück. Maria macht uns ihre berühmten Omeletts.«

Sie haben eine Köchin. Ich bin total baff. Hier gibt es echt viel zu viel Geld, dabei machen alle drei einen so griesgrämigen oder zerbrechlichen oder falschen Eindruck, wie können sie da glücklich sein? Ich dachte immer, mit Geld könnte man Glück kaufen. Ich zähle jedenfalls darauf, dass Owen und ich mit dem Geld auf meinem Konto für mindestens drei Monate glücklich sein werden, obwohl ich weiß, dass das vielleicht etwas viel verlangt ist.

Mir wird gerade bewusst, dass Geld nicht automatisch glücklich macht. Und da haben wir's wieder. Ich bin ein wandelndes Klischee.

Drew

Sobald wir das Gästehaus betreten, seufze ich erleichtert auf, so dankbar bin ich, dem erdrückenden Haus meiner Kindheit entkommen zu sein. Ich kann es immer noch nicht fassen, wie Adele sich gerade benommen hat. Wie eine eifersüchtige Freundin, die Fable am liebsten die Krallen ins Fleisch gehauen hätte. Und sie einfach »meine kleine Fable« zu nennen – geht's noch?

Und mein Dad hat sie ganz offensichtlich abgecheckt. Mir haben sich die Nackenhaare aufgestellt, dabei war ich noch nicht mal derjenige, der begutachtet wurde. Das hier ist noch viel schlimmer, als ich es mir vorgestellt hab, und es ist mir mega peinlich.

Vielleicht sollten wir gleich wieder fahren. Oder ich bringe Fable zum Bus und schicke sie nach Hause, damit sie sich das hier nicht länger antun muss. Es ist furchtbar, und ich will nicht, dass sie das mitmachen muss. Das Geld kann sie behalten.

»Deine Eltern sind echt ganz schöne Freaks.«

Wie sie mit ihrer süßen Stimme die Leute, bei denen ich aufgewachsen bin, beleidigt, schockiert mich derart, dass ich lachen muss. Und irgendwie gar nicht wieder aufhören kann. Es fühlt sich gut an. Wann hab ich zum letzten Mal so gelacht? Ich kann mich nicht daran erinnern.

»Lachst du, weil es die Wahrheit ist, oder weil es besser ist, als mich anzuschreien?« Fable klingt ein bisschen nervös, aber ich meine auch so etwas wie Belustigung in ihrer Stimme zu hören.

»Du bist einfach brutal ehrlich, und das weiß ich zu schätzen«, schaffe ich es schließlich zu sagen. »Und du hast recht. Sie *sind* Freaks.«

»Es war so eine angespannte Stimmung da drin. Ich raff das nicht.« Sie sieht sich im Gästehaus um. Mit dem offenen Flur und der Fensterfront mit Blick aufs Meer ist es ähnlich beeindruckend wie das Haupthaus, wenn auch auf einem anderen Level. Es ist viel gemütlicher hier; das Gästehaus hat nicht diese »Sieh her, aber fass bloß nichts an«-Atmosphäre. »Oh, es gibt sogar eine Terrasse.«

Ich sehe ihr hinterher, wie sie durchs Wohnzimmer zur Terrassentür geht, sie ohne zu zögern öffnet und hinaustritt. Ich folge ihr, denn ich bin gespannt, was sie noch zu meiner Freak-Familie zu sagen hat.

Sie lehnt sich gegen das Geländer und sieht aufs Meer hinaus, während der Wind mit ihren langen, blonden Haaren spielt. Sie fasst in die Tasche ihres dünnen, schwarzen Mantels und holt mit beschämtem Gesichtsausdruck eine Zigarette und ein Feuerzeug hervor. »Ich hab es mir eigentlich abgewöhnt, aber ich hab für den Notfall immer gern ein paar Zigaretten dabei.«

»Und was da drüben gerade passiert ist, ist für dich ein Notfall?«

Fable wirft mir ein kurzes Lächeln zu, bevor sie mit der Hand den Wind abschirmt und das Feuerzeug ein-, zweimal anzündet. Dreimal, bis die Flamme schließlich angeht. Die Zigarette baumelt zwischen ihren Lippen, und sie hält die Feuerzeugflamme an die Spitze, zieht, und die Zigarette brennt. »Oh Gott, ja, absolut.« Sie pustet den Rauch über das Geländer, und die kleine graue Wolke schwebt kurz im Dunkeln, bevor sie verschwindet. »Dein Dad ... ich hatte das Gefühl, dass er mich abcheckt.«

»Hat er auch«, sage ich leise. »Tut mir leid.«

»Ist ja nicht deine Schuld.« Sie winkt ab, als könne sie es damit ungeschehen machen.

»Ich hab dich hierher gebracht. Von daher ist es schon meine Schuld.«

Wieder winkt sie ab. »Sehe ich eigentlich nicht so. Ich würde nur sagen, wenn du das nächste Mal eine angebliche Freundin mitbringst, solltest du sie vielleicht ein bisschen besser vorbereiten.«

Ich lache leise. Auf gar keinen Fall werde ich noch mal jemanden hierher mitbringen. Wenn es nach mir ginge, würde ich nie wieder herkommen. Es ist mir egal, wie schön es hier ist. Ich hasse diesen Ort. Dieses Haus fühlt sich für mich wie ein Gefängnis an.

»Kann ich dich mal was super Persönliches fragen?«

Ich stoße die Luft aus. Mädels – oder besser gesagt Fable – und ihre super persönlichen Fragen werden mich noch umbringen. »Schieß los.« Ich hab nichts zu verstecken.

Als ob. Ich hab so viel zu verstecken, dass es mir echt Angst macht.

»Drew … bist du schwul?«

Verdammte Scheiße! Warum glauben das eigentlich alle?

Fable

Ich halte die Luft an, während ich auf seine Antwort warte. Es ist eiskalt, und der peitschende Wind kriecht mir in die Knochen. Ich mache die Wirkung des Nikotins für meine viel zu aufdringliche Frage verantwortlich. Ich hätte ja wenigstens ein oder zwei Tage damit warten können, oder nicht? Ein bisschen Zeit mit ihm verbringen und erst mal ein bisschen Vertrauen aufbauen.

Aber meine große Klappe und meine Neugier konnten nicht eine Sekunde länger warten. Ich muss es einfach wissen. Es würde die Woche mit ihm um einiges einfacher machen. Dann müsste ich mir nicht die ganze Zeit Sorgen darum machen, dass er mich angraben könnte.

Oder schlimmer noch, mir die ganze Zeit heimlich wünschen, *dass* er mich angräbt. Und mich fragen, was denn mit mir nicht stimmt und warum er nicht auf mich steht.

Unglaublich, er hat mir *immer* noch nicht geantwortet!

»Warum fragst du?«, will er schließlich wissen, womit er eine Frage mit einer Gegenfrage beantwortet, was ich überhaupt nicht mag. Owen macht das ständig.

Und außerdem muss ich ihm dadurch gleich alle

Gründe aufzählen, warum ich denke, dass er schwul sein könnte. Nicht, dass es viele davon gäbe. Ich bin ja überhaupt erst auf der langen Fahrt zu seinen Eltern auf die Idee gekommen.

»Na ja, du hast gesagt, du hast noch nie eine richtige Freundin gehabt. Und dass dein Vater sich Sorgen macht, weil er dich nie in weiblicher Begleitung antrifft. Ich hab dich auch noch nie mit einem Mädchen in der Kneipe gesehen, geschweige denn mit irgendeiner flirten gesehen, auch wenn ich, ehrlich gesagt, auch nicht besonders auf dich geachtet hab«, füge ich schnell noch hinzu. Ich bin wenigstens ehrlich. Ich hab eben nicht besonders auf ihn geachtet, aber wenn ich mich recht erinnere, ist er kein großer Weiberheld.

»Vielleicht hab ich ja einfach noch nicht die Richtige gefunden.«

Mein Herz schwillt vor Hoffnung an, was so unglaublich lächerlich ist, dass ich mir am liebsten selbst gegen die Brust schlagen würde. Ich bin eine totale Idiotin, zu denken, ich könnte die Richtige für ihn sein.

Die Bezahlte. Das ist alles, was ich jemals für ihn sein werde.

»Und, ähm, willst du auf die Richtige warten?« Ich versuche, ganz gelassen zu klingen, während alles in mir sich in ein einziges Chaos verwandelt hat. Ich bin zwanzig. Er ist einundzwanzig. Kann es wirklich sein, dass er noch Jungfrau ist? Ich weiß, dass es so etwas gibt, aber Drew Callahan hätte ich niemals für so jemanden gehalten.

Sein dunkles Lachen verrät, dass ich falschliege, und ich werde von überwältigender Erleichterung durchströmt. »Ich bin absolut keine Jungfrau. Aber … das letzte Mal ist schon eine ganze Weile her.«

Ich ziehe an der Zigarette. »Warum?« Ups, schon wieder! Ich stecke meine Nase in Sachen, die mich absolut nichts angehen.

Er zuckt mit den Achseln, und sein Flanellhemd spannt sich über den Schultern. Drew hat wirklich schöne Schultern. »Ich hab keine Lust auf Beziehungen. Und Sex ist … zu kompliziert.«

Interessant. Ich finde Sex viel zu einfach. »Vielleicht hast du den falschen Sex.«

»Vielleicht ist der falsche Sex alles, was ich kriegen kann.« Sein starker Kiefer spannt sich an, und seine Augen verdunkeln sich. Er ist sauer. Ich weiß, das ist total bekloppt, aber er sieht gerade unheimlich sexy aus. Allein sein wütender Gesichtsausdruck bringt mein Herz zum Stottern.

Seine Antwort ist viel zu mysteriös. »Klingt ganz so, als hättest du eindeutig den falschen Sex.« Ich versuche zu lachen und schnipse die Asche über das Geländer, wobei mir sein angeekelter Blick auffällt.

Drew lacht nicht. Ich frage mich, ob ich ihn verletzt habe.

Die Zigarette brauche ich, weil ich nervös bin, auch wenn sein Angewidertsein nervt, aber ich kann nun mal nicht anders. Ich hab schon in der Schule geraucht, weil ich es für cool gehalten hab oder was weiß ich, und danach hab ich von einem auf den anderen Tag aufgehört. So ziemlich.

Aber ich hab immer meine Geheimschachtel dabei, wie eine Kuscheldecke, und ich rauche nur noch, wenn ich extrem aufgewühlt bin und mich beruhigen muss.

So wie heute Abend. Die Begegnung mit seinen Eltern war einfach krass. Normalerweise rauche ich eine Schachtel in sechs Monaten. Aber so wie ich im Moment rauche, werde ich spätestens am dritten Tag dieses sogenannten Urlaubs bei einer Schachtel am Tag sein.

»Wenn mein Dad dich jetzt sehen könnte, würde er ausrasten«, reißt Drew mich aus den Gedanken.

Ich ziehe noch einmal an der Zigarette, bevor ich sie ausdrücke und so weit wie möglich wegschnipse. Nicht, dass sie bis ins Meer fliegen wird, aber der Gedanke, wie es zischt und ein letztes Rauchwölkchen aufsteigt, wenn die Kippe ins Wasser fällt, gefällt mir trotzdem. Doch in Wirklichkeit bin ich eine ganz gewöhnliche Umweltsau, und ich fühle mich echt mies deswegen, aber Drew tadelt mich nicht. »Das ist dann wohl unser kleines Geheimnis«, sage ich.

»Nach dieser Woche werden wir bestimmt eine Menge Geheimnisse haben, oder?« Es ist eigentlich keine Frage, sondern mehr eine Feststellung, und er hat recht.

»Ja, das werden wir.« Ich lächle ihn an, aber er erwidert mein Lächeln nicht. Stattdessen dreht er sich um, geht ins Haus und schließt mit einem leisen Klick die Tür hinter sich.

Und lässt mich in der kalten, dunklen Nacht allein mit meinen kalten, dunklen Gedanken zurück.

KAPITEL 5

Tag 2, 14 Uhr

Liebe ist ein Rauch,
den Seufzerdämpfe erzeugten.
– William Shakespeare

Fable

Reiche Leute sind echt ätzend. Sie sind unhöflich, tun so, als dürften sie alles, und Gott bewahre, wenn man arm aussieht. Ich trage Jeans und ein Sweatshirt, nichts Besonderes, und sie sehen mich mit einer Mischung aus Spott und Ekel an, wie einen Penner. Als wäre ich gerade aus der Gosse gekrochen. Sie tun fast so, als hätten sie Angst vor mir. Als würde ich jeden Moment ein Messer zücken und Geld von ihnen verlangen.

So ergeht es mir, als ich die Ocean Avenue in Carmel mit all ihren süßen Läden entlangspaziere. Drew hat mich oben auf dem Hügel rausgelassen und erklärt, dass es eine unendliche Menge an Geschäften und Galerien auf der Haupt- und in den Nebenstraßen gibt. Er meinte, ich könnte stundenlang hier herumlaufen, und ich hab bereitwillig zugestimmt, denn ich wusste, dass sein Dad mit ihm unter vier Augen reden wollte.

Was sie jetzt auch gerade tun. Sie sitzen in irgendeinem Restaurant und tun so, als würden sie mittagessen, während sein Dad ihn garantiert mit den üblichen Was-machst-du-bloß-aus-deinem-Leben-Fragen ins Gebet nimmt. Zum Glück hatte Adele einen Friseurtermin und konnte nicht mit, auch wenn sie gern bereit gewesen wäre, ihn abzusagen. Aber Drews Dad hat sie aufgehalten und gesagt, er wolle allein mit seinem Sohn reden.

Ihre Verbitterung und Enttäuschung war für alle offensichtlich.

Mir war es kalt den Rücken runtergelaufen. Die Frau ist mir echt unheimlich. Ich kann sie nicht ausstehen und sie mich nicht. Überhaupt nicht. Und sie versucht krampfhaft, Zeit mit Drew zu verbringen, während er ihr auf Teufel komm raus aus dem Weg geht. Ich kapiere das nicht.

Wobei ich natürlich die Letzte bin, die sich ein Urteil über kaputte Familien erlauben darf. Meine Familie ist die absolute Katastrophe.

Ich bleibe vor einem Schaufenster stehen und sehe hinein. Die Schuhe im Fenster sind wahrscheinlich so teuer, dass ich sie mir gar nicht erst angucken sollte, geschweige denn, den Laden betreten. Zum Glück klingelt mein Handy und bewahrt mich davor, etwas dermaßen Gewagtes zu tun.

»Sag, dass alles okay ist«, gehe ich ran.

»Es ist alles okay«, antwortet Owen. Verdammt, ich kann ihn richtig grinsen hören!

»Müsstest du nicht in der Schule sein?« Es ist gerade mal zwei. Er hat erst um drei aus.

»Ich hatte heute nur den halben Tag.«

Er lügt. Der halbe Tag ist erst am Mittwoch, aber es hat keinen Zweck, mit ihm darüber zu streiten. Ich bin nicht da. Ich kann eh nichts unternehmen. »War Mom zu Hause?«

»Ja, gestern Abend war sie da, aber es war total ätzend.« Er flucht leise vor sich hin. »Sie hatte ihren neuen Freund zu Besuch.«

Igitt. Bin ich froh, dass ich nicht da war. Obwohl ihn meine Mutter dann wahrscheinlich nicht mitgebracht hätte. Dann wäre sie stattdessen bei ihm gewesen. »Ist er nett?«

»Nein, er ist ein Idiot. Hat Mom herumkommandiert und sie ständig Bier holen lassen. Ich hab ihm irgendwann gesagt, dass er sich sein verdammtes Bier selbst holen soll.«

Stöhnend lasse ich mich gegen die Wand sinken, wodurch ich merkwürdige Blicke von ein paar Passanten ernte. »Das hast du hoffentlich nicht gesagt.«

»Na klar. Er ist total unhöflich und ständig besoffen. Mom verdient jemand Besseren.«

Ich kann ihm da leider nicht zustimmen, denn das glaube ich nicht. Sie hat die ganzen letzten Jahre Entscheidungen getroffen, und es waren immer die gleichen. Ich weiß nicht, mit wie vielen besoffenen Arschlöchern meine Mom schon im Bett war. Owen hat davon zum Glück nichts mitbekommen, weil ich ihn von der endlosen Reihe von Freunden so weit wie möglich abgeschirmt habe.

»Ist Mom sauer auf dich geworden?«

»Sie hat nichts gesagt, aber der Typ hat gedroht, mir den Arsch zu versohlen, wenn ich ihm noch mal so komme.«

»Verdammte Scheiße«, flüstere ich und schließe kurz die Augen. Genau deswegen hätte ich zu Hause bleiben sollen. Ich bin noch nicht mal drei Tage weg, und schon ist zu Hause die Hölle los. »Ich hoffe mal sehr, dass er dich nicht angefasst hat, sonst rufe ich die Bullen.«

»Pfft.« Dreizehnjährige halten sich ja gern für unbesiegbar, und auch mein Bruder ist da keine Ausnahme. »Als wenn der mir was tun könnte. Da hat der aber zuerst eine sitzen.«

»Ich komme nach Hause.« Panik steigt in mir auf. Ich weiß, dass alles ziemlich schnell außer Kontrolle geraten kann, wenn ich nicht da bin. Was Owen gerade erzählt hat, zeigt das mal wieder deutlich. »Ich nehme den nächsten Bus oder Zug oder was auch immer und komme sofort nach Hause, wenn du mich brauchst.«

»Und was ist mit diesen verzogenen Gören, um die du dich kümmerst? Du kannst doch nicht einfach deinen Job hinschmeißen.«

»Doch, kann ich, wenn du mich brauchst. Kein Job ist wichtiger als meine Familie.« Ich blicke mich um und beobachte die schönen Menschen, die an mir vorbeigehen. Es ist kalt, und es hängt immer noch eine Art Nebel in der Luft, wenn auch ziemlich weit oben, mehr wie Wolken, und der Gehweg ist von Einheimischen und Touristen überfüllt. Es ist nicht besonders schwer, sie auseinanderzuhalten.

»Bleib da. Wir werden das Geld garantiert noch brauchen.« Er senkt die Stimme, und im Hintergrund höre ich jemanden rufen, wahrscheinlich einen seiner Punk-Freunde. Gott, wahrscheinlich hängen die gerade alle bei uns in der Wohnung rum und essen unsere ganzen Vorräte auf. »Mom hat ihren Job verloren.«

Das Herz rutscht mir in die Hose. Sie hat Teilzeit im Ersatzteillager eines Autohauses gearbeitet. Nichts Großes, sie hat nur den Mindestlohn bekommen, aber wir brauchen jeden Cent. Das Geld von Drew wird nicht lange reichen, vor allem nicht, wenn sie arbeitslos ist. »Großartig. Wann ist denn das passiert?«

»Heute Morgen. Sie hat mir 'ne SMS geschickt. Sie schläft heute bei Larry.«

»Dann bist du allein zu Hause?« So ein Mist! Das wollte ich unbedingt verhindern.

»Ich gehe noch zu Wade, also mach dir keine Sorgen. Ich werde bei ihm schlafen.« Er sagt das so unbeschwert, dass sich mir die Nackenhaare aufstellen.

Er lügt, das kann ich doch hören. Ich kenne ihn so gut, ich könnte seine Mutter sein. »Das hoffe ich für dich. Ich ruf nachher bei ihm zu Hause an, und dann solltest du besser da sein.«

»Das ist nicht dein Ernst, Fable. Vertraust du mir etwa nicht?«, mault er und klingt wieder wie der kleine Bruder von früher. Noch ein Zeichen dafür, dass er lügt.

»Nein, nicht wenn ich nicht da bin.« Mein Handy piept, und ich sehe schnell aufs Display.

Eine SMS von Drew. Und es ist nur ein Wort.

Marshmallow.

Mist.

»Hey, ich muss los, aber ich ruf dich heute Abend an, und ich werde mit Wades Mutter reden. Ich will nur sichergehen, dass alles okay ist und du deine Hausaufgaben machst und so.«

»Fable, das ist so ein …«

»Tschüss.« Ich lege auf, bevor Owen mich noch mehr aufregt, und schreibe Drew sofort zurück.

Ich kann dich nicht retten kommen, wenn ich nicht weiß, wo du bist.

Mein Herz schlägt viel zu heftig, nachdem ich die SMS abgeschickt habe. Es ist das erste Mal, dass Drew das »Marshmallow«-Codewort benutzt, und ich mache mir echt Sorgen. Gestern haben wir fast den ganzen Tag im Haus rumgehangen. Nachmittags war ich dann am Strand, als Drew mit seinem Dad Golfen gefahren ist. Es gibt wohl jede Menge tolle Golfplätze in der Gegend, wie Drew mir erzählt hat. Als ob mich das interessieren würde. Ich finde Golf todlangweilig, aber Adele hatte sich den beiden anscheinend angeschlossen, obwohl sie selbst gar nicht spielt. Wahrscheinlich ist sie ihnen die ganze Zeit auf dem Golfwägelchen hinterhergefahren.

Das Essen am Sonntagabend war ganz schön merkwürdig. Adele hatte versucht, sich mit Drew zu unterhalten, indem sie ihm ständig total persönliche Fragen gestellt und mich dabei absolut ignoriert hat. Sein Dad, der die seltsame Stimmung überhaupt nicht bemerkte, hatte sich ein Glas Wein nach dem anderen eingeschenkt und konnte irgendwann gar nicht mehr richtig reden.

Ich hab mich nach dem Essen entschuldigt und behauptet, müde von den Zwischenprüfungen und den ganzen Hausarbeiten zu sein, was natürlich total gelogen war, schließlich gehe ich ja gar nicht aufs College. Drew benutzte die gleiche Ausrede. Dann sind wir beide zurück ins Gästehaus und in unsere jeweiligen Zimmer gegangen. Ich war so müde, dass ich dachte, ich würde sofort einschlafen, aber das tat ich nicht. Ich lag noch über eine Stunde lang wach und dachte über Drew und die verrückte Familiendynamik nach, die sich hier abspielt.

Mein Handy piept, und ich blicke aufs Display.

Restaurant zwischen 6. Straße und Ocean Ave. Ich muss hier raus. Warte draußen auf dich.

Sieht ganz so aus, als müsste ich meinen angeblichen Freund vor seinem anmaßenden Vater retten.

Drew

Ich atme erleichtert auf, als ich sie sehe, und das beklemmende Gefühl der Angst verflüchtigt sich. Ich stehe draußen vor dem Restaurant, seit ich Dad gesagt habe, ich müsse mal kurz telefonieren, obwohl ich in Wirklichkeit bloß auf Fable warten wollte.

Und von ihm wegkommen.

Sie lächelt, als sie näherkommt. Die blonden Haare trägt sie zu einem hohen Pferdeschwanz gebunden, sodass die runden Wangen neben ihrer hübschen Nase und den vollen Lippen voll zur Geltung kommen. Je öfter ich sie ansehe, desto hübscher finde ich sie. Aber nicht nur hübsch …

Fable ist heiß. Sie hat einen verdammt tollen Körper, den ich jetzt, seit wir im Gästehaus wohnen, schon in verschiedenen Abstufungen des Ausgezogenseins bewundern durfte. Heute Morgen habe ich sie nur im Handtuch gesehen, als sie gerade aus dem Bad kam und in ihr Zimmer gelaufen ist. Sie hat mich nicht mal bemerkt.

Aber ich habe *sie* gesehen. Diese ganze cremefarbene, feuchte, nackte Haut. Ich wäre ihr am liebsten hinterhergelaufen. Hätte sie am liebsten an mich gerissen und ihren Körper an meinem gespürt. Ich hätte gern meine Finger in ihren nassen Haaren vergraben und ihre Lippen gespürt …

Verdammt. Allein die Erinnerung daran lässt meine Haut in Flammen stehen. Ich gebe mir ja immer Mühe, alle von mir fernzuhalten, besonders Mädels, aber Fable geht mir echt unter die Haut und löst gewisse Bedürfnisse in mir aus.

Nach ihr.

In ihrer hautengen Jeans und dem großen schwarzen Sweatshirt sieht sie einfach zum Anbeißen aus. Und so denke ich sonst nie. Sie bringt mich dazu, Gedanken und Gefühle zu haben, die gleichzeitig beängstigend und befreiend sind.

Anders gesagt, durch Fable bin ich in einem Zustand ständiger Verwirrtheit.

»Da bin ich.« Sie bleibt direkt vor mir stehen. Sie reicht mir nur bis zur Brust, so klein ist sie. Ich könnte sie hochnehmen, über die Schulter werfen und wegtragen, kein Problem. »Zu deiner Rettung bereit.«

Wir hatten das Codewort »Marshmallow« bis jetzt noch gar nicht benutzt, von daher bin ich positiv überrascht, wie schnell sie mir zu Hilfe eilt. Zwar war mein Dad jetzt gar nicht besonders fies, und er hat mich auch nicht angeschrien oder so, aber er hat einfach nicht aufgehört, mir Fragen über meine Zukunft zu stellen. Die ich ihm nicht beantworten kann, denn ich hab absolut keine Ahnung, was passieren wird.

Schließlich hab ich es nicht länger ertragen und von der Toilette aus Fable die »Marshmallow«-SMS geschickt.

Und jetzt ist sie da. Bereit, mit mir abzuhauen.

»Danke, dass du gekommen bist.«

»War er gemein zu dir?«

»Nein, ich ... hatte nur keine Lust, seine ganzen Fragen zu beantworten.«

»Oh.« Dieses einfache Wort ist selbst mit allen möglichen Fragen versehen. Wovon ich auch keine einzige beantworten kann.

»Wie war dein Einkaufsbummel?« Das ist es doch, was Mädels gern machen. Shoppen und Geld ausgeben, obwohl ich nicht glaube, dass Fable besonders viel Geld hat, das sie ausgeben kann. Na ja, hätte sie schon, wenn sie das Geld von mir nehmen würde, aber ich weiß, dass sie es aufsparen will, um sich damit um ihren Bruder zu kümmern.

Die edle Bardame Fable. Klingt wie ein modernes Märchen.

»Die Läden hier sind für meinen Geschmack alle etwas teuer.« Sie zieht die Nase kraus, was wahnsinnig süß aussieht. »Ich kann es mir nicht leisten, überhaupt reinzugehen, und erst recht nicht, was zu kaufen. Ich geh eh nicht gern shoppen.«

Was macht sie denn dann gern, außer am Strand sein? Ich weiß echt nichts über sie. Und was ich weiß, verstehe ich nicht ganz. Wir sind das totale Gegenteil in so ziemlich allem.

»Was machst du dann gern in deiner Freizeit?« Sie sieht mich ganz merkwürdig an, und ich fühle mich wie ein Idiot. »Ich meine, hast du irgendwelche Hobbys oder so?«

Sie lacht. »Ich hab keine Zeit für Hobbys. Früher hab ich gern gelesen.«

»Früher?«

»Ich hab viel zu viel zu tun.« Sie zuckt mit den Schultern. »Arbeiten, mich um meinen Bruder kümmern, die Wohnung putzen. Ich bin immer total müde, und wenn ich abends ins Bett falle, schlafe ich sofort ein.« Sie wendet den Blick ab.

»Ich auch.« Ich hab absichtlich immer zu viel um die Ohren. Mein Lernpensum ist krass, obwohl ich keinen blassen Schimmer habe, was ich außer Football mit meinem Leben anfangen will. Mein Coach ist sauer, dass ich über die Ferien nicht auf dem Campus geblieben bin, um zu trainieren, und ich fühle mich deswegen immer noch mies. Uns steht ein großes Spiel bevor, und dafür muss ich spitzenmäßig vorbereitet sein.

»Echt?« Sie klingt überrascht.

Ich nicke. »Ist einfacher so, findest du nicht? So beschäftigt sein, dass einem niemand auf die Nerven gehen kann.«

Sie betrachtet mich eine Weile aufmerksam mit leicht zugekniffenen Augen. Als könne sie mit diesen grünen Augen direkt in mich hineinsehen und meine versteckten Geheimnisse erforschen.

Das gefällt mir nicht.

»Da bist du ja.« Ich drehe mich um und sehe, wie mein Vater offensichtlich verärgert aus dem Restaurant kommt. Er wirft Fable einen Blick zu, und seine Kieferpartie spannt sich an. »Ich glaube, unser Gespräch war noch nicht beendet«, sagt er in scharfem Tonfall.

»Oh, tut mir leid, ich dachte, ihr zwei wärt fertig«, greift Fable schnell ein. Sie schlingt einen Arm um mich und drückt ihren heißen Körper an meinen. Ihre Brüste pressen sich gegen meine Rippen, und bewundernd blickt sie zu mir auf. »Ich brauche Drews Hilfe. Ich kann mich nicht entscheiden, welche Schuhe ich kaufen soll.«

Sie ist wirklich gut. Es ist keine zwei Minuten her, dass sie darüber geklagt hat, wie sehr sie Shoppen hasst, und jetzt ist sie die albern lächelnde Freundin, die ohne ihren Freund keine Entscheidung treffen kann.

»Die sind dann wohl für heute Abend?«, fragt Dad.

»Was ist denn heute Abend?« *Großartig.* Ich will niemandem etwas vorspielen. Schlimm genug, dass wir das vor Dad und Adele tun müssen. Es wird sich wie eine richtig große Nummer anfühlen, wenn wir das auch noch in der Öffentlichkeit machen.

»Ein besonderes Thanksgiving-Dinner im Country Club. Wir haben euch doch davon erzählt, als ihr angekommen seid.«

Auf gar keinen Fall will ich da hin. Hört sich an wie eine ganz besonders furchtbare Veranstaltung. »Ich weiß nicht …«

»Ich bestehe darauf«, unterbricht mich Dad mit diesem typischen Gesichtsausdruck, der keine Widerrede erlaubt.

»Hört sich toll an.« Fable drückt mich noch fester, aber ich höre die Anspannung in ihrer Stimme. Ich glaube, für sie klingt es auch eher nach einem besonders schlimmen Abend. »Was soll ich anziehen?«

»Etwas Halbformelles. Ein legeres Cocktailkleid.« Dad strahlt, als wüsste er, wie sehr er Fable damit verunsichert. Was für ein Arsch. »Du hast in deiner Trickkiste doch sicher irgendwo ein hübsches Kleid.«

»Dad.« Es kotzt mich an, wie er mit ihr redet, aber wie soll ich ihn zurechtweisen? Ich hab so was noch nie vorher getan, denn, Scheiße verdammte, er ist nun mal mein Vater. Er ist alles, was ich hab.

Er ignoriert mich, was mich jetzt nicht besonders überrascht.

»Adele möchte, dass ihr um fünf zu Hause seid, damit wir alle rechtzeitig fertig sind.« Dad sieht auf seine Uhr. »Ich hab in einer halben Stunde einen Termin mit einem Klienten. Bis später.«

Schweigend sehen wir ihm hinterher. Fable kuschelt sich immer noch an mich, bis wir ihn nicht mehr sehen. Dann löst sie sich langsam von mir, und sofort vermisse ich sie.

Wie blöd kann man nur sein?!

»Ich hab nichts zum Anziehen für irgendeine schicke Cocktail-Dinner-Party.« Sie klingt gestresst. »Du hast nicht gesagt, dass ich irgendwas in der Art einpacken soll.«

Das hätte ich mal machen sollen. Ich bin ein Idiot. Wie konnte ich das nur vergessen? Aber mein Plan war so kurzfristig, dass ich alles Mögliche vergessen hab. »Ich kauf dir was«, sage ich. »Komm, wir suchen was für dich aus. Wir haben noch jede Menge Zeit.«

Sie schüttelt den Kopf. »Auf gar keinen Fall. Du hast schon viel zu viel Geld für mich ausgegeben. Ich werde es nicht zulassen, dass du mir ein teures Cocktailkleid kaufst, das ich ein einziges Mal anziehe. Wir spielen hier doch nicht *Pretty Woman*.«

Aber irgendwie tun wir das sehr wohl. Ich hab den Film gesehen – wer hat das nicht? Der Typ, den Richard Gere spielt, hat der Prostituierten, aka Julia Roberts, garantiert dreitausend Dollar gezahlt, damit sie sich als seine Freundin ausgibt. Und er hat ihr auch einen Haufen Klamotten gekauft.

Die Parallelen lassen sich nicht bestreiten.

»Ich tue es gern.« Ich nehme ihre Hand und drücke sie. Sie wirft mir einen verwunderten Blick zu, als könne sie nicht glauben, dass ich sie freiwillig berühre, ohne dass uns jemand sieht, aber scheiß drauf.

Sie soll wissen, dass sie nicht nur mir hilft, sondern ich auch ihr helfen will. Ich will nicht, dass sie sich unwohl fühlt. Ich will nicht, dass meine Eltern sie schlechtmachen oder ihr das Gefühl geben, nicht dazuzugehören. Es ist schlimm genug, dass wir beide wissen, dass es so ist.

Aber selbst ich habe das Gefühl, nicht dazuzugehören. Von außen betrachtet, tue ich das vielleicht, aber in meinem Innern? Absolut nicht. Und niemand weiß, was ich durchgemacht habe.

Und das soll auch so bleiben.

Wir finden einen dieser trendigen teuren Klamottenläden ganz am Ende des exklusiven Outdoor-Shoppingcenters, wo ich sie ursprünglich abgesetzt hatte. Fable fühlt sich anscheinend nicht ganz so unwohl hier; sie kennt die Ladenkette, und auch wenn sie sagt, sie wäre teuer, ist sie nicht so schlimm wie die meisten anderen Läden auf der Ocean Avenue, also gehen wir hinein.

Das Geschäft ist riesig, es gibt nicht nur Klamotten, sondern auch Bettwäsche, Handtücher, lauter Nippes und unnützes Zeug. Fable steuert schnurstracks auf die Ständer mit den Kleidern zu und geht sie hektisch durch, wobei sie ein Kleid nach dem anderen hervorzieht und es sich über den Arm wirft. Die Holzbügel klappern gegeneinander, während sie sich vorwärtsbewegt.

»Hey.« Ich gehe auf sie zu, und als sie mich mit großen Augen ansieht, sage ich mit leiser Stimme: »Wir haben jede Menge Zeit. Es brennt nicht.«

Sie stößt laut die Luft aus und schüttelt den Kopf. »Ich hab keine Ahnung, was ich hier tue. Du musst mir helfen.«

Was weiß ich schon über Cocktailkleider? »Klar helfe ich dir.« Mir bleibt wohl nichts anderes übrig.

»Okay. Ich meine, du musst vor den Umkleiden herumschleichen und mich in den Kleidern angucken, damit du mir sagen kannst, wie ich darin aussehe. Ich kann das nicht alleine.« Sie sieht richtig gestresst aus. »Gott sei Dank gibt es wegen der Feiertage grad so viele Kleider. Ich hoffe, eins davon wird gehen.«

»Hi! Kann ich die Sachen schon mal für Sie zur Umkleide bringen?«, hören wir eine schrille Stimme hinter uns. Wir drehen uns beide um. »Drew Callahan, oh Gott, bist du es?«

Mist. Mein schlimmster Albtraum wird gerade wahr. Mit der Puppe war ich auf der Highschool. Kaylie hieß sie, glaube ich. Ja, auf ihrem Namensschild steht »Kaylie«. »Hey, wie geht's?«, sage ich schwach.

Ihr Lächeln ist so groß und strahlend, dass ich davon beinah blind werde. Irgendjemand hat sich da die Zähne etwas zu sehr gebleicht. »Wie schön, dich zu sehen!« Sie wirft sich auf mich, und mir bleibt nichts anderes übrig, als sie zu umarmen.

Ich merke Fable ihre Neugier und Verwunderung an. Ich werfe ihr einen entschuldigenden Blick zu, aber sie verdreht die Augen. Aus irgendeinem Grund gefällt ihr unsere Wiedersehensfreude nicht.

»Freut mich auch«, sage ich zu Kaylie und drücke sie unbeholfen. Als sie sich von mir löst, strahlt sie immer noch übers ganze Gesicht, und ihre Augen funkeln.

»Was hast du denn die ganze Zeit gemacht? Ich meine, abgesehen von Footballspielen. Du bist ja gar nicht mehr hier.« Sie zieht einen Schmollmund. »Alle vermissen dich.«

»Hatte viel zu tun.« Ich zucke die Schultern.

»Wow, dann sind wir dir wohl nicht besonders wichtig. Wenn du es gar nicht mehr in die Heimat schaffst.« Sie hat Fable anscheinend total vergessen. Die Kundin, der sie eigentlich helfen sollte. Stattdessen ist sie mit ihrer Aufmerksamkeit ganz bei mir. »Kannst du glauben, dass ich hier arbeiten muss? Mein Daddy meinte, ich soll mir mal einen Job suchen, damit ich sehen kann, wie es im echten Leben zugeht. Meinte, meine Kreditkartenabrechnungen über zehntausend Dollar jeden Monat wären zu hoch.« Sie lacht.

Fable starrt sie an. Ich hab ihr gerade dreitausend Dollar gegeben, mit denen sie ihre Familie mehrere Monate lang über die Runden bringen will, und dieses Mädel tut so, als ob im Monat zehntausend Dollar für wahllosen Mist auszugeben, absolut normal wäre.

»Ähm, was ist mit meiner Umkleide?«, fragt Fable aus dem Nichts heraus.

Kaylie sieht sie an. Ihr Verhalten gegenüber Fable ist jetzt anders. Vorher war sie die gute kleine Angestellte, und jetzt taxiert sie Fable, denn es ist offensichtlich, dass wir zusammen sind.

Jedenfalls hoffe ich, dass es so aussieht, als wären wir das.

»Hier.« Fable drückt Kaylie die Kleider in die Hand, als sie immer noch nicht antwortet. »Ich würde jetzt gern in die Umkleide gehen.«

Der Sarkasmus in ihrer Stimme ist nicht zu überhören, und ich muss mich zusammenreißen, nicht zu grinsen. Kaylie nimmt die Kleider und kräuselt die Oberlippe. »Ich hoffe, die haben die richtige Größe. Sehen ein bisschen klein aus.«

Was für eine Ziege.

Fable wirft ihr ein flüchtiges Lächeln zu. »Oh, die Größe ist perfekt. Ich hab nur unglaubliche Titten, deshalb sieht es immer so aus, als bräuchte ich eine Nummer größer, aber das passt schon. Drew gefällt es, wenn sie herausgucken und er sie sehen kann. Und er kommt so auch leichter ran. Nicht wahr, Honey?« Sie sieht mich an und klimpert mit den Wimpern, und dieses Mal kann ich ein leises Lachen nicht mehr unterdrücken.

Dieses Mädel – meine angebliche Freundin – ist einfach zu gut.

»Stimmt«, murmle ich und genieße es zu sehen, wie Fables Augen vor Freude funkeln.

Kaylie schimpft leise vor sich hin und macht sich auf den Weg zur Umkleide.

»Die war aber mal ganz schön unhöflich«, sagte Fable, sobald Kaylie außer Hörweite ist.

»Tut mir leid.« Ich hab das Gefühl, ich bin die ganze Zeit nur dabei, mich zu entschuldigen für die Welt, aus der ich stamme und die Fable so furchtbar behandelt. Echt ätzend.

Sie zuckt mit den Schultern. »Diese Art von Mädels arbeitet irgendwie immer in dieser Art von Läden. Sie können mich nicht leiden, weil sie wissen, dass ich mir eh nichts kaufen kann.«

»Was auch immer du willst, ich kaufe es dir.« Ich will, dass Fable mit so vielen Taschen hier rausgeht, dass sie sie gar nicht alle tragen kann. Ernsthaft. Ich sehe doch, wie sie die Sachen hier drin betrachtet. Sie gefallen ihr. Sie tut so, als wären sie ihr gleichgültig, aber es wäre genau ihr Laden, wenn sie es sich leisten könnte; das spüre ich.

»Ich will nur ein Kleid«, sagt sie kleinlaut.

»Und Schuhe«, erinnere ich sie.

»Stimmt. Schuhe.«

»Und Schmuck, wenn du welchen brauchst. Vielleicht noch irgendwas für die Haare oder so?« Puh, ich hab doch keine Ahnung. Ich achte nicht darauf, womit Mädels sich so aufbrezeln.

»Ich gucke mal, was ich finde. Wir treffen uns in ’ner Viertelstunde bei den Umkleiden.« Sie schenkt mir ein süßes Lächeln, und es trifft mich wie ein Schlag gegen die Brust und mir entweicht alle Luft aus den Lungen.

Ich will sie dazu bringen, mich wieder so anzulächeln. Das war ein echtes Lächeln. Kein aufgesetztes Zahnpastalächeln für Leute, die uns beobachten, oder das falsche bewundernde Lächeln, das sie mir vorhin zugeworfen hat, als mein Dad dabei war. Dieses Lächeln war echt.

Und wunderschön.

Fable begibt sich auf die Jagd nach dem perfekten Outfit. Ich sehe mich etwas im Geschäft um. So langsam fange ich an, mich unwohl zu fühlen. Ich hab diese Rolle noch nie vorher gespielt. Der aufmerksame Freund, der seiner Freundin beim Klamottenkauf assistiert.

Aber ich freue mich darauf, sie mal in etwas anderem als ihren üblichen Sachen zu sehen.

»Also, Drew ... deine Freundin ist ja schon ein bisschen ... anders.« Kaylie ist zurück.

Großartig.

»Inwiefern?« Ich drehe mich zu ihr um und bin wirklich gespannt auf ihre Antwort. Warum bitteschön ist Fable anders? Ich finde es ja selbst, aber ich kann nicht sagen, warum.

Kaylie zuckt mit den Schultern. »Sieht halt nicht wirklich aus wie dein Typ.«

Ich hatte noch nie einen besonderen Typ. Ich hatte während der Highschool auch nie eine feste Freundin. Ich war viel zu sehr damit beschäftigt, Football *und* Baseball zu spielen. Und für eins von beidem musste ich mich dann entscheiden, nachdem ich im ersten Jahr am College immer noch beides gespielt hab. So viel zum Thema keine Zeit für eine Freundin.

»Wie lange seid ihr denn schon zusammen?«, fragt Kaylie, als ich nichts dazu sage.

»Seit August, seit das College wieder angefangen hat.«

»Oh.« Kaylie nickt und kaut auf ihrer Unterlippe herum. Sie flirtet – was bei mir absolut nichts bewirkt. »Drew, weißt du eigentlich, dass ich in der Highschool die ganze Zeit in dich verknallt war?«

Verdammt, ich würde am liebsten laut aufstöhnen, aber ich reiße mich zusammen. Das läuft hier gerade überhaupt nicht nach Plan. Ich hab keine Lust auf diesen Müll. »Äh …«

»Du hast mich nie bemerkt, egal wie viel Mühe ich mir gegeben hab. Und *was* ich mir für Mühe gegeben hab.« Kaylie kommt einen Schritt näher, fährt mir mit dem Finger die Brust hinunter und hält am Ende der Knopfleiste meines T-Shirts inne. »Wow, bist du muskulös.«

»Kaylie.« Ich gehe ein Stück zurück. »Ich hab eine Freundin.«

»Was für ein Jammer.« Sie zieht wieder eine Schnute. Wie nervig. Wenn sie meint, das wäre süß, liegt sie damit aber verdammt falsch. »Ich hab schon immer gewollt, was ich nicht haben kann.«

Dass sie das auch noch zugibt, zeigt erst recht, wie durchgeknallt sie ist. »Ich muss meiner Freundin helfen. Bis später.«

»Sag Bescheid, wenn sie irgendwas braucht!«, kreischt Kaylie mir hinterher.

Ja, ganz bestimmt. Ich werde dieses Mädel so weit von mir fernhalten wie irgend möglich. Ich glaube, Fable hätte ihr ordentlich eine gepfeffert, wenn sie mitbekommen hätte, was Kaylie gerade mit mir gemacht hat. Wie sie mich angefasst hat.

Eine angebliche Freundin zu haben, bringt mir eine Menge ungewollte Aufmerksamkeit.

Fable

Nachdem ich ungefähr eine halbe Stunde lang Kleider anprobiert hab, finde ich endlich das Perfekte. Als hätte ich gewusst, dass es das Perfekte ist, hab ich es mir ganz bis zum Schluss aufgehoben. Drew wartet geduldig vor der Umkleide. Man hat ihm einen Stuhl hingestellt.

Es macht mir Spaß, aus der Umkleide zu kommen und ihm zu zeigen, was ich Neues anhabe. Er lümmelt auf seinem Stuhl herum, den großen Körper weit ausgestreckt, mit weit geöffneten Beinen und einem gelangweilten Ausdruck auf seinem unglaublich attraktiven Gesicht. Ich quäle ihn, das weiß ich, aber sein Gesicht leuchtet jedes Mal auf, wenn er mich sieht, sogar wenn das Kleid schrecklich ist.

Und außerdem ist er ehrlich. Das weiß ich zu schätzen. Die paar Kleider, die wirklich schlimm waren, hat er ohne rumzudrucksen direkt als solche bezeichnet. Bisher gefiel ihm das Erste, das ich anhatte, am besten, und es ist auch wirklich gut, aber dieses hier … Das Kleid, das ich jetzt anhabe, ist so schön, dass ich heulen könnte.

Und es ist mit fast vierhundert Dollar das Teuerste von allen. Die Schuldgefühle nagen an mir. Ich darf das Kleid nicht wollen. Es ist viel zu viel Geld. Aber, oh Gott, es sieht *so* gut aus an mir, und ich will ja nicht angeben, aber … ja. Wie ich diesem blöden Mädel, das Drew leider kennt, schon gesagt habe, meine Titten sehen toll darin aus, und sie gucken gar nicht raus oder sind sonst wie zu sichtbar. Alles an diesem Kleid ist zurückhaltend elegant …

Und doch sexy.

Ich atme tief durch, und dann öffne ich die Tür und gehe hinaus in den Wartebereich vor der Umkleide. Da sitzt Drew, hingefläzt mit leerem Blick. Er blinzelt langsam, und dann setzt er sich auf und bekommt ganz große Augen, während er mich betrachtet.

»Verdammte Scheiße«, murmelt er und räuspert sich.

Das Lächeln, das an seinen Mundwinkeln zieht, lässt sich nicht aufhalten. Ich drehe mich einmal um mich selbst und denke dabei an die High Heels, die ich mir zu diesem Kleid kaufen werde. Aber eigentlich will ich nicht zu viel Geld für Schuhe ausgeben. Vielleicht gibt es ja einen Billigschuhladen in der Nähe.

Ja, ganz bestimmt.

»Gefällt es dir?«, frage ich, als ich mich ihm wieder zuwende. Das Kleid ist schwarz und seidig, ärmellos und oben mit Spitze abgesetzt, die mich bis zum Schlüsselbein bedeckt. Es liegt eng an, ist tailliert geschnitten und geht bloß bis zur Hälfte des Oberschenkels. Doch das Beste ist der Rücken. Er hat einen tiefen V-Ausschnitt mit einer schwarzen, samtenen Spitzenbordüre und zeigt eine Menge Haut. Darunter kann ich auf gar keinen Fall einen BH tragen.

»Nimm es«, sagte er ohne zu zögern. »Du siehst …«

»Okay? Echt? Es ist ganz schön kurz.« Ich sehe an mir hinunter. »Und ich werde passende Schuhe dazu brauchen.«

»Was immer du willst, kein Problem. Das Kleid ist es.« Er lässt den Blick zu meinen Beinen wandern und betrachtet sie anerkennend. »Und es ist eindeutig nicht zu kurz.«

Auf einmal bin ich erregt. Es gefällt ihm. Er sieht mich an, als würde er mich wollen, und ich weiß, es ist verrückt, aber es macht mich an. Ich will, dass er mich wieder so ansieht. Die ganze Nacht.

»Es gibt da allerdings ein kleines Problem.« Ich trete von einem Fuß auf den anderen und versuche, die in mir aufsteigende Angst zu ignorieren. Ich will nicht, dass er Nein sagt.

»Was denn für ein Problem?« Er steht auf und kommt auf mich zu. Meine Knie werden weich, und ich drücke sie durch, damit ich nicht umfalle wie eine Idiotin, nur weil er mit diesem dunklen, faszinierenden Blick auf mich zukommt.

Als würde er mich am liebsten verschlingen.

»Das Kleid kostet fast vierhundert Dollar«, flüstere ich. Davon könnte ich eine Menge Lebensmittel kaufen. Den Großteil unserer Miete bezahlen. Für so viel Geld ein Kleid zu kaufen, das ich nur einmal tragen werde, ist verrückt.

Drew zuckt noch nicht mal mit der Wimper. »Ich kaufe es dir trotzdem.« Er bleibt direkt vor mir stehen und legt mir seine großen Hände auf die Taille. Sie fühlen sich heiß an durch den Stoff des Kleids; ich kann jeden Einzelnen seiner Finger spüren, wie sie sich in meine Haut pressen, und mein Herz beginnt zu rasen. »Du siehst wunderschön aus, Fable.«

»Ich – mir gefällt es auch.« Ich klinge ganz atemlos, ich würde mich am liebsten selbst in den Hintern treten. Typen machen mich nicht atemlos. Und sie bringen mein Herz auch nicht zum Rasen.

Aber dieser hier tut es irgendwie.

»Was gefunden?« Auf einmal steht Kaylie direkt hinter Drew, ihr vernichtender Blick ist auf mich gerichtet, und ich frage mich, ob Drew diese Show mit mir hier gerade für sie abzieht.

Bei dem Gedanken sinke ich augenblicklich in mich zusammen, und ich entziehe mich Drews Händen. »Ich zieh mich um. Wir sollten langsam los. Ich brauche noch Schuhe.«

»Was ist denn der Anlass?« Kaylie klingt total gut gelaunt und süß, aber ich höre auch die Boshaftigkeit, die dahinter versteckt ist. Das Mädel sieht aus, als würde es zu gern die Krallen in Drew versenken.

Und mir dann die Augen auskratzen.

»Mein Dad schleppt uns zu dem Dinner am Pebble Beach heute Abend«, sagt Drew.

»Oh, da bin ich auch. Wir müssen es richtig krachen

lassen!« Sie kichert, und ich ziehe mich zurück in die Umkleidekabine, wobei ich die Tür mit solcher Wucht zuknalle, dass die Wände wackeln.

Es krachen lassen. Was für eine Wortwahl. Wenn sie nicht aufpasst, werde ich ihr direkt eins auf ihre viel zu perfekte Nase geben.

KAPITEL 6

Tag 2, 18:17 Uhr

Denke daran, dass große Liebe
und große Ziele große Risiken in sich bergen.
– Der Dalai Lama

Fable

»Mein Dad bringt mein Handy noch zum Explodieren«, ruft Drew vom Wohnzimmer aus. »Bist du bald fertig? Er sagt, sie gehen ohne uns, wenn wir bis halb sieben nicht so weit sind.«

Verdammter Mist! Meine Hände zittern, als ich die Mascara auftrage, und ich hab Angst, mir die Augen auszustechen. Drews ständige Ermahnungen, dass seine Eltern auf uns warten, helfen auch nicht gerade. Ich war noch nie im Leben wegen meines Aussehens derart nervös. Noch nicht mal, als ich mich für meine Highschool-Abschlussfeier fertiggemacht habe. Was Stunden gedauert hat. Ich hatte mein ganzes Geld für ein billiges Kleid von JC Penney gespart und dachte, ich würde total heiß darin aussehen, obwohl ich wahrscheinlich mehr wie ein kleines verkleidetes Mädchen wirkte.

Jetzt stehe ich hier in einem Kleid, Schuhen und diversen Accessoires, die zusammen fast eintausend Dollar gekostet haben. Drew hat nicht mal mit der Wimper gezuckt, als Kaylie die Sachen gescannt und uns die Summe genannt hat. Er reichte ihr ohne ein Wort seine Kreditkarte rüber, aber sie hat mir zum Schluss noch schnell einen fiesen Blick zugeworfen.

Ich hoffe, diese Hexe wird heute Abend nicht bei dieser Country-Club-Veranstaltung sein. Es wird auch ohne sie schon übel genug werden.

»Fable.« Drew klopft so fest gegen die Badezimmertür, dass sie aufschwingt, und Gott sei Dank bin ich nicht nackt, auch wenn er natürlich weiß, dass ich es nicht bin, von daher rege ich mich vollkommen unnötig auf. Er sieht unglaublich gut aus, wie er da in schwarzer Hose, silbergrauem Hemd und schwarzer Krawatte in der Tür steht. Ich bekomme einen ganz trockenen Mund, während ich ihn im Spiegel betrachte, und er starrt mich genauso an. Als er seinen Blick an meinem Körper hinabwandern lässt, fühlt es sich an, als würde er mich tatsächlich berühren. »Ähm, bist du fertig?«, fragt er mit rauer Stimme.

»Gib mir noch zwei Minuten.« Ich reiße den Blick von ihm und durchwühle meine Make-up-Tasche. Ich ziehe einen blassrosa Lipgloss hervor, trage ihn auf und fahre mit den Lippen übereinander, während ich mich im Spiegel begutachte.

Ich trage die Haare hochgesteckt, damit man den Rücken des Kleids sehen kann, und ein paar lose Strähnen umrahmen mein Gesicht. Ich hab mir Smokey Eyes geschminkt, mit rosigen Wangen und blassen Lippen, um mir einen zurückhaltend eleganten Look zu geben. Das Kleid ist absolut perfekt – ich kann es kaum glauben, wie ich darin aussehe – und die Schuhe sind gewagt hoch. So hoch, dass ich jetzt wahrscheinlich an Drews Schultern heranreiche. Ich hoffe nur, ich falle damit nicht auf den Hintern.

Die glitzernden Ohrringe und die dazu passende Kette aus Kristallsteinen vervollständigen das Outfit. Ich habe beinah das Gefühl, overdressed zu sein, aber Drew hat offenbar nichts auszusetzen. Trotzdem mache ich mir Gedanken, ob ich ihm gefalle. Ich finde, er sieht umwerfend aus, aber wann tut er das nicht? Der Typ könnte nichts weiter als eine Papiertüte über seinem Schwanz tragen und würde immer noch so aussehen, als hätte er Designerklamotten an.

Ich hab vorhin die Mutter von Owens Freund angerufen, und sie hat mir bestätigt, dass Owen bei ihnen schläft, also brauche ich mir darum keine Sorgen machen. Ich hab versucht, meine Mom zu erreichen, aber sie ist nicht rangegangen. Ich hab ihr eine SMS geschickt, dass bei mir alles okay ist.

Immer noch keine Antwort. Wahrscheinlich hängt sie gerade mit ihrem Kerl des Monats rum und hat keine Zeit für mich.

Ich straffe die Schultern und wende mich Drew zu. Er hat die Hände oben auf den Türrahmen gelegt und lehnt sich sozusagen ins Badezimmer, wobei sich das

Hemd über seiner Brust spannt und betont, wie breit sie ist. Ich kann sein Parfüm riechen, ein frischer Zitrusduft, der so gut riecht, dass ich am liebsten das Gesicht an seinem Hals vergraben und an ihm schnüffeln würde. Vielleicht sogar an seiner Haut lecken, um herauszufinden, wie er schmeckt …

Die Gedanken gehen schon mit mir durch, dabei haben wir noch so viele Tage vor uns. Ich werde ein totales Nervenbündel sein, wenn erst mal Thanksgiving ist.

Du kannst das. Er ist bloß ein Kerl. Und Kerle bedeuten dir nichts.

»Fertig?«, fragt er, nachdem ich wahrscheinlich zu lange dagestanden habe, ohne etwas zu sagen.

Ich nicke und halte ihm mein Handy hin. »Ich kann das nirgendwo reintun. Die Handtasche, die ich mithabe, ist riesig, die würde absolut nicht zu meinem Outfit passen.«

Seine vollen Lippen verziehen sich zu einem leichten Lächeln. »Musst du es denn mitnehmen? Du kannst es doch auch hierlassen. Wir sind nur für ein paar Stunden weg, höchstens.«

»Na ja …« Ein paar Stunden ohne mein Handy sind zu viel für mich. »Ich brauche es schon. Für den Fall, dass mein Bruder anruft. Oder meine Mom …«

Sein Blick wird weicher, verständnisvoller. »Kannst du es nicht … in deinen BH tun?«

Ich kichere tatsächlich. Und das tue ich sonst nie. »Das überrascht mich ja, dass ausgerechnet du von so was weißt.« Doch dann werde ich wieder ernst. »Geht nicht. Ich trage keinen.«

Er guckt, als hätte er gerade seine Zunge verschluckt. Allein dafür hat es sich gelohnt, es zu sagen.

»Ich kann es einstecken, wenn du willst.«

»Echt? Danke. Das ist nett.« Ich stelle das Handy auf Vibration und gebe es ihm. Als sich unsere Finger berühren, richten sich die Härchen an meinem Unterarm auf, und ich reibe gedankenverloren darüber, während ich zusehe, wie Drew sich mein Handy in die Hosentasche steckt.

»Na dann mal los. Wir treffen uns mit meinen Eltern beim Auto.«

Ich folge ihm hinaus und zu der riesigen Garage, in der vier Autos Platz finden. Diese Leute leben in einem derartigen Überfluss, es ist wirklich unglaublich. »Wir fahren bei ihnen mit?«

»Mein Dad will es so.« Drew sieht auch nicht allzu begeistert aus, was mich beruhigt. »Wir könnten es ausnutzen und uns richtig volllaufen lassen.«

Ich hab ihn oft genug im La Salle's gesehen, und er war nie betrunken. »Du hast doch erzählt, du verlierst nicht gern die Kontrolle. Und sich volllaufen lassen ist doch eigentlich so ziemlich das Gleiche wie die Kontrolle verlieren.«

Er blickt mich an. »Stimmt. Du hast mich durchschaut.«

»Noch nicht ganz«, murmle ich, als wir bei der Garage ankommen. Ich wünschte, es wäre so, aber er passt auf seine Geheimnisse wirklich ziemlich gut auf.

»Hast du gar keinen Mantel mit?«

Ich schüttle den Kopf und muss mich zusammenreißen, nicht nach Luft zu schnappen, als er nach meiner

Hand greift. Es ist so was von lächerlich, wie ich auf ihn reagiere, ich muss das dringend unter Kontrolle kriegen. Das zwischen uns ist alles nicht echt, das darf ich nicht vergessen. Egal, wie gut es sich anfühlt.

Und es fühlt sich richtig, richtig gut an, wie seine Finger mit meinen verschränkt sind.

»Dir wird kalt werden«, sagt er, als wir vor der Garage stehenbleiben, um auf seine Eltern zu warten. Mich durchfährt ein kleines bisschen Schadenfreude darüber, dass, nachdem sie seit unserer Ankunft ständig an uns herumgenörgelt haben, sie jetzt diejenigen sind, auf die *wir* warten müssen.

»Vielleicht kannst du mich ja wärmen?« Ich werfe ihm ein Lächeln zu und stoße ihn mit der Schulter am Oberarm an. Was für steinharte Muskeln er doch hat. Ich warte ja die ganze Zeit schon darauf, ihn mal mit nacktem Oberkörper zu sehen, aber bisher ist es noch nicht dazu gekommen. Ich weiß, dass er einen Körper wie ein junger Gott hat, und ich will diese ganzen köstlichen Muskeln endlich mal zu Gesicht bekommen.

Er hebt eine Augenbraue. Ich liebe es, wenn er das tut. »Flirtest du etwa mit mir?«

Ich bin drauf und dran, noch mehr mit ihm zu flirten, aber da tauchen seine Eltern auf. Sie eilen auf uns zu, während sich eins der Garagentore öffnet und ein schwarzer Range Rover zum Vorschein kommt. Ich tue vollkommen unbeeindruckt, als wir in die Garage gehen und Drew mir die Tür aufhält. Ich rutsche auf die Rückbank und stelle überrascht fest, dass er mir hinterherkommt. Ich könnte schwören, dass seine Finger für einen kurzen Moment die Rückseite meines Oberschenkels gestreift haben.

Aber als wir schließlich sitzen, ist sein Gesichtsausdruck völlig neutral, also hab ich es mir wohl nur eingebildet.

Seine Eltern reden nicht groß, und ich fühle mich etwas unbehaglich. Ob sie sich gestritten haben? Vielleicht sind sie auch immer noch sauer, weil ich so lange gebraucht hab. Drew hat vorhin noch gesagt, dass das Essen erst um sieben losgeht, wir haben also immer noch eine halbe Stunde Zeit. Aber vielleicht wollen sie ja früh da sein, um einen guten Tisch zu ergattern. Ich weiß es nicht!

Ich hab keine Ahnung, was mich dort erwartet, und das macht mich nervös.

Drew fasst wieder nach meiner Hand, und als ich zu ihm hochsehe, lächelt er mich im Dunkeln an. *Wir zwei gegen den Rest der Welt*, so fühlt es sich an. Wir stecken hier zusammen drin, und wir sind völlig aufeinander angewiesen, um die Sache durchzustehen. Ich weiß, das klingt total übertrieben und blöd, aber ich kann nun mal nichts dagegen tun, wie ich mich fühle.

Und ich kann auch nichts dagegen tun, dass ich ihn etwas zu lange ansehe. Seine schönen maskulinen Züge. Es ist echt ungerecht, dass manche Leute so unverschämt gut aussehen. Ich sollte mich eigentlich davon abgestoßen fühlen, dass er so schön ist.

Doch stattdessen fühle ich mich wie eins von diesen Mädels, die in Ohnmacht fallen, wenn ihr Star vor ihnen über den roten Teppich geht. Als würde mein Kopf immer leichter werden, weil meine Gehirnzellen sich nach und nach alle in Luft auflösen, je länger ich hingucke. Ob er merkt, wie ich ihn anstarre?

Als er sich mir wieder zuwendet, ist klar, dass er es gemerkt hat. Er lächelt, und das beruhigt mein rasendes Herz, und ich platze mit der erstbesten Frage heraus, die mir einfällt. »Wofür steht eigentlich das D?«

Er runzelt die Stirn. »Welches D?«

»Dein zweiter Vorname. Du heißt doch Andrew D. Callahan.« Ich hoffe, seine Eltern hören uns nicht zu. Sein Dad fährt gerade das Auto aus der Garage, und Adele flüstert ihm irgendetwas zu, aber ich verstehe nicht, was.

»Ah.« Er nickt, als würde es sich um ein uraltes Geheimnis halten. »Was glaubst du, wofür es steht?«

Hm, er flirtet mit mir. Das gefällt mir. Das entspannt die Atmosphäre etwas, besonders, wo auf den Vordersitzen so eine angespannte Stimmung herrscht. »Dumbledore?«

Leise lachend schüttelt er den Kopf. »Nein.«

Ich tippe mir mit dem Zeigefinger ans Kinn. »Daniel.«

»Nee.«

»Dylan.«

»Hm. Das würde zu dem irischen Nachnamen passen, aber nein.«

Ich gehe noch ein paar andere Namen mit D durch, alle von ihnen lachhaft, bis ich schließlich den richtigen erwische.

»David«, flüstere ich.

Sein Lächeln wird größer. »Du hast es.«

»Hab ich was gewonnen?« Ich erwidere sein Lächeln.

»Klar«, sagt er leichthin. »Was willst du haben?«

»Das fragst du mich? Müsstest du den Preis nicht bestimmen?«

»Du kannst haben, was du willst.« Er fährt mir mit dem Daumen über die Handfläche, und ich bekomme überall eine Gänsehaut. »Sag irgendwas, und du bekommst es.«

Wir haben uns immer noch nicht geküsst. Na ja, ich hab ihm gestern Abend einen schnellen Kuss auf die Wange gedrückt, aber abgesehen davon, nichts. Und genau das ist es, was ich will. Einen Kuss von Drew. Ich rede gar nicht von einer langen, Zungen involvierenden Knutscherei, obwohl ich da auch nichts dagegen hätte.

Ich will nur einmal seine Lippen auf meinen spüren. Ich will wissen, wie weich sie sind, wie er schmeckt, wie warm sein Atem ist. Ich will diesen ersten, zaghaften, aufregenden Moment, jemanden zu küssen, erleben.

Aber traue ich mich, danach zu fragen?

Drew

Sie zögert, und ich frage mich, warum. Gespannt warte ich auf ihre Antwort. Ich weiß nicht, was in mich gefahren ist, aber es scheint auch in sie gefahren zu sein, denn wir flirten tatsächlich. Wir flirten richtig, und nicht weil wir es müssen, sondern weil wir es wollen.

Es macht die Anspannung, die von den Vordersitzen zu uns herüberschwappt, erträglicher. Ich hab keinen blassen Schimmer, worüber die zwei sich streiten, aber ich will mich davon auch nicht runterziehen lassen. Ich hab ein zauberhaftes Mädchen neben mir sitzen, im

Dunkeln auf der Rückbank eines Autos, und sie trägt das absolut sexieste Kleid, das ich je gesehen habe. Es bedeckt praktisch ihre gesamte Vorderseite, aber unterstreicht ihre Kurven, und der Rock ist so verdammt kurz, es wäre ein Leichtes, meine Hand darunter zu schieben und sie zu berühren.

Aber es ist der Rücken des Kleids, der es mir richtig angetan hat, der macht, dass es mich in den Fingern juckt, ihr das Kleid herunterzuziehen und Fable in ihrer ganzen nackten Schönheit zu sehen. Wie dieser tiefe V-Ausschnitt bis zur Mitte ihres Rückens fällt und ihre glatte, seidige Haut entblößt, und diese erotische Spitze, die sie umrandet. Verdammt, jedes Mal, wenn ich sie ansehe, ist es um mich geschehen. Meine Finger zucken regelrecht, so sehr will ich sie dort berühren.

Überall berühren.

»Ich will, dass du mich küsst«, sagt sie schließlich. Ihre Stimme ist so leise, dass ich sie beinah nicht hören kann. Ich frage mich sogar, ob ich mir das gerade bloß eingebildet hab, denn es kann einfach nicht sein, dass sie mich wirklich darum gebeten hat, sie zu küssen.

Schnell werfe ich einen Blick nach vorne, um festzustellen, dass sie uns überhaupt nicht beachten. Im Radio läuft irgendein Smooth-Jazz-Scheiß, und die beiden reden mit tiefen, murmelnden Stimmen miteinander. Es klingt, als wären sie beide sauer, und ich frage mich, ob es dabei um mich geht.

Doch im Moment ist mir das total egal. Es sollte mir eigentlich immer egal sein. Worüber die beiden sich streiten, ist nicht mein Problem.

»Drew.« Ihre sanfte Stimme reißt mich aus den Gedanken, und ich sehe wieder Fable an und verliere mich in ihren grünen Augen. »Hast du mich gehört?«

»Ja«, flüstere ich und schlucke schwer. Verdammt, meine Eltern sitzen direkt vor uns! Adele muss den Kopf bloß zwei Zentimeter drehen, um uns direkt ansehen zu können. Es wird ihr überhaupt nicht gefallen, wenn ich Fable vor ihrer Nase küsse. Sie könnte richtig ausflippen. Ich weiß nicht, ob ich das riskieren will.

Sei nicht so ein Weichei, Mann. Küss sie endlich, du Idiot. KÜSS SIE!

Ich beuge mich über die Mittelkonsole und fahre mit den Fingern über Fables Wange. Ihre Haut ist ganz weich, und sie schließt die Augen, während sie die Lippen öffnet. Ihre Zunge schnellt hervor, und sie leckt sich über die Oberlippe. Und zack, hab ich ’nen Ständer, und ohne weiter nachzudenken, lege ich meine Lippen auf ihre. Nur einmal. Ganz sanft, wie das Flügelschlagen eines Schmetterlings, landen meine Lippen für ein paar verstohlene Sekunden auf den ihren, bevor ich mich wieder von ihr löse.

Sie öffnet blinzelnd die Augen und sieht mich mit diesem aufmerksamen Blick an, bei dem ich das Gefühl habe, sie kann bis in mein Innerstes sehen. All die guten Sachen, und all die schlechten Sachen. Das Schöne und das Hässliche. »Das ist alles?«

Sie zieht mich auf. Ich sehe es am Glitzern in ihren Augen, an ihrem leicht schmollenden Mund. Verdammt, ich will sie noch mal küssen, und das tue ich.

Dieses Mal legt sie mir die Hand in den Nacken und hält mich dort fest, sodass ich nicht entkommen kann. Und ich will es auch gar nicht. Ihre Finger fahren mir durch die Haare und streicheln mich, während unsere Lippen sich wieder und wieder berühren. Es fühlt sich so gut an. Mir entweicht ein leises Stöhnen, und ich fahre mit der Zunge über ihre Oberlippe und koste von ihrem klebrig-süßen Geschmack. Sie öffnet die Lippen, öffnet sich mir, und ich nutze es aus.

Langsam erforsche ich ihren Mund mit der Zunge. Gründlich. Sie schmeckt unglaublich gut, und auf einmal wird mir meine Haut zu eng; ich verbrenne innerlich. Ich bin so hart, dass es richtig wehtut, und ich kann mich nicht erinnern, wann ich das letzte Mal so angeturnt war und auch noch so schnell. Unser kleiner Kuss gerät gerade etwas außer Kontrolle, und ich hab Angst, dass meine Eltern austicken, wenn sie sehen, dass wir wie die Teenies auf dem Rücksitz übereinander herfallen.

Doch innerhalb von zwei Sekunden ist es mir egal, ob meine Eltern uns sehen oder nicht. Ich bin verzaubert von ihrer Berührung, davon, wie ihr Körper sich meinem entgegenstreckt, wie sie schmeckt, von dem Geräusch ihres Atems.

Meine Hand liegt auf ihrer Taille, und meine Finger streichen über den seidigen Stoff ihres Kleids. Die Straße nach Pebble Beach ist ziemlich kurvig, und mein Dad fährt ganz schön schnell, sodass wir auf der Rückbank hin- und herschaukeln. Wieder nutze ich die Gelegenheit, ziehe sie näher an mich heran. Sie legt mir die Arme um den Hals und verschlingt meinen Mund. Ihre kleine Zunge dreht und windet sich um meine.

Dieser Kuss ist keine Show. Das hier geschieht nicht, um irgendwen zu beeindrucken. Wir küssen uns, weil wir es wollen. Und wir wollen gar nicht mehr damit aufhören.

Wir stecken gerade mal seit zwei Tagen in dieser angeblichen Beziehungsnummer, und so weit sind wir also schon – ineinander verschlungen wie eine Brezel hoffen wir inständig, dass wir uns so bald nicht loslassen müssen.

Das ist jedenfalls mein Empfinden.

Das Auto schwenkt plötzlich ruckartig nach links aus, und ich falle auf Fable.

»Andy!«, zetert Adele, und mein Dad murmelt eine halbherzige Entschuldigung und fährt jetzt langsamer.

Ich beende den Kuss zuerst, und als ich die Augen öffne, sieht Fable mich ganz benommen an. Ihre Lippen sind feucht und ihre Wangen gerötet. Sie ist noch hübscher als vorhin im Badezimmer, als sie mich schon vollkommen damit umgehauen hat, wie sie in diesem Kleid aussieht.

Sie ist hübscher, weil *ich* das Glänzen in ihre Augen und die Farbe in ihre Wangen gebracht habe.

»Wir …« Sie schluckt schwer, ihr Atem geht schnell, und sie leckt sich wieder über die Lippen. Ich beuge mich schnell zu ihr vor und lehne die Stirn gegen ihre. Ich schließe die Augen und zähle bis fünf, bevor ich sie wieder öffne. Ich versuche, meine Gedanken zu sortieren, damit ich nicht klinge wie ein Volltrottel, wenn ich es schließlich schaffe, etwas zu sagen.

»Was?«, frage ich und rücke ein ganz kleines bisschen von ihr ab. Ich will sie nicht loslassen. Es fühlt sich viel zu gut an, sie im Arm zu halten, ihre Kurven in meinen Händen, ihr Mund an meinem.

Verdammt, so denke ich doch sonst nie! Normalerweise laufe ich vor so etwas weg. Küssen und Sex und dieser ganze andere Kram, den das alles mit sich bringt, führt nur zu … Ach, ich kann es nicht erklären. Sex führt auf jeden Fall zu nichts Gutem. Und auf einmal macht man Sachen, die man nicht machen will. Oder Sachen, die sich so verdammt gut anfühlen, von denen man aber weiß, dass sie einfach total verkehrt sind. Sex war für mich immer … etwas Beschämendes.

Ich finde das furchtbar. Ich finde es furchtbar, dass ich mich schlecht fühle wegen etwas, das sich wahnsinnig toll anfühlt. Ich finde es furchtbar, dass ich mit Leuten zugange war, mit denen ich es nicht gesollt hätte. Sie ruinieren einem alles.

Das ist es, was mich am meisten ärgert. Ich bin so voller Verbitterung, und ich bin versucht, Fable zu sagen, dass sie sich besser nicht mit einem Kerl wie mir abgeben sollte, auch nicht, wenn es nur gespielt ist.

Erst recht nicht, wenn es nur gespielt ist.

»Wir sollten das bald mal wieder machen. Findest du nicht?« Sie fährt mir noch mal mit den Fingern durch die Haare, und ich schließe die Augen und genieße ihre Berührung. Auf einmal sehne ich mich danach. Nach einer menschlichen Berührung. Nach Fables Berührung.

»Du meinst, uns küssen?«, frage ich, denn ich bin verwirrt. Ich weiß nicht, wovon sie redet, ich bin viel zu abgelenkt davon, wie sie mich anfasst, vom Klang ihrer Stimme.

»Ja. Wir müssen heute Abend doch eine gute Show abliefern, oder?«

Moment, eine gute Show? War das gerade so eine Art Übung oder was? »Äh, klar.«

»Wir müssen euren Nachbarn und den Freunden deiner Eltern und wahrscheinlich auch ein paar von deinen Freunden doch eine richtig gute Show abliefern, damit sie auch glauben, dass wir wirklich ernsthaft verliebt sind, oder?« Sie löst sich aus meiner Umarmung und hinterlässt eine Leere. Ihr Atem geht immer noch schnell, als sie sich auf dem Sitz zurücklehnt. Wenigstens hat es sie nicht ganz kalt gelassen.

»Ja, schon.« Ich zucke mit den Schultern. Ich hab das Gefühl, benutzt worden zu sein. Und das ist absolut lächerlich.

»Super.« Ihr Lächeln haut mich um. Noch vor einer Woche hab ich sie gar nicht für so schön gehalten. Aber da kannte ich sie auch noch nicht. Sie wächst mir langsam ans Herz. Ziemlich. Ich will mehr von ihr erfahren. Sie ist mir immer noch ein Rätsel, aber das bin ich ihr wahrscheinlich auch. Aber ich kann ihr meine Geheimnisse nicht verraten.

Die würden sie in die Flucht schlagen.

Fable

Der Typ kann küssen.

Drew hat keine Ahnung, wie sehr sein Kuss mich erschüttert hat. Ich fühle mich ganz nackt und entblößt. Verwundbar. Ich versuche, es runterzuspielen, als würden wir hier bloß wegen der angeblichen Freundinnen-Nummer ein bisschen rummachen, aber das ist nicht wahr. Der Kuss hatte überhaupt nichts damit zu tun.

Dafür aber eine Menge damit, dass ich mehr von ihm will, als er wahrscheinlich bereit ist zu geben.

Mein ganzer Körper zittert, und ich hole tief Luft. Als das Auto langsamer wird und in eine Auffahrt abbiegt, weiß ich, dass wir am Ziel angekommen sind. Der Country Club liegt vor uns, höchstwahrscheinlich brechend voll mit lauter hochnäsigen Snobs, und verdammt, ich bin immer noch unglaublich nervös. Oh, und total aufgeputscht von diesem Kuss. Das Adrenalin rauscht immer noch durch meinen Körper, während ich aus dem Fenster blicke und die Umgebung betrachte. Ich muss mich ablenken, damit ich endlich aufhöre, an Drews magische Lippen und seine Zunge zu denken.

Also denke ich an etwas anderes. Zum Beispiel daran, dass wir unbedingt noch den 17-Mile Drive entlangfahren müssen, bevor wir wieder abreisen, damit ich die ganzen Häuser und das Meer und all die Schönheit und den Reichtum in mich aufsaugen kann. Das will ich auf gar keinen Fall verpassen, wo wir schon so nah dran wohnen. Traumhafte Häuser und idyllische Gärten, alles ist so schön, dass es beinah wehtut, wenn man zu lange hinsieht. Ja, ich sollte mich eindeutig auf Besichtigungstouren und Meerblicke konzentrieren.

Nicht auf schöne Männer, die atemberaubend küssen und mich als zitterndes, erregtes Etwas zurücklassen.

»Sehe ich okay aus?«, frage ich und streiche mir mit der Hand über die Haare. Ich hoffe, ich sehe nicht aus wie ein zerrupftes Huhn.

»Du siehst wunderbar aus.« Die Ernsthaftigkeit in seiner Stimme berührt mich. Ich bin diesem Mann total verfallen, und er weiß es noch nicht mal.

Ich sehe ihn an. Seine Lippen sind geschwollen, die Augen glänzen, und die Haare stehen in alle möglichen Richtungen ab, weil ich daran gezogen habe. Abgesehen davon sieht er gut aus.

Umwerfend gut. Aber das ist ja nichts Neues.

Ich streiche ihm über die Haare und kämme sie mit den Fingern wieder zurecht. Ein paarmal mehr als nötig, aber seine Haare sind so seidig weich, und ich mag, wie es sich anfühlt. Er sagt kein Wort, bewegt sich kaum, aber diese intensiven blauen Augen sind die ganze Zeit auf mich gerichtet. Als ich mit seinen Haaren fertig bin, lehne ich mich erleichtert seufzend wieder auf meinem Sitz zurück.

»So«, sage ich und räuspere mich schnell, als ich merke, dass meine Stimme immer noch zittert. *So ein Mist!* »Jetzt bist du wieder präsentabel.«

Das Auto hält vor einem gigantischen, wunderschönen alten Gebäude. Meine Tür wird von außen geöffnet, und ein Mann in einer dunkelgrün-weißen Uniform sieht freundlich lächelnd herein. »Darf ich Ihnen helfen, Miss?«

»Ja, gern.« Ich lege die Hand in seinen weißen Handschuh, und er zieht mich von der Rückbank. Drew öffnet seine Tür selbst, genauso wie sein Dad, während ein anderer Bediensteter Adele hilft.

Als wir losgefahren sind, hab ich gar nicht darauf geachtet, was sie anhat, deswegen lasse ich mir jetzt Zeit, ihr Outfit unter die Lupe zu nehmen. Sie trägt ein Kleid in dunklem Navy-Blau, eine lange, schmale Röhre, die kaum ihren gertenschlanken Körper berührt und sie vom Hals bis zu den Füßen bedeckt. Das Kleid zeigt zwar nicht besonders viel Haut, aber es betont ihre Größe und dass sie nicht ein einziges Gramm Fett am Körper hat.

Die Haare, die so schwarz sind wie ein mitternächtlicher Himmel, hat sie zu einem tief sitzenden Pferdeschwanz gebunden, dessen Ende über ihrem perfekten Hintern hin- und herschwingt, als sie sich umdreht, um jemanden zu begrüßen. Es herrscht allgemeine Aufregung, jede Menge Leute strömen ins Gebäude, es ist klar, dass es voll sein wird. Ich hoffe sehr, dass wir einen Tisch reserviert haben, obwohl es eigentlich auch ganz nett wäre, wenn Drew und ich zusammenblieben, aber von seinen Eltern getrennt würden.

Das wäre mir sogar lieber.

»Gefällt es dir?«

Adeles verächtliche Stimme lässt mich aufschrecken, und als ich zu ihr hochblicke, sieht sie mich spöttisch an.

»Das ist ein schönes Kleid«, sage ich, und zur Antwort lächelt sie eisig, sagt aber kein Wort.

Oh Gott! Ich würde so gern mit dem Fuß aufstampfen und ihr sagen, dass sie mich mal kann. Aber ich schlucke es runter und schenke ihr ein schwaches Lächeln, als sie noch einmal in meine Richtung blickt. Doch sie sieht gar nicht mich an, ihre Aufmerksamkeit gilt Drew, der sich mir von hinten genähert hat. Was ich weiß, weil ich ihn spüre, seinen köstlichen Duft rieche, die verführerische Wärme fühle, die von seinem großen Körper ausgeht.

Ich will diesen Kerl so sehr, ich stecke echt ganz schön in der Scheiße. Was ist, wenn er anders empfindet? Was dann? Ich könnte nichts daran ändern. Ich hab mich hierauf eingelassen, und jetzt muss ich mit den Folgen leben, egal, was passiert.

»Sollen wir?« Er legt mir die Hand auf die nackte Schulter, und seine Berührung ist wie ein Schock, ich hab das Gefühl, nicht atmen zu können, als wären meine Lungen gefroren.

Als ich den Kopf drehe, fällt mir auf, wie nah neben mir er steht. *Richtig* nah. Sein Mund ist an meiner Schläfe, als ob er mich dort küssen würde, und ich kann seinen Atem an den feinen Härchen an meiner Stirn fühlen. Wir machen einen ziemlich vertrauten Eindruck, da bin ich mir sicher. Ich frage mich, ob er das nur wegen Adele macht.

Ich verstehe nicht, was für eine Macht sie über ihn hat. Er zieht ihr gegenüber eine Show mit mir ab, aber meidet sie, so weit wie möglich. Nichts davon ergibt irgendeinen Sinn.

Den Großteil meines Lebens habe ich es zugelassen, dass man mich benutzt. Wiederholt und von allen Leuten in meiner Umgebung. Eigentlich sollte es mir nichts ausmachen. Tut es aber, bei Drew schon. Ich will nicht, dass er mich benutzt, damit seine Eltern wegen mir ausflippen. Ich will nicht, dass er mich als eine Art Schutz benutzt, damit die Leute aufhören, ihm unangenehme Fragen zu stellen, und ihn in Ruhe lassen.

Ich will, dass er mich wirklich mag. Ich will mehr Zeit mit ihm verbringen. Richtig Zeit mit ihm verbringen.

»Ja«, sage ich schließlich als Antwort auf seine Frage, denn etwas anderes bleibt uns wohl nicht übrig. Wir müssen uns der Realität und der Masse an Menschen, die da drinnen auf uns wartet, stellen.

Er drückt meine Schulter, und wir gehen zusammen hinein, seinen Eltern hinterher. Adele wirft uns noch einen frostigen Blick zu, als wir durch die offenen Türen treten.

Dieser Abend wird sich anfühlen wie eine Ewigkeit. Er tut es bereits jetzt.

KAPITEL 7

Tag 2,
21:38 Uhr

Ich habe nie jemanden fallen gelassen,
an den ich geglaubt habe.
– Marilyn Monroe

Drew

Wir sitzen nebeneinander an einem runden Tisch, umgeben von lauter Leuten, deren unaufhörliches Quasseln ohrenbetäubend ist. Wir haben schon während des gesamten Essens nicht miteinander geredet, bestimmt schon seit einer Stunde, wenn nicht länger. Ich weiß, das ist blöd, aber sie macht mich nervös, und ich will nichts Falsches sagen.

Ich finde irgendwie nicht die richtigen Worte. Was kann ich bloß sagen nach diesem Kuss vorhin im Auto? Ich will ihn nicht durch irgendetwas abwerten. Und so sitze ich hier und gebe mich der Erinnerung daran hin.

Wie ein schwärmerisches kleines Mädchen lasse ich den Kuss in Gedanken immer und immer wieder ablaufen.

Wie sie auf mich reagiert hat, ihre kleinen genussvollen Seufzer. Das Gefühl ihrer warmen, samtigen Zunge, als sie über meine glitt, ihre Hände in meinen Haaren. Ich kann mich nicht erinnern, wann ich das letzte Mal so geküsst worden bin. Bin ich überhaupt schon mal so geküsst worden? Ganz sicher nicht.

Die Erkenntnis trifft mich wie ein Schlag.

Wir reden vielleicht nicht, aber ihre Anwesenheit ist mir äußerst bewusst. Das Geräusch ihres leichten Atems, ihr süßer Duft, der mir das Wasser im Mund zusammenlaufen lässt. Die Hitze ihrer Haut, die Art, wie ihre nackte Schulter über meinen Oberarm streicht, als sie nach ihrem Wasserglas greift. Ob sie mich absichtlich berührt?

Aus den Augenwinkeln beobachte ich, wie sie trinkt. Wie ihre vollen Lippen sich um das Glas legen, wie die schöne Linie ihrer Kehle sich bewegt, als sie schluckt. Das Verlangen, all diese nackte Haut zu küssen, ist so stark, dass ich die Hände zu Fäusten balle und mir auf die Oberschenkel legen muss. Ich muss aufhören, mich wie ein Idiot zu benehmen.

Aber es geht nicht. Ich kann nicht aufhören, daran zu denken, wie es sich angefühlt hat, sie in den Armen zu halten, wie sie geschmeckt hat. Und so denke ich sonst nie. Ich hab alle unnützen Gefühle schon vor langer Zeit tief in mir begraben, und ich hab mich bisher geweigert, sie wieder hochkommen zu lassen. Wozu auch? Ich verhalte mich die meiste Zeit wie eine Maschine. Ich wahre den Schein und komme damit durchs Leben.

Aber dieses Mädel … Wegen ihr könnte das Leben doch noch einen Sinn haben. Sie ist real. Und wunderschön, und es fühlt sich einfach perfekt an, wenn sie in meinen Armen liegt. Sie bewirkt, dass ich wieder Gefühle zulassen will.

Dabei ist es gefährlich, so zu denken. Ich bedeute ihr nichts. Ich bin bloß ein Mittel zum Zweck. Ein Job, der ihr Geld einbringt. Ich hab mir die Sache selbst eingebrockt, und jetzt bereue ich es.

Mürrisch schütte ich das Bier in mich hinein, das ich mir vorhin von der Bar geholt hab. Es ist schon mein zweites, und wenn ich das hier noch länger aushalten muss, wird es nicht lange dauern, bis ich mir das nächste hole. Der Plan mit meiner angeblichen Freundin ist ja mal richtig in die Hose gegangen, und ich hab keine Ahnung, wie ich diese unaufhaltsame Gefühlskatastrophe noch abwenden soll. Oder ob ich sie abwenden *will.*

Das ist überhaupt das Dümmste an der ganzen Sache. Wie sehr ich mich selbst quälen will. Aber es fühlt sich so gut an mit ihr. Warum sollte ich damit aufhören?

Du hast auch schon andere Dinge getan, die sich richtig gut angefühlt haben, obwohl du wusstest, dass du sie nicht tun solltest.

Ich hasse diese Stimme in meinem Kopf. Sie erinnert mich an all meine Fehler. Den ganzen Mist, den ich gebaut habe. Ich bin kein guter Mensch. Das weiß ich selbst. Ich muss nicht ständig daran erinnert werden.

»Drew, da bist du ja!« Verdammt, das ist Kaylie, und sie hat zwei Freundinnen im Schlepptau. Ich bin mit allen dreien zur Schule gegangen, und sie sind alle perfekt gekleidet und aufgedonnert, sodass sie aussehen wie identische Barbie-Puppen. Es ist gar nicht so leicht, sie auseinanderzuhalten. »Wir haben dich schon die ganze Zeit gesucht. Du erinnerst dich doch noch an Abby und Ella?«

»Ja. Hi.« Ich nicke kurz zur Begrüßung, und als Antwort klimpern sie alle gleichzeitig mit den Wimpern und kichern. Es ist einfach nur nervig, und ich wünschte, sie würden wieder abhauen.

Neben mir höre ich ein leises Schnauben von Fable, was mich grinsen lässt. Als ich sie ansehe, lässt ihr Gesichtsausdruck erkennen, dass sie gleichzeitig belustigt und verärgert ist. Kaylie ist hartnäckig, das muss ich ihr lassen, aber sie steht eindeutig etwas auf der Leitung.

»Weißt du, nachher wird noch getanzt«, sagt Kaylie und ignoriert Fables tödliche Blicke. »Vielleicht kann ich dich deiner – Freundin – ja mal klauen. Wir müssen uns unbedingt unterhalten, wir haben uns so lange nicht gesehen.«

Sie sagt das, als wären wir mal zusammen gewesen oder so, dabei kann ich mich eigentlich kaum noch an sie erinnern. Ich weiß nicht, warum sie so davon besessen ist, mich zu nerven.

»Die Tänze heute Abend sind alle für mich reserviert. Tut mir leid.« Fables Stimme ist hell und fröhlich, aber es hört sich nicht so an, als ob es ihr auch nur im Geringsten leidtut. Außerdem hat sie mir eine Hand auf den Oberschenkel gelegt und streicht mir mit den Fingern übers Bein, sodass sie dabei beinah meinen Schwanz berührt. Es ist eine ziemlich besitzergreifende Geste, und sie gefällt mir, verdammt.

»Ja, äh … tut mir leid, Kaylie.« Ich lächle sie entschuldigend an, doch sie dreht sich bloß beleidigt um, wirft sich die blonden Haare über die Schultern und zieht mit ihren kleinen Drohnen ab. Ich sehe ihnen hinterher und bin mir Fables Anwesenheit neben mir mehr als bewusst. Oder vielmehr ihrer kleinen Hand, die immer noch auf meinem Oberschenkel liegt.

Ich will nicht, dass sie die Hand wegnimmt.

»Erzähl mir, was es mit diesem Mädel auf sich hat.«

Sie klingt sauer. Ich sehe sie an und blicke ihr direkt in die Augen. Ihre grünen Augen sprühen Feuer, und ich bin ihr Ziel. »Nichts. Wir waren zusammen auf der Highschool, aber wir haben uns so gut wie nie unterhalten.«

Fables Lippen sind fest aufeinandergepresst, ihr Blick ist hart. Sie sieht aus, als hätte sie Lust, sich zu prügeln. »So wie sie sich verhält, könnte man denken, sie wäre eine Ex-Freundin von dir.«

»Ist sie aber nicht.« Ich schüttle den Kopf.

»Dann hast du sie halt gefickt.« Sie kneift die Augen zusammen, und das Herz zieht sich mir in der Brust zusammen, als ich kapiere, was los ist.

Fable ist eifersüchtig. Und das triumphierende Gefühl, das mich durchströmt, ist wohl ganz schön arschig, aber bitteschön. Wenigstens bekomme ich mal Emotionen aus dieser Frau heraus. Sie verhält sich, als wäre ich ihr vielleicht doch nicht so ganz egal.

»Ich hab sie nicht gefickt.« Meine Stimme ist sanft. Ich will nicht, dass Fable sauer ist. Ich strecke die Hand nach ihr aus und fahre mit den Fingern über ihre Wange, während ich ihr auf den Mund gucke. Ich will sie küssen. Ihr versichern, dass da nichts war zwischen Kaylie und mir – absolut nichts.

»Gut.« Sie nimmt die Hand von meinem Bein und entzieht sich meiner Berührung. Meine Hand hängt in der Luft, und ungläubig sehe ich zu, wie Fable sich von mir zurückzieht. Sie hat mich innerhalb von zehn Sekunden vollkommen abserviert.

Gerade hatte ich sie noch; und jetzt hab ich sie nicht mehr. Und ich hab nicht die leiseste Ahnung, warum.

Sie schiebt ihren Stuhl zurück, steht auf und streckt mir die Hand hin. »Kann ich mein Handy haben, bitte?«

»Wo willst du hin?« Ich ziehe das Handy aus meiner Hosentasche und gebe es ihr. Ich bin wieder völlig überwältigt, wie umwerfend sie in diesem Kleid aussieht. Und ohne das Kleid würde sie noch umwerfender aussehen.

»Raus. Ich muss meinen Bruder anrufen, ob alles okay ist.« Sie lächelt mich kurz an, und ehe ich anbieten kann, sie zu begleiten, ist sie auch schon weg. Ich sehe ihr hinterher, wie sie sich ihren Weg durch die Menge bahnt und auf die Türen zusteuert, die auf eine große Terrasse mit Blick über den Golfplatz hinausführen.

Als sie vom Raum verschluckt wird und ich sie nicht mehr sehen kann, schnürt sich mir die Kehle zu. Ich vermisse sie. Was lächerlich ist, wenn man bedenkt, dass ich sie kaum kenne und wir gerade mal drei Tage zusammen verbracht haben, wenn man den Tag, als wir hierher gefahren sind, mitzählt, aber trotzdem.

»Sie ist nicht die Richtige für dich.«

Frustriert seufze ich und schließe die Augen. Ich wäre

gern irgendwo anders, irgendwo, nur nicht hier. Mit ihr. Ich drehe mich um, und Adele sitzt auf Fables gerade frei gewordenem Platz. Der Stuhl ist noch warm, und schon muss Adele mich belästigen. Darauf könnte ich echt verzichten. »Halt dich aus meinem Leben raus.« Ich sage es leise. Ich will nicht, dass irgendwer uns hört.

»Du kannst mir nicht ewig aus dem Weg gehen. Du weißt doch, dass ich dich irgendwann allein erwische.« Sie lächelt, und ihre Lider senken sich über die dunklen Augen. »Du benutzt sie als Schutzschild, aber ich werde es schon noch schaffen.«

»Ich benutze sie nicht«, fange ich an, aber Adele wirft mir einen Blick zu, der mich verstummen lässt.

»Meinst du, ich habe eure zaghafte Knutscherei im Auto nicht mitbekommen? Nur weil dein Dad und ich uns gestritten haben, heißt das nicht, dass ich nicht alles mitbekomme, was du tust.« Ihr selbstgefälliges Lächeln ekelt mich an. »Es tut mir leid, aber was auch immer das sein sollte, was ihr da gemacht habt, ihr habt gewirkt wie zwei Anfänger, die keine Ahnung haben, was sie da machen. Als hättet ihr euch noch nie vorher berührt. Sag mir die Wahrheit. Bist du wirklich mit ihr zusammen?«

Auf einmal bin ich von Panik erfüllt, meine Kehle fühlt sich so trocken an wie die Sahara. Ich will darauf nicht antworten. Es geht sie verdammt noch mal nichts an, aber ich weiß, dass sie nicht lockerlassen wird. Sie wird so lange nachbohren, bis ich schließlich nachgebe. Ich habe Adele früher immer nachgegeben, und ich hasse mich selbst dafür.

Ich hasse mich.

Ich blicke über den Tisch zu meinem Dad, aber er ist so in die Unterhaltung mit dem Typen neben sich vertieft, dass er nichts mitbekommt. »Wir sind wirklich zusammen«, sage ich durch zusammengebissene Zähne, wobei ich es vermeide, sie anzusehen. Die angewiderten Geräusche, die sie macht, entgehen mir aber trotzdem nicht.

Ihre Augenlider zucken ganz leicht und verraten ihr Zögern, aber sie bohrt weiter. »Und, ist sie gut im Bett? Hat sie irgendwelche besonderen Tricks drauf?«

Himmel! Ich wusste, dass sie damit ankommen würde, aber ich hätte nicht damit gerechnet, dass sie es hier macht. Mit Hunderten anderer Leute um uns herum. »Hör verdammt noch mal damit auf.«

Ihr Lächeln wird breiter. Sie weiß, dass sie einen wunden Punkt getroffen hat. »Ist sie dir denn genug, Andrew? Denn das ist ja nicht gerade einfach. Sobald die Stahlmauern, die du so sorgsam um dich aufgebaut hast, eingerissen sind, bist du ja ziemlich … unersättlich.«

Ein Gefühl der Scham überkommt mich, und ich stehe so schnell auf, dass mein Stuhl laut polternd umkippt. Alle am Tisch sehen mich an, und meine Wangen glühen.

Adele sitzt so ruhig wie eine Königin auf ihrem Thron. Sie blickt mich noch nicht einmal an. Sie weiß, was sie getan hat.

»Ist alles okay, Junge?«, fragt mein Dad mit gerunzelter Stirn.

Ich antworte nicht. Stattdessen sehe ich zu, dass ich wegkomme, weg von Adele. Weg von all den Leuten.

Ich hab das Gefühl, als würde der Raum immer enger werden, und mir ist schwindlig. Ich weiß nicht, ob Angst oder die zwei Bier der Grund dafür sind.

Ich weiß nur, dass ich frische Luft brauche. Ich will raus auf die Terrasse.

Raus zu Fable.

Fable

»Du bist immer noch bei Wade, oder?« Ich nehme einen Zug von der geschnorrten Zigarette. Ich atme aus, und die dünnen Rauchwölkchen in der Luft ziehen mich kurz in ihren Bann. Es ist eiskalt, und ich rauche diese Zigarette ganz verstohlen, denn überall auf der Terrasse sind Rauchverbotsschilder. Wozu hat man auf einer Party einen Außenbereich, wenn die Leute dort nicht rauchen dürfen?

»Ja, ja, ich bin immer noch hier.« Owen klingt total genervt, aber das ist mir egal. Es ist neun durch, und er gehört um zehn ins Bett, ich will nur sichergehen, dass er da ist, wo er sein soll.

»Um zehn gehst du ins Bett – vergiss das nicht.« Ich schnipse Asche übers Geländer und fühle mich mies dabei. Warum muss ich mich bei diesen ganzen tollen reichen Leuten eigentlich immer benehmen, als wäre ich in der Gosse aufgewachsen?

»Aber das ist viel zu früh. Wade geht erst um elf ins Bett.« Er jammert. Wieder einmal. Womit er mich daran erinnert, dass er noch völlig unreif und in so vielerlei Hinsicht ein kleiner Junge ist, auch wenn er verzweifelt zu beweisen versucht, dass er ein Mann ist und sich um sich selbst kümmern kann.

»Tja, schön für Wade. Ich finde trotzdem, dass du spätestens um zehn im Bett sein solltest.« Ich gebe nicht nach, auch wenn ich weiß, dass er nicht auf mich hören wird.

Ich lasse ihn nicht gern allein. Irgendwas ist doch, irgendwas verheimlicht er mir, aber ich kann nicht sagen, was. Ich hoffe nur, dass er keinen Scheiß baut, bis ich wieder zu Hause bin.

»Schon klar«, murmelt Owen. »Weißt du eigentlich, dass du dich immer benimmst, als wärst du meine Mom?«

Mir schnürt sich die Kehle zu, und ich unterdrücke die Tränen. Ich bin heute Abend so was von emotional, ich hab keine Ahnung, warum. Ich würde mal sagen, Drew und seine blöden, perfekten Lippen sind schuld daran. Dieser Kuss hat irgendein seltsames Gefühl in mir ausgelöst, und seitdem bin ich die ganze Zeit kurz davor, in Tränen auszubrechen. »Irgendwer muss ja den Überblick behalten.«

Er lacht. »Ach ja, is' das so?«

Ich lache auch, ich bin froh, dass er gute Laune hat. Als ich vorhin mit ihm telefoniert hatte, war er argwöhnisch und ausweichend gewesen. Ich will nicht, dass er Geheimnisse vor mir hat, auch wenn ich weiß, dass das in dem Alter ganz normal ist. Sein Verhalten wird auch nur noch schlimmer werden, so viel ist klar. Aber ich bin darauf vorbereitet. Jedenfalls so weit wie es geht.

Männer und ihre tiefen, dunklen Geheimnisse. Drew hat jede Menge davon. Ich weiß zwar nicht, was für

Geheimnisse das sind, aber ich hab das Gefühl, dass etwas ziemlich Großes dahintersteckt. Er ist immer derart verschlossen und angespannt. Das hab ich gemerkt, als er mich geküsst und im Arm gehalten hat. Sein Körper war ganz steif, als ob er sich irgendwie zurückhalten müsste.

Ich wollte nicht, dass er sich zurückhält. Nicht bei dem Kuss vorhin, und jetzt will ich es erst recht nicht mehr. Er setzt vor allen eine Maske auf, und so langsam frage ich mich, wer genau eigentlich der echte Drew ist. Und ob er selbst das eigentlich weiß.

»Ich ruf dich morgen an, okay? Benimm dich.« Ich ziehe an der Zigarette und behalte den Rauch in der Lunge, bevor ich ihn langsam entweichen lasse. Gott, ich weiß, wie schlecht das Rauchen für mich ist, aber ich kann nun mal nicht anders. Es entspannt mich. Und bei diesem beschissenen Country-Club-Dinner brauche ich so viel Entspannung, wie ich nur kriegen kann.

»Bye, Fabes.« Niemand nennt mich so, außer Owen. »Ich liebe dich.«

»Ich dich auch«, flüstere ich und lege auf. Ich umklammere das Handy, denn ich hab ja keine Handtasche und ich will mir das Ding wirklich nicht zwischen die Brüste stecken.

»Rauchen ist tödlich, weißt du.«

Drews tiefe, erotische Stimme ertönt hinter mir, und ich blicke mich um und sehe ihn ein paar Schritte weiter stehen. Er hat die Hände in den Taschen vergraben, und der Wind spielt mit seinen dunklen Haaren.

Er sieht verärgert aus und so unglaublich gut. Ich würde am liebsten ein Foto von ihm machen, um diesen atemberaubenden Moment für alle Ewigkeiten festzuhalten und es – und ihn – immer bei mir zu haben.

»Verfolgst du mich?«, frage ich, während ich die Zigarette auf dem Geländer ausdrücke. Ich weiß nicht, wohin damit, also lasse ich den Stummel – wieder einmal – einfach liegen, und fühle mich schäbig dabei.

»Ich musste da raus.«

»Ich auch«, seufze ich. Ich drehe mich wieder um und blicke über den Golfplatz zum Meer. Ob wir wohl noch mal hierherkommen und ich die Aussicht bei Tageslicht genießen kann? Diese reichen Leute haben ja keine Ahnung, was für eine Schönheit sie umgibt. Sie sehen es jeden Tag, und es ist absolut nichts Besonderes für sie. Wahrscheinlich fällt es ihnen noch nicht mal auf.

Ich frage mich, wie das ist, so völlig unbeeindruckt von einer so schönen Umgebung zu sein. Klar, ich bin auch abgestumpft von all den banalen Sachen, die mich täglich umgeben. Vielleicht gehen wir alle angenehm taub durchs Leben. Erinnert mich irgendwie an den Lieblingssong von meiner Mom – »Comfortably Numb« von Pink Floyd.

»Mit deinem Bruder alles okay?«

»Geht ihm gut.« Ich zucke mit den Schultern. Drew fragt nur aus Höflichkeit. Draußen zu stehen, allein in der kalten Abendluft, hat die Situation zwischen uns klarer für mich gemacht. Und das brauchte ich nach diesem unglaublichen Kuss.

Ich bin ihm ziemlich egal, und er ist mir egal. Wir machen hier beide unseren Job, und das war's. Der Kuss? Ein Ausrutscher, ein Weg, Dampf abzulassen, denn hey, so viel Zeit so eng nebeneinander zu verbringen und dabei so zu tun, als wären wir ein richtiges Paar, bringt nun mal … etwas Reibung mit sich. Hitze. Sexuelle Spannung.

Und die ist bei uns auf jeden Fall da. Die Spannung. Auch jetzt kann ich sie fühlen, wie es zwischen uns funkt und mir beinah die Haut verbrennt. Ich spüre seinen Blick auf mir, höre, wie er näherkommt, und jetzt steht er neben mir und stützt die Arme aufs Geländer, wie ich. Er stößt mich sanft mit dem Ellbogen an, und ich erschaudere. Der Wind ist eisig und beißt mir in die nackte Haut.

»Du frierst.« Sein leises Murmeln spielt mit meinen Nervenenden, und ich würde ihn am liebsten anschreien, er solle mich in Ruhe lassen.

Aber ich tue es nicht.

»Ein bisschen«, antworte ich.

Er lacht leise. »Wenn ich eine Jacke hätte, würde ich sie dir geben.«

Ich will nicht, dass er den Gentleman spielt. Oder den netten, aufmerksamen Freund. Ich will keine von diesen … Lügen. Ich will Realität. Kalte, harte Fakten. Ich muss an das Geld auf meinem Konto denken, an die Tatsache, dass er mich benutzt, um seine Familie vor den Kopf zu stoßen. Die Tatsache, dass ich ihn benutze, um vorübergehend finanzielle Sicherheit für meine bemitleidenswerte kleine Familie zu erreichen. Das darf ich nicht vergessen.

»Wir sollten vielleicht wieder reingehen«, fange ich an, aber er berührt mich, legt seine große Hand auf meine, und ich halte den Mund.

»Ich kann da nicht wieder rein«, sagt er. Er sagt es

so leise, dass ich ihn fast gar nicht höre. »Ich kann ihnen grad nicht in die Augen sehen. Noch nicht. Bleib hier bei mir.«

Hab ich irgendwas verpasst? Er scheint nicht besonders aufgebracht zu sein, aber ich kenne ihn noch nicht gut genug, um das wirklich beurteilen zu können. Ich antworte nichts darauf, denn ich halte es für besser, wenn er sich erst einmal wieder beruhigt, und er sagt auch nichts weiter.

Aber er legt mir den Arm um die Schultern und zieht mich an sich heran. Zuerst versuche ich noch, mich zu wehren, und versteife mich am ganzen Körper, sodass er mich nicht richtig bewegen kann. Aber es ist bekloppt, mich dagegen zu wehren, besonders wenn er mich wärmen kann.

Also entspanne ich mich wieder. Lasse es zu, dass er mich zu sich zieht und seine Arme um mich schlingt, während ich meine Hände auf seine harte, warme Brust lege. Er lässt seine Hände auf meinen unteren Rücken gleiten, und ich bin zwischen ihm und dem Geländer gefangen. Sein Körper ist hart und unnachgiebig. Ich sitze in der Falle, und ich habe kein Bedürfnis zu entkommen.

Ich handle wider alles, was ich gerade vor ein paar Momenten noch gedacht und befürchtet habe, und das nur, weil er mich berührt.

Bei Drew werde ich einfach schwach. So schwach, dass es schon fast peinlich ist. Aber er scheint auf mich genauso zu reagieren, und das beruhigt mich. Wenigstens stecken wir zusammen in diesem Schlamassel.

»Ist was passiert da drinnen?«, frage ich, als ich es

vor Neugierde nicht mehr aushalte. Ich muss es einfach wissen.

»Ich will nicht darüber reden.«

Ich riskiere einen Blick und sehe, wie angespannt sein Kiefer ist. »Okay. Wenn dir irgendwann danach ist, ich höre dir zu.«

Er schaut zu mir herunter. Da ist so viel Verzweiflung in seinen Augen, dass es mir in der Seele wehtut. Dieser perfekte, wunderschöne Junge ist gar nicht so perfekt. »Du würdest es nicht verstehen.«

Ich lache, aber nicht, weil ich mich über ihn lustig mache, und ich hoffe, dass er das weiß. »Ich verstehe, glaube ich, viel mehr, als du denkst.«

»Du würdest mich verabscheuen, wenn ich dir die Wahrheit erzählen würde.« Seine Stimme ist rau, sein Gesichtsausdruck gequält. »Ich *selbst* verabscheue mich für das, was ich getan hab.«

Mir rutscht das Herz in die Hose. Er klingt so verloren, und da merke ich, dass er recht hat. Vielleicht *will* ich es auch gar nicht wissen. Was er da sagt – na ja, eher nicht sagt –, bereitet mir Unbehagen. Ich hab Angst.

Was hat er bloß getan, dass er sich selbst so hasst?

KAPITEL 8

Tag 3,
19:02

Ich will immer den,
den ich nicht haben kann.

– Fable Maguire

Fable

Er hat mich schon den ganzen Tag links liegenlassen. Womit ich kein Problem hab. Wirklich nicht. Ich hab nichts dagegen, allein im Gästehaus zu sein, denn, oh Gott, das Letzte, was ich will, ist, mit seinen kaputten Eltern rumzuhängen. Drew ist heute Morgen mit seinem Dad zum Golfplatz, und seitdem hab ich ihn nicht mehr gesehen. Ich hab keine Ahnung, ob er zwischendurch überhaupt schon mal nach Hause gekommen ist. Vielleicht machen die ja im Haupthaus einen auf glückliche Familie, während ich hier ganz allein rumsitze.

Ach du Schande, ich klinge sogar in meinen eigenen Ohren verbittert! Und außerdem weiß ich, dass er nicht zu Hause ist, denn ich war den ganzen Tag hier und hab ihn nicht wiederkommen sehen.

Das Alleinsein hat mich allerdings in die Realität zurückgeholt. Mal wieder. Und das ist eine gute Sache. Wenn ich mit Drew zusammen bin, werde ich immer ganz wirr, und das ist eindeutig keine gute Sache. Doch wenn ich in diesem unwirklichen Haus mit diesem unwirklichen Ausblick allein bin, merke ich, dass alles bloß Einbildung ist.

Vorhin hab ich Adele dabei erwischt, wie sie ums Gästehaus geschlichen ist. Sie ist ums ganze Haus herumgegangen und hat überall in die Fenster gelugt. Ich hab sie eine Zeitlang beobachtet und mich in den Ecken herumgedrückt, doch dann bin ich wütend geworden. Was soll das? Will sie mich ausspionieren? Oder guckt sie nach Drew?

Schließlich hab ich es nicht länger ausgehalten und hab die Tür aufgestoßen, als ich sie vorm Eingang herumschleichen gesehen hab. »Suchen Sie wen?«, hab ich gefragt und mir extra Mühe gegeben, pampig zu klingen.

Sie hat die Arme verschränkt und war elegant wie immer, mit ihrem reinweißen Sweatshirt und den schwarzen Leggins. Ich würde in so einem Outfit wie eine Schlampe aussehen. Ihre Sachen sind natürlich Designer-Klamotten und haben wahrscheinlich einen Haufen Geld gekostet, während meine von Walmart oder einer anderen Billigkette wären. »Ich dachte, du wärst nicht da«, hat sie gesagt.

»Sie haben sicherlich ge*hofft,* ich wäre nicht da.« Keine Ahnung, woher ich den Mut genommen hab, so mit ihr zu reden, aber ich hatte ihn. Die Fahrt vom Country-Club nach Hause gestern Abend war die reinste Tortur. Niemand hat ein Wort gesagt, und die Spannung war beinah unerträglich. Das komplette Gegenteil von der Hinfahrt, als Drew und ich uns geküsst hatten und seine Hände mich überall berührten.

Sie grinste. »Du magst mich nicht besonders, oder?«

»Ich glaube, das beruht auf Gegenseitigkeit.« Ich zuckte mit den Schultern und tat so, als wäre es mir egal, aber innerlich krampfte sich mir der Magen zusammen.

»Es wird nicht lange gehen mit euch beiden. Du bist überhaupt nicht sein Typ.«

Ich runzelte die Stirn. Natürlich bin ich nicht sein Typ. Das ist verdammt noch mal offensichtlich, aber ich hätte nicht gedacht, dass diese Ziege von einer Stiefmutter es mir so direkt ins Gesicht sagen würde. »Und was genau ist Drews Typ?«

»Eher jemand wie ich.« Ihr Lächeln wurde breiter, als ob sie wüsste, dass ihre Aussage mich direkt in die Magengrube traf. Ohne ein weiteres Wort drehte sie sich um und ging.

Adeles Antwort hat mich den ganzen Rest des Tages beschäftigt. Was zum Kuckuck sollte das heißen? Es gefiel mir nicht. Sie redet über Drew und sieht Drew an, als ob er ihr gehören würde. Beinah als wären sie diejenigen, die eine Beziehung hätten. Die Vorstellung ist ganz schön gruslig, und ich frage mich wirklich, ob die beiden mal was miteinander hatten.

Widerlich. Und unheimlich. Drew benimmt sich, als würde er sie hassen, und darüber mache ich mir noch viel mehr Gedanken. Und die fangen alle an mit »Was ist, wenn …«, und eigentlich mag ich sie gar nicht zu Ende führen, denn sie sind viel zu schaurig. Es geht mich nichts an, sage ich mir immer wieder, während ich hier alleine rumsitze und nachdenke.

Aber er hat mich in diesen Schlamassel mit hineingezogen. Von daher geht es mich schon etwas an, oder?

Nein. An manche Dingen sollte man besser nicht rühren.

Nicht, wenn jemand deswegen leidet.

Der innere Widerstreit geht den ganzen Tag weiter, bis ich ein komplettes Nervenbündel bin, während ich ängstlich auf seine Rückkehr warte. Wo steckt er nur? Ich weiß, dass Golfspielen eine Ewigkeit dauern kann, aber nicht so lange. Und ich weiß, dass er mit seinem Dad unterwegs ist, denn ich hab die verdammte Garage seit Stunden im Blick, und niemand ist zurückgekehrt.

Aber Adele ist vor einer halben Stunde weggefahren. Das macht mich echt fertig. Was ist, wenn sie irgendwo hingefahren ist, um sich mit ihnen zu treffen?

Mist. Ich weiß nicht, was ich machen soll.

Als schließlich gegen halb acht die Tür geht, bin ich sehr erleichtert. Ich höre Drews Schritte im gefliesten Eingangsbereich, dann sehe ich, wie er über den Flur geht. Ich sitze im Wohnzimmer, hab eine der unglaublich weichen, falschen Felldecken über mich geworfen und bin damit auf dem Sofa anscheinend so gut wie unsichtbar. Er bemerkt mich jedenfalls nicht, und ich sage auch nichts.

Ich kaue nervös auf meinem Fingernagel, und mein Magen knurrt, weil ich noch nichts zu Abend gegessen hab. Als ich höre, wie er in sein Zimmer geht und die

Tür hinter sich schließt, atme ich zitternd aus. Ich hatte gar nicht gemerkt, dass ich die Luft angehalten habe.

Keine zwei Minuten später kommt er wieder raus und ins Wohnzimmer, wo er wie angewurzelt stehenbleibt, als er mich sieht. »Hey.«

»Hi.« Ich presse die Lippen aufeinander und versuche, nicht wieder das Atmen zu vergessen.

»Ich hab dich gar nicht gesehen, als ich reingekommen bin.« Er sieht toll aus in seinem schwarzen Kapuzenpulli und den kakifarbenen Cargoshorts. Seine Haare sind ganz durcheinander vom Wind, der hier irgendwie ständig zu wehen scheint. Ich könnte tausend Dollar wetten, dass er unter dem Pulli ein Poloshirt trägt. Typische Golfklamotten, obwohl er statt der Cargohose eigentlich pastellfarbene, karierte Shorts tragen müsste. Nicht, dass ich irgendwas über Golf wüsste.

»Ich sitze hier schon die ganze Zeit.«

Er fährt sich mit der Hand über den Kopf, und es juckt mir regelrecht in den Fingern, das Gleiche zu tun. Ich erinnere mich, wie seidig weich seine Haare sind, wie sehr es ihm gefallen hat, als ich ihn dort berührt habe. Erlaubt er eigentlich je irgendwem, ihn zu berühren? Er scheint wirklich ganz allein durchs Leben zu gehen.

Die Erkenntnis stimmt mich traurig. Ich dagegen erlaube einer endlosen, gesichtslosen Reihe von Typen, mich anzufassen. Wegen des einen kurzen Moments, in dem ich das Gefühl habe, ich wäre jemandem wichtig. Der Moment vergeht allerdings immer ziemlich schnell, und danach fühle ich mich genauso leer wie vorher. Manchmal sogar noch leerer.

»Ich wusste überhaupt nicht, wo du den ganzen Tag warst«, sage ich, um das Schweigen zu brechen, denn er sagt nichts.

»Tut mir leid, dass ich so lange weg war.« Ob es ihn viel Überwindung kostet, sich bei mir zu entschuldigen? Er muss wahrscheinlich sonst kaum jemandem Rede und Antwort stehen.

Ich zucke mit den Schultern. Ich muss so tun, als wäre es mir gleichgültig, was er macht. »Ich bin nicht dein Kindermädchen.«

»Ja, aber du bist mein Gast. Du hast dich bestimmt gelangweilt.« Er kommt näher zur Couch, und da bemerke ich den Geruch.

Er stinkt nach Bier. Und seine Augen sind blutunterlaufen, seine Wangen rot. Er ist betrunken. Sofort gehe ich in Abwehrhaltung und ziehe mich in die Sofaecke zurück, als er sich neben mich setzt. Ich hasse den Geruch von Bier. Im La Salle's komme ich damit klar, da bin ich beschäftigt und am Hin-und-her-Laufen und ich arbeite mir einen Wolf. Doch in einer Situation wie dieser erinnert mich der Geruch von Bier an meine Mom und ihre ganzen beschissenen Freunde. Die ständig trinken. Fast alle Typen, mit denen sie bisher zusammen war, waren totale Alkoholiker mit Aggressionsproblemen.

Wütende Alkoholiker jagen mir echt Angst ein, und Drew ist ein ganz schön großer Kerl mit einer Menge aufgestauten Problemen. Wenn er mir gegenüber auch nur den kleinsten Wutausbruch bekommt, bin ich raus aus dieser Nummer.

»Ich bin klargekommen«, sage ich. »Ich hab lange am Strand gesessen.«

»War das nicht viel zu kalt? Das Wetter war ja heute nicht gerade das beste.«

Ich zucke mit den Schultern. »Ich dachte, solange ich hier bin, muss ich das Meer genießen. An so einem schönen Ort werde ich wahrscheinlich so schnell nicht wieder sein.«

»Es tut mir leid, dass ich nicht hier war, Fable.« Seine Stimme ist sanft, und sein Gesichtsausdruck ... bricht mir das Herz. Er sieht so trostlos aus, so verstört, ich wünschte, ich könnte etwas sagen, irgendetwas tun, um seinen Schmerz zu lindern.

Er legt den Kopf schief und sieht mich an. Seine blauen Augen sind finster. Ich frage mich, was er wohl sieht. Ich weiß, was ich sehe – einen verwirrten, einsamen jungen Mann, der niemanden an sich heranlassen will.

Aus was für einem Grund auch immer will ich diejenige sein, die er an sich ranlässt. Vielleicht kann ich ihm helfen, vielleicht auch nicht, aber er braucht Trost. So viel ist sicher.

Verwandte Seelen finden einander. Das klingt bestimmt kitschig, aber ich glaube, wir sind aus einem bestimmten Grund zusammengebracht worden.

Drew

Wie immer sieht sie mich an, als könne sie mich komplett durchschauen, und das macht mich nervös. Ich hab mich absichtlich den ganzen Tag von Fable ferngehalten. Was gestern Abend passiert ist, hat mich vollkommen aus der Bahn geworfen, und ich hatte das Gefühl, wenn ich mich nicht zusammenreiße, verliere ich die Kontrolle. So hab ich mich schon lange nicht mehr gefühlt. Deswegen bin ich ja so lange nicht nach Hause gekommen.

Und nach diesem Besuch werde ich auch nie wieder hierherkommen. Es ist mir egal, wie sehr ich meinen Dad damit vielleicht verletze. Ich kann das hier einfach nicht länger. Ich kann nicht länger so tun, als würde dieser Ort, als würden diese Leute mich kaltlassen. Alles hier erinnert mich daran, wie ich früher einmal war. Und ich will nicht mehr so sein. Ich bin es nicht mehr.

Es gibt keine andere Wahl. Ich muss mich von diesem Ort fernhalten.

Wenn ich Fable ansehe, deren Blick so voller Mitgefühl ist, weiß ich, dass ich mich auch von ihr fernhalten sollte. Wenn sie mich erst mal richtig kennenlernen würde, könnte ich ihr ganz schön wehtun. Ich befürchte, sie ist nah dran, mein Geheimnis zu lüften. Und auch wenn nicht – ich fürchte, ich bin nah dran, es zu verraten. Und wenn ich es erst einmal gestanden habe, kann ich es nie wieder rückgängig machen. Dann ist es raus und wird uns beiden unangenehm sein. Es würde unsere Freundschaft – oder was immer das zwischen uns beiden ist – zerstören.

Und weil ich den Gedanken nicht ertragen konnte, hab ich schon früh das Haus verlassen und die Gelegenheit genutzt, als mein Dad mich gefragt hat, ob ich mit ihm Golfspielen gehe. Und wir haben nicht nur lange, intensive achtzehn Runden mit ein paar Freunden gespielt, danach sind wir auch noch in der Bar des Golfplatzes versackt. Ich bin eigentlich kein großer Trinker, aber ich habe mir ein Bier nach dem anderen reingekippt und das Gefühl genossen. Mein Gehirn war wie betäubt, ich konnte einfach alles vergessen.

Wir haben geredet und gelacht, und mein Dad hat damit geprahlt, was für ein toller Footballspieler ich bin, und das hat sich gut angefühlt. Dad und ich haben sonst nicht viel Zeit zu zweit. Eigentlich ist Adele immer dabei und versaut alles. Das Mittagessen gestern war allerdings ziemlich unangenehm, und ich bin froh, dass wir das hinter uns haben.

Den Tag heute gemeinsam mit Dad zu verbringen, hat uns beiden gutgetan. Trotzdem hatte ich dabei die ganze Zeit ein schlechtes Gewissen, Fable allein gelassen zu haben, und das auch noch absichtlich.

Deswegen hab ich mich bei ihr entschuldigt.

»Ich hab deine Stiefmutter dabei erwischt, wie sie heute Nachmittag hier herumgeschnüffelt hat.« Fables Ton ist ganz beiläufig, aber ihre Worte treffen mich wie kleine Bomben.

Die Anspannung kriecht mir den Rücken hoch und in die Schultern, ich versteife mich. »Ach ja?«

Fable nickt. »Ich hab sie gefragt, was das soll.«

»Was?« Vor Schreck zucke ich zusammen. Was ist, wenn Adele irgendwas gesagt hat?

»Ja. Sie fand es auch nicht besonders lustig. Meinte, das mit uns würde sowieso nicht lange gehen. Ich wäre nicht dein Typ.«

Ich sage nichts. Ich habe Angst, was sie als Nächstes sagen könnte.

»Und als ich sie gefragt hab, was denn dein Typ ist, hat sie gesagt, *sie* wäre dein Typ.«

Das Blut rauscht in meinen Ohren, und ich höre nichts mehr von dem, was Fable sagt. Ich sehe nur noch, wie ihre Lippen sich bewegen.

Ohne darüber nachzudenken, was ich tue, stehe ich auf und gehe wieder in mein Zimmer. Sie ruft nach mir; ihre Stimme ist leise, und ich glaube, Fable folgt mir, aber ich bin mir nicht sicher. Ich kann nichts sehen – alles ist verschwommen – und ich bin kurz davor, vor lauter Scham und Angst und Wut überzukochen.

Adele hat es zu weit getrieben. Mal wieder. Wie sie es immer tut. Ich will Fable alles erzählen, aber ich kann nicht. Ich hab Angst, dass sie mich verabscheuen wird. Verurteilen.

Dass sie so von mir angeekelt sein wird, dass sie abhaut.

Es ist noch nicht mal die halbe Woche rum, und alles geht schon den Bach runter. Ich weiß nicht, wie ich die Sache wieder in den Griff kriegen soll.

Fable

Ich laufe ihm hinterher, rufe nach ihm, aber es kommt mir vor, als könne Drew mich nicht hören. Es ist ganz schön unheimlich, wie ausdruckslos sein Gesicht auf einmal wurde, als ich ihm erzählt habe, was Adele gesagt hat. Er hat direkt vor meinen Augen dichtgemacht. Als wäre das seine Art, mit Problemen fertigzuwerden.

Er knallt mir die Tür direkt vor der Nase zu, und ich reiße sie auf und renne in sein Zimmer. Er steht in der Mitte, hat mir den Rücken zugewandt, den Kopf in den

Nacken geworfen und guckt an die Decke. Ich wünschte, ich könnte seine Gedanken lesen, ihm Trost spenden, irgendwas.

Aber ich stehe einfach nur da, trete von einem Fuß auf den anderen und bin total verwirrt.

»Du solltest besser gehen«, sagt er mit leiser, düsterer Stimme.

»Okay, dann lasse ich dich allein.« Ich kann es verstehen, wenn jemand keine Gesellschaft haben will. Mir geht es selbst meistens so.

»Nein.« Er dreht sich zu mir um, und sein Blick ist hart und unnachgiebig. »Ich meine, du solltest besser nach Hause gehen. Du brauchst nicht hierbleiben. Ich brauche deine Hilfe nicht mehr.«

Mein Magen krampft sich zusammen, und ich hab das Gefühl, mich übergeben zu müssen. »Es macht mir nichts aus ...«

»Ich will dich hier nicht mehr«, unterbricht er mich, und ich presse die Lippen aufeinander. »Du musst dir diesen Scheiß nicht mehr antun, Fable. Was du bisher mitmachen musstest, ist schlimm genug.«

Mir ist zum Heulen zumute. Er will mich nicht mehr hierhaben. Niemand will mich irgendwo. Meiner Mom ist es völlig egal, was mit mir ist. Mein Bruder würde lieber mit seinen Freunden abhängen. Und ich selbst hab so gut wie keine Freundinnen, bis auf die paar, mit denen ich zusammen arbeite, aber das sind eigentlich bloß Kolleginnen. Die Mädels mögen mich nicht, weil sie mich für eine Schlampe halten, die ihnen ihre Freunde wegschnappen will.

Ich bin ganz allein. Niemand will mich.

Mit hocherhobenem Kopf kämpfe ich schniefend gegen die Tränen an. »Dann packe ich wohl mal.«

Ich drehe mich um und verlasse sein Zimmer. Er hält mich nicht auf. Nicht besonders überraschend. Was hab ich denn erwartet? Dass er hinter mir herlaufen und mich anbetteln würde, doch zu bleiben?

Natürlich tut er das nicht. Mein Leben ist nicht wie im Film. Ich bin ihm egal. Das darf ich nicht vergessen.

In meinem Zimmer ist es dunkel. Ich mache das Licht an und gehe zum Schrank, wo mein staubiger, zerlumpter Seesack liegt. Er ist immer noch halbvoll; ich hab ihn noch gar nicht richtig ausgepackt, aus Angst, dass so etwas wie das hier passieren würde.

Meine hellseherischen Fähigkeiten scheinen gerade besonders ausgeprägt zu sein.

Ich fange an, meine Klamotten in den Seesack zu stopfen. Die Mühe, irgendetwas zusammenzufalten, mache ich mir nicht. Ich weiß nicht, wie ich von hier wegkommen soll, aber wahrscheinlich könnte ich mir ein Taxi rufen und mich zum Bus bringen lassen. Ich hab ja gerade genug Geld auf dem Konto, also kann ich mir ein Ticket kaufen, und ab nach Hause. Ich hoffe nur, dass ich an der Bushaltestelle nicht zu lange warten muss.

Als ich mein Handy hervorhole, sehe ich, dass Owen mir geschrieben hat, dass er heute wieder bei Wade schläft. Ich antworte ihm, dass das okay ist und dass ich heute Abend noch nach Hause komme. Er antwortet sofort:

Was ist passiert? Wurdest du gefeuert? Hat der Daddy dich angegraben?

Lange Geschichte. Erzähle ich, wenn ich zu Hause bin, antworte ich, und dann stecke ich mir das Handy wieder in die Hosentasche.

Ich fühle mich wie eine Versagerin. Ich kann noch nicht mal so tun, als wäre ich jemandes Freundin, dabei musste ich nichts anderes tun als hübsch aussehen. Lächeln und nicken und den Mund halten. Wie schwer kann das sein?

Wütend auf mich selbst, gehe ich ins Bad und werfe meine Sachen von der Ablage in die Kosmetiktasche. Ich schnappe mir meinen Rasierer, mein Shampoo und meine Spülung in Reisegröße aus der Dusche und schmeiße auch sie hinein, dann mache ich die Tasche zu und freue mich über das laute Geräusch, das der Reißverschluss macht. Alles hallt in diesem Haus, was bei den hohen Decken und den gefliesten Fußböden auch kein Wunder ist. Im Haupthaus ist es noch schlimmer, und es geht mir gehörig auf die Nerven.

Vielleicht werde ich ja wirklich froh sein, hier wegzukommen. Vielleicht werde ich endlich wieder atmen können, wenn ich erst mal im Bus bin.

Ich will gerade das Badezimmer verlassen, als ich Drew in der Tür stehen sehe, fast wie gestern Abend. Er hält sich oben am Türrahmen fest und lehnt sich halb ins Badezimmer. Sein Sweatshirt rutscht hoch und nimmt das Shirt darunter gleich mit, und seine Shorts hängen ihm so tief auf den Hüften, dass ich einen schmalen Streifen seines Bauchs sehen kann. Und außerdem eine Linie dunkler Haare, die von seinem Bauchnabel hinab in seine Hose wandert. Ich reiße meinen Blick los und sehe ihm in die Augen. Wie peinlich, dass ich ihn abchecke, wenn ich eigentlich richtig stinkig auf ihn sein sollte.

»Geh nicht.«

Ich versteife mich. Das ist jetzt wirklich mehr als lächerlich. Dieses ganze Hin und Her ist mir echt zu viel. »Ich hab keine Lust auf Spielchen, Drew.«

Er lässt den Türrahmen los und kommt ins Bad. Ich weiche ihm aus, bis ich mit dem Hintern gegen den Waschtisch stoße. Ich zittere, aber nicht aus Angst. Ich zittere, weil er so nah ist, dass ich ihn riechen kann.

Irgendwie ist der Biergeruch verflogen und Drews warmem, vertrautem Duft gewichen. Ich kann seine Körperwärme spüren, die sexuelle Spannung, die von ihm ausgeht. »Es tut mir leid, Fable. Ich ... dieser Ort ist einfach furchtbar. Und ich kann es absolut verstehen, wenn du gehen willst, deswegen wollte ich dir die Möglichkeit geben auszusteigen. Ich wollte mich selbst davon überzeugen, dass es das Beste ist, dich gehenzulassen, aber ich schaffe das hier nicht alleine. Und ich will es auch nicht. Ich möchte, dass du bleibst.«

»Was schaffst du nicht alleine, Drew? Was ist eigentlich so schlimm an deinen Eltern? Du erzählst mir nichts, und ich mache mir alle möglichen Gedanken.« Ich atme scharf ein, als er direkt vor mir stehenbleibt. Er steht jetzt so nah vor mir, dass sich unsere Oberkörper berühren.

Ohne Vorwarnung legt er mir die Hände um die Taille und hebt mich auf den Rand des Waschtischs. Ich lasse einen leisen Schrei los, und er stellt sich zwischen meine Beine. Jetzt ist er mir noch näher, sodass ich den Kopf in den Nacken legen muss, um ihn ansehen zu können.

»Ich will nicht drüber reden«, flüstert er. »Ich würde es dir gern erzählen, aber ich kann nicht.«

Ich berühre seine Wange, und er schließt die Augen und schmiegt das Gesicht in meine Handfläche. Ich betrachte seine schönen Züge, und mich überkommt das Verlangen, ihn zu küssen. Mich ihm hinzugeben.

»Es ist nicht gesund, alles unter Verschluss zu halten.« Ich streichle seine Wange, und er öffnet die Augen. »Du solltest wirklich mit jemandem darüber reden.« Ich hoffe, dass er merkt, dass ich gern diejenige wäre, mit der er über das redet, was ihn beschäftigt.

»Ich kann nicht.«

»Okay. Wann immer du dazu bereit bist, ich bin für dich da.« Ich lasse die Hand sinken, richte mich auf dem Waschtisch auf und drücke ihm einen Kuss auf die Wange. Ich will, dass er weiß, dass ich für ihn da bin, egal, was passiert. Es ist mir egal, was für Geheimnisse er hat – und ich hab, die Vermutung, dass sie ziemlich schlimm sind –, ich will ihm beistehen und ihm helfen.

Vielleicht bedeutet das mehr Probleme, als er es wert ist, aber das glaube ich nicht. Dieser Mann ist aus einem bestimmten Grund in mein Leben getreten. So, wie ich in seins. Vielleicht sind wir dazu bestimmt, einander zu helfen.

Oder uns gegenseitig Hoffnung zu geben.

KAPITEL 9

Tag 4,
13:12 Uhr

Ja, sie ist schön: drum muss man um sie werben;
Sie ist ein Weib: drum kann man sie gewinnen.

– William Shakespeare

Drew

Ich bin mit Fable Essen gegangen, sozusagen als Dank dafür, dass sie sich mit meinem Scheiß abgibt. Was ich ihr gestern Abend angetan habe, ist unverzeihlich, aber irgendwie hat sie es doch geschafft, mir zu vergeben. Sie ist so gut zu mir, ich weiß nicht, womit ich das verdiene.

Sie zum Mittagessen einzuladen ist ein ganz schön kläglicher Versuch, ihr meine Dankbarkeit zu zeigen, aber mehr hab ich nicht zu bieten. Eigentlich würde ich gern etwas ganz anderes tun, um mich erkenntlich zu zeigen, aber ich glaube, dafür ist sie gerade nicht besonders empfänglich. Der Kuss, den sie mir gestern auf die Wange gegeben hat, und die beruhigende Umarmung vorm Schlafengehen haben sich beide mehr wie von einer Schwester angefühlt als wie von einer Frau, die scharf auf mich ist.

Was echt ein Jammer ist, denn sie macht mich ganz wahnsinnig, und ich hab wirklich Probleme, mich zu konzentrieren. Ich würde sie jetzt am liebsten ins Bett tragen, sie ausziehen und mich in ihr vergraben, damit ich wenigstens für kurze Zeit alles vergessen kann. Ich will jeden Quadratzentimeter ihrer Haut mit dem Mund erkunden. Ich will stundenlang mit ihr im Arm dasitzen und sie küssen, bis unsere Lippen geschwollen und unsere Münder müde sind. Ich will wissen, wie sie aussieht, wenn sie kommt. Und ich will derjenige sein, der sie kommen lässt, und hören, wie sie dabei meinen Namen ruft.

Ich hab noch nie vorher so für eine Frau empfunden. Noch nie. Ich klinge wie ein totales Weichei, aber Fable überwältigt mich – auf eine gute Art. Dabei kenne ich sie erst seit ein paar Tagen.

Aber manchmal scheint das vollkommen auszureichen.

»Was für ein tolles Restaurant.« Fable sieht sich um, nachdem uns die Kellnerin das Essen gebracht hat. Das Lächeln auf Fables Gesicht ist das glücklichste, das ich gesehen hab, seit wir in meiner Heimatstadt sind. »Total niedlich. Und das Essen riecht wunderbar.«

In der Innenstadt von Carmel ist alles ziemlich niedlich. Wie in einer Spielzeugwelt, überall sind süße, kleine Cottages, enge Gassen und Geheimverstecke. Wie im Märchen.

»Hau rein«, sage ich, denn ich bin am Verhungern. Ich hab ein Chicken-Club-Sandwich bestellt und Fable eine Art asiatischen Hühnersalat. Ich nehme ein paar Bissen und bin so damit beschäftigt, mir den Mund vollzustopfen, dass mir der Ausdruck purer Glückseligkeit auf Fables Gesicht zuerst entgeht.

Vollkommen fasziniert, lege ich das Sandwich auf den Teller. Meine Reaktion auf sie ist lächerlich. Es hilft auch nicht besonders, dass alles, was sie tut, mich dermaßen anmacht.

Aber der Salat scheint ihr echt zu schmecken. Sie hat die Augen halb geschlossen und einen ganz verträumten Blick. Sie leckt sich die Lippen, und ihre rosa Zunge macht mich echt fertig. Ich schlucke schwer. Der Appetit aufs Essen ist mir auf einmal vergangen.

Mein Appetit auf Fable ist allerdings umso größer.

»Ist das lecker. Das ist das beste Dressing, das ich je in meinem Leben gegessen habe.« Sie sieht mich an und zieht ihre hübschen Augenbrauen zusammen. »Ist alles okay? Ich dachte, du hast Hunger?«

»Äh …« Erwischt.

»Du isst ja gar nichts. Schmeckt es dir nicht?«

Ich finde es süß, dass sie sich solche Gedanken macht, aber das hier hat nichts mit irgendeinem Sandwich zu tun, sondern nur mit ihr. Damit, wie sehr ich sie begehre.

Und ich begehre sie wirklich sehr.

Ausnahmsweise bin ich mal bereit dazu, mich dem Gefühl hinzugeben und mir keine Gedanken über mögliche Konsequenzen zu machen. Wir fühlen uns zueinander hingezogen. Sie hat keinerlei Erwartungen an mich und ich ebenso wenig an sie. Ich kann meine turbulente Vergangenheit beiseiteschieben und – jedenfalls vorübergehend – durch neue Erfahrungen ersetzen, die ich hier mit Fable mache.

»Das Sandwich ist gut.« Ich beiße noch einmal ab, um es zu beweisen, und sie lächelt zufrieden, bevor sie sich wieder ihrem Salat widmet.

Mit einem Mal wird mir klar, dass das hier ein Date ist. Ich bin wirklich der erbärmlichste Einundzwanzigjährige, den es gibt. Ich spiele Football, ich bekomme gute Noten im College, es gibt Mädels, die dafür sterben würden, mit mir auszugehen, und ich hatte noch nie ein richtiges Date. Ich hab keine Ahnung, wie es sich anfühlt, in einer Beziehung zu sein. Meine Vergangenheit hat mich von all diesen Dingen abgehalten, und ich hab es viel zu lange zugelassen, mich von ihr dominieren zu lassen.

»Morgen ist Thanksgiving«, sagt Fable, nachdem sie einen Schluck von ihrem Eistee genommen hat. »Gibt es eine große Familienfeier bei euch?«

»Eigentlich nicht.« Nicht mehr, seitdem meine Schwester Vanessa gestorben ist, aber davon erzähle ich jetzt nicht. Das ist ein viel zu heftiges Thema für heute. »Die letzten Jahre waren wir zu Thanksgiving immer im Urlaub.«

»Oh, wie schön.« Sie lächelt, aber es ist kein Lächeln, das bis zu ihren Augenwinkeln reicht. Sie sagt das bloß, weil sie denkt, dass ich es von ihr erwarte. Sie weiß ganz genau, was für eine kaputte Familie wir sind.

Sie ist die Erste, die das mitbekommen hat.

»Außerdem leben die meisten Verwandten von meinem Dad an der Ostküste. Er kommt ursprünglich aus New York«, fahre ich fort.

»Echt?« Sie wischt sich mit der weißen Stoffserviette den Mund ab und lässt sie in den Schoß sinken. Mein Blick bleibt an ihren Lippen hängen. Sie sind rund, haben eine schöne rosa Farbe, und ich verzehre mich danach, sie wieder zu schmecken.

Als wäre ich heute Morgen aufgewacht und hätte nur noch Sex im Kopf gehabt. Was so ziemlich hinkommt, bei der Morgenlatte, die ich hatte. Ich hatte von ihr geträumt, verschwommene, unscharfe Bilder von uns beiden im Bett. Sie verschlingt mich, und ich lasse es geschehen. Genieße es.

»Ja. Meine Mom war auch von dort.« Ich runzle die Stirn. Über meine Mom will ich eigentlich auch nicht nachdenken.

»Und warst du mal da?«

»Schon seit einigen Jahren nicht mehr, aber ja. Meine Großeltern wohnen in Brooklyn. Das ist ein ganz anderes Leben da.« Ich würde gern mal wieder hin. Grandma und Grandpa sind schon ganz schön alt und leben vielleicht nicht mehr lange.

Aber sie mögen Adele nicht besonders, deswegen haben wir sie nur selten besucht.

»Ich würde total gern mal nach New York.« Sie seufzt sehnsüchtig. »Ich wollte schon immer dahin.«

»Es ist auf jeden Fall ein Erlebnis.« Ich wünschte, ich könnte mit ihr hinfahren. Ich bin besessen von dem Wunsch, sie glücklich zu machen. Ihr Dinge zu ermöglichen, von denen ich weiß, dass sie sie sonst nie erleben wird.

»Verrätst du mir was?«, frage ich, als wir aufgegessen haben und darauf warten, dass die Kellnerin uns die Rechnung bringt.

»Was willst du denn wissen?« Misstrauisch sieht sie mich an. Wir sind uns viel ähnlicher, als ich dachte, und das beruhigt mich irgendwie.

»Wie bist du zu deinem Namen gekommen?« Als sie die Augenbrauen hochzieht, fahre ich fort: »Fable. Du musst zugeben, dass das ein ungewöhnlicher Name ist.«

»Oh.« Sie wird rot, als wäre es ihr peinlich, und sie senkt den Blick. »Meine Mom. Sie ist … ein bisschen anders. Als ich auf die Welt gekommen bin, hat sie mich angesehen und behauptet, ich wäre eine weise Seele. Sie wusste angeblich augenblicklich, dass ich eine Menge Geschichten zu erzählen hätte. Zumindest hat sie mir das so gesagt, als ich fünf war. Meine Grandma hat das Gleiche gesagt.«

»Eine weise Seele also, ja?« Ich betrachte sie, und mit ihren großen, unergründlichen grünen Augen erwidert sie meinen Blick. Sie wirkt so viel reifer als andere Mädels in unserem Alter. Und sie hat auch schon so viel mehr durchgemacht. Sie scheint sich um alle zu kümmern. Und wer kümmert sich um Fable? »Und, hast du viele Geschichten zu erzählen?«

Sie schüttelt langsam den Kopf, und ihre Wangen färben sich jetzt dunkelrot. »Mein Leben ist schrecklich langweilig.«

»Das glaube ich nicht.« Ich finde sie ganz schön geheimnisvoll. Sie tut immer so, als wäre sie total tough und würde sich nichts gefallen lassen, aber ich hab das Gefühl, dass sie hinter dieser Fassade ziemlich verwundbar ist.

»Wenn du damit meine angeblichen sexuellen Eskapaden meinst, wirklich … absolut langweilig. Da gibt es nichts zu erzählen. Die meisten Geschichten, die man sich so erzählt, stimmen sowieso nicht.« Sie presst die Lippen so fest aufeinander, dass sie praktisch verschwinden.

Für einen kurzen Moment bin ich baff. Ich versuche doch nur, sie besser kennenzulernen. Ich hab nicht vor, meine Nase in Dinge zu stecken, die mich nichts angehen. Und ich bin auch eindeutig noch nicht so weit, mich mit ihrer sexuellen Vergangenheit auseinanderzusetzen. Ich weiß nicht, ob ich das überhaupt jemals sein werde. »Die interessieren mich auch gar nicht.«

»Trotzdem ist doch genau das der Grund, warum du mich als deine angebliche Freundin ausgesucht hast.« Die Verletztheit in ihrer Stimme ist nicht zu überhören. Indem ich sie ausgewählt hab, hab ich dieses ohnehin schon verletzte Geschöpf noch mehr verletzt. Ich fühle mich echt mies.

»Ich will dich nicht anlügen. Du hast recht.« Ich greife nach ihrer Hand und verschränke meine Finger mit den ihren. Ihre sind schlank und kalt. Ich drücke sie in der Hoffnung, sie etwas aufwärmen zu können. »Aber ich bin inzwischen sehr froh, dass ich dich ausgesucht hab.«

Mit großen Augen sieht sie mich an, und ich hab das Gefühl, als hätte ich gerade meine Seele offengelegt. »Ich bin auch sehr froh, dass du mich ausgesucht hast«, sagt sie, und ihre Stimme ist so leise, dass ich sie kaum höre.

Eine Welle von Emotionen durchströmt mich, und ich gebe mein Bestes, mir nichts anmerken zu lassen und die Atmosphäre zwischen uns locker und unverkrampft zu belassen. Aber in mir drin ist alles in Aufruhr. Wir betreiben noch etwas Smalltalk, aber ich kann an nichts anderes mehr denken als an sie. Wie sehr ich sie will. Wie einfach sie in mein Leben geschlichen ist, und dass ich mir mein Leben ohne sie nicht mehr vorstellen kann.

Völlig verrückt.

Was gestern Abend passiert ist, hat etwas von der Spannung zwischen uns genommen, und wir können jetzt viel offener miteinander umgehen. So offen, dass ich, als wir das Restaurant verlassen und den steilen Weg zurück zum Pickup hinaufgehen, einfach ihre Hand nehme, und sie es zulässt.

Als wären wir ein richtiges Paar.

»Riecht, als würde es bald regnen«, murmelt Fable, und als ich hochblicke, hängen dicke, dunkle Wolken am Himmel.

»Du hast recht.« In dem Moment, als ich das sage, fallen auch schon die ersten Tropfen, und Fable lacht. Bei dem Klang fährt mir ein wohliger Schauer über den Rücken. Ich liebe ihr Lachen, ich will es immer wieder hören.

Dicke Tropfen fallen vom Himmel, und wir bleiben stehen und sehen uns an. Ich umfasse ihre Hand fester, und wir laufen jetzt schneller, als ob wir dem Regen, der immer heftiger wird, so entkommen könnten. Bis wir schließlich mitten in einem sintflutartigen Regenguss sind und bis auf die Knochen nass werden.

»Wie weit ist es noch bis zum Auto?«, fragt sie. Der Regen ist so laut, dass ich sie kaum verstehe.

»Viel zu weit.« Ich bin zu einem öffentlichen Parkplatz gefahren, damit ich mir keine Gedanken wegen der Parkuhr machen muss, und jetzt wünschte ich, ich hätte näher am Restaurant geparkt. Die Gehwege sind inzwischen wie leergefegt. Der Regen ist so dicht, dass man kaum noch etwas sieht, und wir haben immer noch mehrere Blocks vor uns.

»Vielleicht sollten wir uns in einem Geschäft unterstellen und warten, bis es aufhört«, sagt Fable.

Das könnten wir, aber ich hab eine noch bessere Idee. Ich ziehe sie hinter mir her in eine enge Gasse, die zu einer Kunstgalerie führt und die komplett mit Efeu überwachsen ist. Es ist dunkel und regengeschützt, und im Efeu sind für die bevorstehende Weihnachtszeit bereits kleine weiße Blinklichter befestigt.

Es ist wirklich wundervoll. Fable sieht sich staunend um. Ihre Lippen sind leicht geöffnet, ihre Augen weit aufgerissen. Sie dreht sich zu mir um. Ihre langen blonden Haare sind pitschnass, ihre Wangen mit Regentropfen gesprenkelt. Ohne nachzudenken, berühre ich ihr Gesicht und wische mit dem Daumen die Tropfen weg, erst auf der einen Wange, dann auf der anderen. Ein Zittern durchfährt sie, und sie presst die Lippen aufeinander und sieht auf den Boden.

»Kalt?«, frage ich. Ich bin vollkommen überwältigt von dem Bedürfnis, sie zu berühren, sie gar nicht mehr loszulassen. Sie ist irgendwie zu meinem Rettungsanker geworden.

Fable schüttelt langsam den Kopf, dann hebt sie den Blick und sieht mich an. »Es ist so schön hier. Bist du sicher, dass es okay ist, wenn wir hier ein bisschen bleiben?«

»Ja. Klar.« Ich ziehe sie an mich heran, denn ich kann nicht länger widerstehen. Bereitwillig kommt sie in meine Arme und schaut auf meine Lippen. Wir denken beide an das Gleiche, und das erleichtert mich. Sie will das hier genauso sehr wie ich.

Aber sie ist so klein, ich überrage sie um einiges. Ich blicke mich um und sehe rechts von uns eine Bank. Ich fasse Fable um die Taille, sie kreischt auf, und ich stelle sie auf die Bank, sodass sie jetzt diejenige ist, die größer ist.

»Was machst du?« Sie legt mir die Hände auf die Schultern, ihre Finger graben sich in den nassen Stoff.

»Dir das Kommando überlassen«, sage ich, in der Hoffnung, dass sie es übernimmt. Ich wünsche mir so sehr, dass sie es tut. So sehr, dass es mich wahnsinnig macht. Ich lege ihr die Hände auf die Hüften und wünschte, sie würde keine Jeans tragen. Ich wünschte, sie würde überhaupt nichts tragen und dass wir irgendwo anders wären, bei uns im Gästehaus, wo wir uns mit Händen und Mündern gegenseitig erkunden könnten.

Mit Fable zusammen zu sein, wirkt befreiend auf mich. Hätte ich das doch schon eher erkannt.

Irgendetwas hat sich bei Drew seit gestern Abend getan. Vorher war er immer ganz angespannt und verschlossen, doch heute scheint er viel offener und glücklicher zu sein, als ich ihn je erlebt habe. Seit wir hierhergekommen sind, haben wir schon eine Menge geredet, gestritten, noch mehr geredet, und irgendwie hat uns das einander nähergebracht.

Aber ich hab auch Angst. Mal sagt er hü, dann wieder hott. In der einen Minute ist er offen und charmant und so unwiderstehlich, dass es mir den Atem verschlägt, und dann ist er wieder ganz finster und zurückgezogen und still. Es kostet mich ganz schön viel Energie, Zeit mit ihm zu verbringen, aber wenn er so ist wie jetzt, vergesse ich das ganze Drama und genieße es einfach, mit ihm zusammen zu sein.

Der plötzliche Regen hat mich völlig durchnässt, aber das macht mir nichts aus. Nicht wenn Drew mit seinen blauen Augen so zu mir hochschaut. Sein Gesicht ist ganz feucht, und seine Haare sind klitschnass, genau wie seine Klamotten und auch meine. Aber wir sind in diesem kleinen Tunnel, dieser Gasse, die mit Efeu überwachsen ist, und es ist irgendwie richtig gemütlich. Die Wolken haben den Nachmittagshimmel verdunkelt, und kleine weiße Weihnachtslämpchen werfen ein schummriges Licht auf uns. Außer unserem beschleunigten Atem und dem Regen, der ein paar Meter entfernt immer noch auf den Boden prasselt, ist nichts zu hören.

Ich habe das Gefühl, ganz allein mit ihm zu sein.

Völlig isoliert von allem anderen, und ich brauche mir keine Gedanken machen, wer uns sehen könnte und was irgendwer sagen könnte. Wir können tun, was wir wollen, ohne Angst zu haben, dass irgendwer über uns urteilen oder blöde Kommentare abgeben könnte. Die eifersüchtigen Mädels und die eifersüchtige Stiefmutter entfernen sich immer mehr, bis nur noch Drew und ich und der Regen da sind.

Ich betrachte sein Gesicht und fahre ihm mit dem Zeigefinger erst über den einen Wangenknochen, dann über den anderen. Er hat sich heute Morgen nicht rasiert, und seine Bartstoppeln kratzen. Wie es sich wohl anfühlt, wenn er diese rauen Wangen an meinen empfindlichen Stellen reibt?

Bei dem Gedanken durchfährt mich ein Schauer.

Er steht vollkommen still da, nur das leichte Flattern seiner Augenlider verrät, dass ihn meine Berührung nicht kaltlässt. Ich werde mutiger und umfahre mit dem Finger seinen Mund. Langsam lasse ich den Finger über die Wölbung seiner Oberlippe gleiten, dann über die volle Unterlippe, wobei ich in den Mundwinken jeweils kurz verweile und die kleinen Wassertropfen auffange, die seine Haut bedecken. Er öffnet die Lippen, umschließt meine Fingerspitze, und ich schnappe nach Luft, als er mich sanft hineinbeißt und dann daran leckt.

Gott! Er bringt mich noch um. Ich weiß nicht, warum er heute so viel mutiger ist, ich weiß nicht, warum er mir gegenüber auf einmal so offensiv ist, aber ich hab überhaupt nichts dagegen. Ich will es. Ich will ihn.

»Hast du vor, mich zu küssen?«, fragt er, als ich meinen Finger zwischen seinen Lippen hervorziehe. »Du quälst mich, weißt du das eigentlich?«

»Vielleicht will ich das ja.« Ich hab Lust, mit ihm zu flirten, ihn zu necken, und das Grinsen, das sich langsam auf seinem Gesicht ausbreitet, belohnt mich.

Drew fährt mir mit der Hand den Rücken hinauf, bis er meinen Nacken umfasst und seine Finger in meine nassen Haare greifen. Ich neige den Kopf, und als unsere Lippen sich ganz leicht berühren, ist es, als würden elektrische Funken zwischen uns knistern.

Ich verzehre mich nach ihm, aber ich versuche, mich zurückzuhalten. Ich will diesen Moment auskosten. Dieser Ort hat eine Art Magie, die ihren Zauber um uns gesponnen hat, und ich will ihn noch nicht brechen.

Ich will, dass dieser Moment mit Drew noch länger andauert.

Unsere Lippen berühren sich wieder und wieder in einer Reihe unschuldigster Küsse; jedes Mal wenn sein Mund auf den meinen trifft, kribbelt es in meinem Bauch. Ich hab eine Gänsehaut. Ich schlinge ihm die Arme um den Hals, fahre ihm mit den Fingern durch die nassen Haare. Den Arm um meine Taille, zieht er mich näher an sich heran, bis unsere nassen Körper aneinanderkleben.

»Fable.« Er flüstert meinen Namen, seine Stimme ist tief und sexy, und ich öffne die Lippen und atme in seinen Mund. Er ist weich und süß, seine Zunge warm und feucht, als sie sich um meine windet. Das Feuer in meinem Bauch schlägt immer höhere Flammen. Ich wünschte, ich könnte mir die Kleider vom Leib reißen und meinen nackten Körper an ihm reiben.

Die langsamen Küsse verwandeln sich in heiße, verzweifelte Küsse. Drew zieht mich so fest an den Haaren, dass es wehtut, aber es ist mir egal. Ich verzehre mich nach ihm, und ich will mehr. Ich will alles, was er mir geben kann.

Als er aufhört, mich zu küssen, lehne ich meine Stirn gegen seine. Unser Atem geht unkontrolliert und laut in der ansonsten stillen Gasse. Der Regen scheint weniger geworden zu sein. Als ich die Augen öffne, sieht Drew mich aufmerksam an.

»Wollen wir es wagen?«, fragt er.

Ich weiß nicht, was ich sagen soll. Ich will nicht, dass er mich loslässt. Er hält mich so fest in seinen Armen, ich fühle mich sicher bei ihm. Beschützt. »Es regnet noch.«

»Aber nicht mehr so doll.«

»Wir werden pitschnass.«

»Sind wir doch schon.« Er küsst mich und lässt seinen Mund ganz nah an meinem, als er flüstert: »Ich will dich aus dem Regen raus und ins Gästehaus bringen, damit wir richtig allein sein können.«

Mein Herz setzt vor Vorfreude einen Schlag aus. Er will mich. Und ich will ihn. »Okay«, stimme ich nickend zu, und vorsichtig hebt er mich von der Bank und lässt mich langsam an seinem Körper hinuntergleiten. Ich fühle alles, seine harten, unnachgiebigen Muskeln, wie sehr ich ihn errege … Es ist berauschend, wie viel Macht ich in diesem Moment über ihn habe.

Was als Nächstes passieren wird, wird alles zwischen uns verändern. Und ausnahmsweise freue ich mich darauf. Es gibt nichts, wofür man sich schämen müsste, wenn man Sex mit einer Person hat, die einem etwas bedeutet. Drew ist kein weiterer anonymer Typ, den ich benutze, um das Gefühl der Einsamkeit in mir zu ersticken.

Die Erkenntnis ist irgendwie aufregend und erschreckend zugleich.

Drew

Ich kann gar nicht schnell genug zurückfahren. Es ist ganz schön viel Verkehr, und wegen des Regens sind die Straßen rutschig. Ich muss vorsichtig sein. Ein paarmal ist mir das Heck in der Kurve schon weggerutscht, und ich versuche jetzt, langsamer zu fahren. Übe mich in Geduld.

Was nicht einfach ist, mit Fable auf dem Beifahrersitz, ganz nass und sexy, sie sieht echt zum Anbeißen aus.

Als wir ankommen, springe ich aus dem Pickup und mache die Tür für sie auf. Der Regen hat nachgelassen, aber immer noch nicht aufgehört.

Ich hab keine Ahnung, ob irgendwer zu Hause ist. Wobei es mir auch wirklich egal ist. Ich kann es gar nicht erwarten, mit Fable hineinzugehen, ich kann kaum noch geradeaus gucken.

Sie kichert, als ich sie hinter mir her ins Gästehaus ziehe und die Tür mit einer Entschiedenheit hinter uns zumache und abschließe, die mir eine gewisse Befriedigung verschafft. Niemand wird uns hierbei unterbrechen. Das werde ich nicht zulassen. Ich muss Fable ausziehen. Dringend.

Ich drücke sie gegen die Wand neben der Haustür, stütze meine Hände über ihrem Kopf ab und küsse sie, bis wir beide verrückt vor Lust sind. Unsere Hüften reiben sich aneinander, und unsere nassen Klamotten rauben mir den letzten Nerv, also fasse ich nach dem Saum ihres T-Shirts und ziehe es langsam hoch.

»Versuchst du, mich auszuziehen?«, neckt sie mich. Ich liebe den Klang ihrer Stimme, die voller Zuneigung ist, und ich nicke bloß, aus Angst, den Moment kaputt zu machen.

Sie legt die Hände auf meine Brust und stößt mich weg, sodass ich keine andere Wahl habe, als einen Schritt zurück zu machen, und atemlos sehe ich ihr zu, wie sie nach ihrem T-Shirt greift und es langsam immer höher streift, bis sie es sich über den Kopf zieht und es auf den Boden fallen lässt. Jetzt steht sie in einem rosa BH mit schwarzer Spitze vor mir, ihre Brüste quellen aus den Cups, und verdammt, ich will ihr den BH ausziehen und sie dort berühren.

Ihre Augen glühen, als sie mich wieder an sich zieht. Ich gehe bereitwillig auf sie zu, verschlinge ihren Mund und fahre ihr mit den Händen über die nackte Taille. Meine Finger nähern sich immer mehr ihren bedeckten Brüsten, und als ich schließlich dort bin, sie umfasse, mit den Daumen über die Cups streiche, ernte ich ein süßes, gequältes Stöhnen von ihr.

Sie zittert und flüstert meinen Namen, als ich ihren Hals küsse. Ich fahre mit der Zunge über ihre Haut, koste ihren Geschmack, genieße es, wie sie dahinschmilzt, und dann fasse ich um ihren Rücken und fummle an dem Verschluss ihres BHs herum, bis er schließlich aufgeht.

Ich bin so nervös, dass meine Hände zittern. Ich löse mich von ihr, fahre ihr mit zitternden Händen über die Haare, über die Wangen. Wir sehen uns an. Die Spitzenträger fallen ihr locker über die Schultern, und ich fahre mit den Fingern unter die Träger und ziehe sie langsam herunter, enthülle sie zum ersten Mal.

Mir stockt der Atem, und ich kann nichts anderes tun, als sie anzustarren. Sie ist wunderschön, sie hat die schönsten rosa Brustwarzen, die ich je gesehen habe. Ich fasse sie an, umkreise erst einen Nippel mit dem Daumen, dann den anderen.

Sie schließt die Augen und keucht, stützt die Hände gegen die Wand und streckt mir die Brust entgegen. Ich beuge mich über sie und bedecke sie mit Küssen. Ich küsse sie auf das Schlüsselbein, auf ihre Brüste und die Vertiefung dazwischen. Ich halte sie hin, halte mich selbst hin und habe das Gefühl zu explodieren.

Als ich schließlich einen ihrer harten Nippel in den Mund nehme, vergräbt sie die Hände in meinen Haaren. Ihr ganzer Körper ist angespannt, während ich meine Zunge um ihre Brustwarze kreisen lasse. Sie keucht, und ich keuche auch und wünschte, ich hätte nicht schon hier damit angefangen. Ich hätte wenigstens warten können, bis ich sie im Bett hab.

»Andrew«, flüstert sie, und beim Klang meines richtigen Namens läuft es mir kalt den Rücken runter. Auf einmal bin ich wie versteinert, als die Erinnerungen mich einholen.

Lass mich dich doch anfassen, Andrew. Es wird dir gefallen. Es wird einfach perfekt sein. Bitte, Andrew, ich weiß, wie ich dir etwas Gutes tun kann …

Ich winde mich aus Fables Umarmung und mache einen Satz zurück. Mein Atem kommt stoßweise, während die alten Erinnerungen, gemischt mit neuen, frischen, auf mich einstürzen.

»Drew, was ist los? Stimmt was nicht?«

Ich sehe Fable an, sehe, wie sie sich von der Wand löst und auf mich zukommt, wie ihre Brüste mit jedem Schritt wippen, und ihr Gesichtsausdruck voller Sorge ist. Ich mache alles kaputt. Ich lasse meine Vergangenheit meine Gegenwart bestimmen – verdammt, meine gesamte Zukunft –, und ich bin mit unsäglicher Wut erfüllt.

Das hätte nicht passieren dürfen, nicht so, nicht heute. Unfähig, etwas zu sagen, schüttle ich nur den Kopf.

Sie fasst nach meiner Hand, und ich ziehe sie zurück, als hätte sie mich verbrannt. »Drew.« Ihre Stimme wird streng und erinnert mich wieder an meine Vergangenheit, wieder schüttle ich den Kopf, versuche, die Gedanken loszuwerden, aber es funktioniert nicht.

»Drew, mach jetzt nicht dicht. Lauf nicht weg. Sag mir doch, was los ist.« Sie bettelt mich an, und ich könnte schwören, dass ich Tränen ihre Wangen hinunterlaufen sehe, aber ich kann ihr nicht sagen, was los ist.

Wenn sie glaubt, dass das hier jetzt schlimm ist, dann soll sie erst mal abwarten, bis sie die Wahrheit erfährt.

»Ich – ich kann nicht.« Und damit wende ich mich von ihr ab und fliehe in mein Zimmer, wo ich die Tür hinter mir zuknalle und abschließe. Ich will sie hier bei mir, und gleichzeitig will ich sie weit, weit weg. Ich bin ein einziger Widerspruch, und ich weiß absolut nicht mehr, was ich mit mir machen soll. Vielleicht ist es wirklich besser, ich bleibe allein.

Ich kann nicht so weitermachen wie bisher und zulassen, dass diese … Frau noch länger mein Leben bestimmt, aber ich kann meine Reaktionen nicht kontrollieren. Ich brauche Hilfe. Ich bin ein psychisches Wrack, und irgendwer muss mich retten, bevor ich überhaupt nicht mehr zu retten bin.

Die Angst kriecht mir kalt den Rücken hinauf, während ich meine Sachen ausziehe und sie in einem nassen Haufen auf dem Boden liegenlasse. Ich hab eine solche Erektion, dass mein Schwanz richtig wehtut, aber ich will mich nicht selbst anfassen, egal wie viel Erleichterung es mir verschaffen würde. Ich sollte jetzt mit Fable zusammen sein, nicht allein mit meinen kaputten Erinnerungen.

Sie klopft an meine Tür und will, dass ich sie reinlasse. Ich drehe mich um und starre die Tür an. Mein Herz schlägt so wild, dass das Pochen in meinem Kopf alle anderen Geräusche übertönt. Ich keuche, als wäre ich gerade mehrere hundert Meter gerannt, und meine Haut fühlt sich so eng an, dass ich das Gefühl habe, jeden Moment zu platzen. Mir ist heiß. Ich fühle mich fiebrig.

Mir ist schwindlig.

Scheiße.

Ich gehe auf die Zehenspitzen und taste auf dem Türrahmen herum, bis ich einen dieser Skelettschlüssel finde, mit denen man jedes Schloss aufkriegt. Ich stecke ihn ins Schloss, drehe ihn und stelle erleichtert fest, dass es problemlos aufgeht.

Vielleicht sollte ich das hier nicht tun. In Drews Privatsphäre eindringen, wenn er mich eindeutig ausgeschlossen hat. Aber seine Reaktion hat mir solche Angst eingejagt, und ich mache mir echt Sorgen um ihn, also muss ich einfach nachsehen, ob alles okay ist. Sein Gesichtsausdruck war so voller Verzweiflung, als er sich von mir losgemacht hat, ich weiß echt nicht, was auf einmal mit ihm los war.

Ich fürchte mich davor, herauszufinden, was los ist, aber ich muss es tun. Für Drew.

Als ich die Tür öffne, steht er vollkommen nackt in der Mitte des Zimmers, und für einen Moment bin ich total perplex. Sein Körper ist wunderschön, er sieht aus wie ein Kunstwerk. Breite Schultern, ein glatter Rücken mit fließenden Muskeln und ein Hintern, der aussieht wie aus Stahl. Mein ganzer Körper verzehrt sich danach, ihn zu spüren, wie er sich mit mir bewegt, aber ich weiß, das ist nicht, was er jetzt braucht.

»Drew«, flüstere ich, und meine Stimme zittert.

Er wirbelt herum, und Schmerz und Beschämung stehen ihm ins Gesicht geschrieben. »Du solltest besser gehen.«

»Ich will dir doch nur helfen.« Ich gehe auf ihn zu, aber er schüttelt den Kopf.

»Geh, Fable. Ich will nicht, dass du mich so siehst.« Er lässt den Kopf hängen, und mein Blick fällt auf seinen Unterkörper. Er hat einen Steifen, einen riesigen Steifen, und ich weiß nicht, was passiert ist, was diesen Moment zwischen uns, der zweifellos wunderschön geworden wäre, zerstört hat, aber es gibt nichts, was ich jetzt tun könnte.

»Du kannst mich nicht einfach wegstoßen.« Denn genau das tut er. Wie er es schon immer getan hat. Aber ich lasse nicht zu, dass er es mit mir auch so macht. Ich werde nicht nachgeben, sondern ihm wirklich helfen.

Ich will bleiben.

»Du willst mich nicht«, flüstert er mit rauer Stimme. »Nicht so. Ich kann nicht … du willst mich nicht so, wie ich jetzt bin.«

»Bitte, Drew.« Ich bettle ihn an, aber es ist mir egal. Ich bettle sonst nie. Ich rutsche nicht vor irgendwem auf Knien herum. Aber ihn so zu sehen, macht mir eine Heidenangst. Ich will ihn nicht allein lassen, und ich will nicht, dass er mich von sich stößt. Ich hab das Gefühl, dass ich jetzt in diesem Moment alles bin, was er hat. »Sag mir, was ich tun kann.«

»Du kannst gehen.« Er dreht sich weg, und ich laufe auf ihn zu und greife nach seinem Arm.

»Nein.« Unsere Blicke treffen sich, und ich weiche nicht von der Stelle, auch wenn ich lächerlich aussehen muss, halbnackt und immer noch nass vom Regen. »Ich gehe nicht.«

Sein Blick fällt auf meine nackte Brust und verweilt dort. Meine Nippel versteifen sich unter seiner offensichtlichen Begutachtung, und ich stolpere auf ihn zu, als ob ich keine Kontrolle mehr über mich hätte. Mein Körper verrät mich, obwohl ich mein Bestes gebe, so zu tun, als würde Drew mich nicht beeindrucken. Was gerade zwischen uns passiert, hat nichts mit Sex zu tun. Drew braucht meinen Trost. Mein Verständnis.

»Du zitterst«, murmelt er und fasst nach einer Strähne von meinem nassen Haar. Er reibt sie zwischen den Fingern, während sein Blick immer noch auf meine Brust gerichtet ist. »Du musst aus diesen nassen Sachen raus.«

Es ist, als würde er langsam zu mir zurückkehren, zurückkehren von diesem dunklen, einsamen Ort, an den er sich zurückgezogen hatte. Sein Gesichtsausdruck ist nicht mehr so düster, seine Augen sind nicht mehr so weit aufgerissen und voller Angst. Seine Stimme ist wieder normal, und er zittert auch nicht mehr so stark.

Ich weiß nicht, was er von mir will, aber was auch immer es ist, ich bin bereit, es ihm zu geben.

Vollkommen.

KAPITEL 10

Tag 4, 21:49 Uhr

Die Ranken der Liebe schlingen sich ums Herz,
wie die Weinreben sich klammern ans Eichenholz.

– Ardelia Cotton Barton

Drew

Wir liegen ineinander verschlungen in meinem Bett und sind beide komplett nackt. Wir kleben aneinander, berühren uns aber auf keinerlei sexuelle Art. Wir sind so eingeschlafen. Sie schläft immer noch, obwohl ich bestimmt schon seit einer Stunde hellwach bin und in Gedanken alle Möglichkeiten durchspiele, die sich mir nun bieten, wo sie in meinen Armen liegt.

Sie hat sich geweigert zu gehen, nachdem ich einen totalen Zusammenbruch hatte und mir größte Mühe gegeben hab, sie wegzustoßen. Ich fand es bewundernswert von ihr, auch wenn ich sie in so einem beschämenden Moment eigentlich nicht bei mir haben wollte. Dass sie mich so gesehen hat, total fertig und aufgelöst … ich muss auf sie gewirkt haben wie der letzte Idiot. Oder zumindest wie ein totaler Loser, der sofort die Krise kriegt, wenn es um Sex geht. Verdammt, die Gerüchte, die sie damit in die Welt setzen könnte, würden mich für immer ruinieren.

Aber sie hat nicht mal mit der Wimper gezuckt. Hat einfach weiter mit dieser ruhigen, süßen Stimme auf mich eingeredet, bis ich keine andere Wahl mehr hatte, als nachzugeben. Dann hat sie mich aufs Bett geschubst und mir die Decke bis zum Kinn hochgezogen, immer noch oben ohne und ohne jede Scham. Ich war von dem Anblick ihrer nackten Brüste total hypnotisiert, als sie sich über mich gebeugt und mir einen Kuss auf die Stirn gedrückt hat.

Trotz meiner Panikattacke, als sie meinen richtigen Namen gesagt hat – diese Erinnerung an meine Vergangenheit ist einfach immer noch zu viel für mich –, wollte ich sie nah bei mir haben. Ich wollte ihren Körper an meinem spüren und bei ihr Trost finden.

Ich wusste, dass es mich in gleichem Maße quälen würde, aber damit konnte ich leben.

Als sie gehen wollte, habe ich nach ihrer Hand gegriffen und sie gebeten zu bleiben. Ich wollte mit meinen Gedanken und Erinnerungen nicht allein sein. Ich hab das Zögern in ihrem Blick gesehen, aber sie ist trotzdem geblieben. Und als sie sich komplett ihrer nassen Klamotten entledigt hatte, blieb mir beim Anblick ihres wunderschönen Körpers in all seiner nackten Vollkommenheit der Mund offen stehen.

Dann ist sie zu mir ins Bett gestiegen, und ich hab sie an mich herangezogen. Ich hab sie festgehalten, ihren Rücken an meiner Brust, und beim Geräusch des immer noch fallenden Regens sind wir eingeschlafen. Ich kann mich nicht erinnern, wann ich das letzte Mal so zufrieden war wie in diesem Moment, als ich dieses warme, wunderschöne Geschöpf in meinen Armen gehalten hab, Haut an Haut, unser Atem im gleichen Takt, meine Hände auf ihrem weichen Bauch.

Als ich auf dem Rücken liegend aufgewacht bin, sie mit allen Gliedern um mich geschlungen, ihre duftenden, noch feuchten Haare in meinem Gesicht, dachte ich, ich würde träumen, so gut hat sie sich angefühlt. Aber dann wurde mir klar, dass es viel zu wirklich war, und ich hab mich nicht bewegt, aus Angst, sie aufzuschrecken und dass sie gehen könnte.

Ich kann mir gerade nicht vorstellen, jemals ohne sie zu sein.

Vorsichtig fahre ich ihr mit den Fingern durch die Haare, streiche sie glatt, während ich den Atem anhalte. Sie schmiegt sich noch näher an mich, presst ihr Gesicht an meine Brust, und berührt mit den Lippen meine Haut. Ich bekomme sofort einen Ständer. Es regnet immer noch; das Zimmer ist komplett dunkel, und ich sehe nichts. Ich fühle nur.

Ich hab jahrelang nichts gefühlt.

Langsam wacht sie auf – ich merke es, weil ihr Atemrhythmus sich ändert und sie sich etwas von mir zurückzieht. Ich schließe meine Arme um sie und halte sie fest, aber ich bleibe stumm, aus Angst, es zu versauen und irgendwas Blödes zu sagen.

Doch statt sich zu wehren, hebt sie den Kopf und kuschelt sich noch näher an mich. Ihr Mund liegt an meinem Hals, und sie küsst mich, langsam, leicht, und ein Schauer jagt mir über den gesamten Körper und lässt mich erzittern. Ich könnte schwören, dass sie gerade an meinem Hals lächelt. Ich schlinge die Arme fest um ihre Taille und breite dabei die Finger aus, damit ich so viel von ihrer nackten Haut berühren kann wie möglich.

Ich weiß nicht so genau, was ich hier mache oder was ich erreichen will, aber ich weiß, dass ich es schaffe. Im Dunkeln, mit Fable. Keine Erinnerungen, die mich verfolgen, ganz und gar in diesem Moment. Mit Fable in meinen Armen, ihre langen Haare kitzeln meine Haut, ihr warmer Atem streift mein Ohr. Als sie die Zähne in das empfindliche Fleisch meines Ohrläppchens versenkt, zucke ich zusammen, und mir entweicht ein Keuchen, das verdächtig nach Lachen klingt.

»Kitzlig?«, flüstert sie, und ich nicke. Ich traue mich immer noch nicht, etwas zu sagen, aber ich genieße den Klang ihrer süßen, süßen Stimme. Ich habe vorher noch nie beim Sex gelacht. Sex war nie etwas, was ich als besonders lustig empfunden habe. Mehr als ein Mittel zum Zweck …

Oder ein schambesetztes, schuldbewusstes Geheimnis.

»Du hast den schönsten Körper, den ich je gesehen hab«, flüstert sie, als sie auf mich gleitet, bis sie komplett auf mir liegt. Die dicke Decke ist immer noch über uns ausgebreitet, umhüllt die Wärme unserer Körper und schirmt uns in unserem eigenen kleinen Reich vom Rest der Welt ab.

»Du kannst mich doch gar nicht sehen«, sage ich.

Trotzdem bin ich überrascht, wie sehr ihr Kompliment mir guttut.

»Oh, aber ich hab dich vorhin gesehen. Und ich kann deinen Körper fühlen.« Ihre Hände sind überall, erforschen mich. Erregen mich. »Du bestehst komplett aus Muskeln, Drew Callahan. Du hast nicht ein Gramm Fett an dir.« Ich höre die Belustigung in ihrer Stimme. Sie genießt es, mich aufzuziehen.

»Das ist nicht wahr.« Ich verschlucke mich an dem letzten Wort, als sie mit ihrem nackten Körper von mir gleitet und neben mir zum Liegen kommt. Sie fährt mir mit der Hand über die Brust, über die Bauchmuskeln, und streicht mir mit den Fingern sanft über den unteren Bauch, der anfängt zu beben. Mein Schwanz ist steinhart und schmerzt, aber ich will sie nicht um etwas bitten, was sie nicht von sich aus bereit ist zu geben.

Ich hab Angst. Ich hab eine scheiß Angst, Sex mit ihr zu haben, weil ich befürchte, alles zu ruinieren, indem ich wieder austicke. Dass diese ganzen Erinnerungen wieder auf mich einstürzen und ich nicht weiß, wie ich damit umgehen soll.

Was mir in meiner Vergangenheit widerfahren ist, bestimmt mein ganzes Leben. Ich bin es so leid, mich davon dominieren zu lassen.

So. Verdammt. Leid.

Ihre Hand bewegt sich wieder weg von meinem Schwanz, und ich atme erleichtert auf – erleichtert und gequält. Ich würde alles dafür geben, ihre Hände um meinen Schwanz zu spüren. Ich hab das überwältigende Bedürfnis, mich mit ihr zu verbinden. Ich lege ihr die Hand auf die Wange, neige ihren Kopf zu mir und küsse sie wild. Keine sanften, süßen Küsse mehr. Ich verschlinge sie, trinke von ihren Lippen, sauge an ihrer Zunge, und sie tut das Gleiche. Unsere Hände sind überall, erforschen den Körper des anderen, wandern mit jedem Streicheln der Finger in immer intimere Gegenden, und dann fühle ich, wie sie vorsichtig meinen Schwanz umfasst. Ihre Hand zittert, und mein ganzer Körper zittert.

Ich stöhne, weil es sich so wahnsinnig gut anfühlt, zum ersten Mal so von ihr berührt zu werden, und mein Stöhnen bestärkt sie. Sie drückt fester zu und fängt an, ihn zu streicheln. Diese kleinen Finger verwandeln mich augenblicklich in ein rasendes Etwas voller Verlangen. Ich küsse sie wieder, verliere mich in ihrem Geschmack, ihrer Hand, und ich fühle bereits, wie die Empfindungen auf mich einstürmen.

Sie flüstert meinen Namen an meinen Lippen, ihre Hand wird immer schneller, und ich stöhne lauter und strecke meine Hüften ihrer Hand entgegen. Der Kampf beginnt, als sich der Orgasmus nähert und ich mich gleichzeitig dagegen wehre.

Das hier ist nicht richtig. Du solltest dich schämen. Widerlich, was du da tust. Du bist abstoßend.

Ich schiebe die Stimme in meinen Kopf beiseite und rufe mir in Erinnerung, dass das hier Fable ist. Die schöne, süße, starke Fable. Dass was wir tun, was wir teilen, alles andere als etwas ist, wofür man sich schämen muss. Dass überhaupt nichts falsch daran ist, wenn zwei Menschen sich näherkommen wollen, indem sie sich gegenseitig Freude bereiten.

Es ist allerdings schwer für mich, das wirklich zu glauben.

Ihre Hand hält in der Bewegung inne. »Ist alles okay?«

Dass sie mich überhaupt fragt, haut mich völlig um. Und gibt mir auch das Gefühl, ein totaler Schlappschwanz zu sein. Ich will mich schon zurückziehen, aber sie verstärkt den Druck um meinen Schwanz, was mir ein bisschen Angst macht. Mit dem Klammergriff um mein bestes Stück werde ich nirgendwo hingehen.

»Drew. Ich … ich hab nur das Gefühl, dass das hier irgendwie nicht ganz so leicht für dich ist. Intim zu werden.« Sie klingt zögerlich, unsicher, und sie entspannt den Griff um meinen Schwanz und fährt mit dem Daumen über die Spitze, wieder und wieder.

Ich werde explodieren. Und zwar schon ziemlich bald. Ich fasse nach ihrem Kopf und küsse sie sanft, beinah ehrfurchtsvoll.

Ich will nicht, dass das hier aufhört. Und ich will sie nicht zu nah an mich heranlassen. Sie ist mir schon so nah gekommen, ich hab Angst, dass sie mich nicht mehr will, wenn sie erfährt, was ich in mir verstecke. Dass ich nicht der Mann bin, nach dem sie sucht.

»Ich will das hier«, sage ich schließlich. Ihre Hand umschließt jetzt nicht mehr meinen Schwanz, aber ich kann sie immer noch spüren. Ich will sie immer noch. Ich will, dass sie mich noch weiterbringt, dahin, wo ich alles vergessen kann, wenn auch nur für kurze Dauer. »Ich will das hier mit dir, Fable.«

Ich sage ihren Namen, um mich zu beruhigen. Um mich daran zu erinnern, dass das hier mit Fable passiert. Dem Mädchen, das in lächerlich kurzer Zeit zu meiner Lebensquelle geworden ist. Dem Mädchen, in das ich mich gerade verliebe.

Drews Schwanz ist so groß und hart, er muss ihm ganz schön wehtun. Das ist mit ein Grund, warum ich ihn angefasst habe. Ich konnte nicht widerstehen. Na ja, und ich musste einfach wissen, was passiert, wenn ich ihn berühre. Ob er mich wegstoßen würde, oder ob er es diesmal zulassen würde, dass ich ihn anfasse. Ich will ihm Genuss bereiten, und wenn ich ihm helfen kann, die negativen Gefühle, die Sex bei ihm auszulösen scheint, hinter sich zu lassen, dann ist es das doch wert.

Ich wünschte, das Licht wäre an und ich könnte ihn sehen, aber ich glaube, dazu ist er noch nicht bereit.

Ich verspüre ein derartiges Ziehen zwischen den Beinen, ich sterbe fast vor Verlangen. Ich wünschte, ich könnte ihn in mir fühlen, aber … ich will ihn nicht drängen. Unglaublich, dass ich hier diejenige bin, die ausnahmsweise mal will, dass es schneller geht, aber er scheint schlimme Geheimnisse zu haben, und ich hoffe, dass ich sie eines Tages aus ihm herauskitzeln kann, auch wenn mir die Vorstellung irgendwie Angst macht.

Und es macht mir richtig, richtig Angst.

Drew flüstert meinen Namen, und ich küsse ihn. Streichle ihn, umfasse ihn fester, bewege meine Hand schneller. Wenn ich es ihm heute Abend nur mit der Hand mache, gut, dann ist es eben so. Und irgendwie gefällt mir die Vorstellung auch, etwas so … Unschuldiges zu tun. Wir sind zwei erwachsene Menschen, die in einem riesigen Haus nackt zusammen im Bett liegen, und wir könnten überall in diesem Haus ficken. Er könnte mich in jedem einzelnen Zimmer nehmen, auf der Terrasse, wo auch immer er will, und ich würde ihn lassen, denn ich will ihn so sehr.

Und trotzdem verhalten wir uns nicht anders, als würden wir auf dem Rücksitz eines Autos im Autokino sitzen und versuchen, es uns gegenseitig zu machen, bevor wir um Mitternacht wieder zu Hause sein müssen.

Ein leises Stöhnen entweicht ihm, und er versteift sich, einen Moment lang ist sein ganzer Körper angespannt, bis er völlig die Kontrolle aufgibt. Er ergießt sich über meine Finger, während ich ihn weiter streichle und sein Körper sich windet und seine Hüften zucken. Eine Welle der Befriedigung überkommt mich. Ich beuge mich ihm entgegen und küsse ihn, umkreise seine Zunge, und als er wieder ein zittriges, leises Stöhnen von sich gibt, lächle ich.

Ich löse mich von ihm, steige ohne ein Wort aus dem Bett und gehe ins Bad. Als ich das Licht anmache und mein Spiegelbild sehe, bleibe ich verdutzt stehen und starre es an.

Meine Augen funkeln, meine Wangen sind gerötet, und meine Lippen sind von unseren wilden Küssen ganz geschwollen. Mein gesamter Körper ist rosig, und meine Nippel sind hart.

Ich wünschte, Drew könnte mich so sehen. Dass wir uns nicht so im Dunkeln verstecken müssten. Macht die Dunkelheit es einfacher für ihn?

Ich schiebe die düsteren Gedanken beiseite und wasche mir die Hände. Dann versuche ich, meine Haare zu glätten, die ein einziges Durcheinander sind und sich in wilden Wellen um mein Gesicht legen. Daran ist nur der Regen schuld.

Und natürlich der Mann, der seine Hände in meinen Haaren vergraben hat, damit ich stillhalte und er mich mit seinen Küssen um den Verstand bringen kann.

Als ich wieder in sein Zimmer gehe, liegt er immer noch da, wie ich ihn verlassen habe, nur sein Atem hat sich etwas beruhigt. Ich gehe zum Bett und knie mich neben seinen Kopf.

»Fable …«, fängt er an, aber ich bedeute ihm, still zu sein und lege ihm einen Finger auf die Lippen.

»Sag nichts. Du könntest es kaputt machen«, murmle ich, und ich spüre, wie er an meinem Finger leicht lächelt.

Erleichtert, dass er nichts sagt, was den Moment zerstört, lege ich mich neben ihn und ziehe die Decke über uns. Trotz meines pulsierenden, aufgekratzten Körpers bin ich erschöpft, und der Gedanke, jetzt einfach wieder in Drews Armen einzuschlafen, ist äußerst verlockend. Ich kuschle mich an ihn und lege die Wange auf seine steinharte Brust, wo ich sein heftig schlagendes Herz hören kann.

Seine Finger sind wieder in meinen Haaren, und seine Lippen streifen über meine Stirn. Zufriedenheit durchströmt mich, es ist ein berauschendes, mächtiges Gefühl. Ich schließe die Augen und lasse meine Finger über seine Haut wandern.

»Ich weiß, Thanksgiving ist erst morgen, von daher sollte ich mir das vielleicht bis dahin aufsparen, aber ich werde dir das garantiert nicht vor meinen Eltern sagen. Deswegen würde ich dir gern jetzt sagen, wofür ich am meisten dankbar bin«, flüstert er. Seine leise, tiefe Stimme beruhigt mich, lullt mich ein, und ich bin viel zu müde, um mich dagegen zu wehren.

Ich öffne die Augen und starre blind in die Dunkelheit. »Was ist es, wofür du am meisten dankbar bist?«, frage ich, und mir stockt der Atem. Ich will es unbedingt wissen, und gleichzeitig fürchte ich mich vor dem, was er sagen will.

Einen Augenblick lang sagt er nichts, als müsste er erst all seinen Mut zusammennehmen, und mein Herz krampft sich zusammen. »Du bist es. Dass du hier bist und Zeit mit mir verbringst, dass du dich um mich kümmerst, egal wie sehr ich versuche, dich wegzustoßen.« Seine Stimme überschlägt sich, und er räuspert sich. »Ich bin dankbar für dich.«

Ich sage nichts, und zum Glück schweigt auch er noch für zwei lange, sehr stille Minuten. Mein Hals ist wie zugeschnürt von einem unbekannten Gefühl, das ich nicht benennen kann, und ich versuche es runterzuschlucken, aber es bringt nichts. Drews starke Arme halten mich fest, ich kann mich nicht bewegen, ich kann nicht atmen, und mit einem erstickten Schrei rutsche ich hinunter, schlüpfe unter seinen Armen hindurch und falle dabei aus dem Bett.

Als ich mich aufrapple, höre ich, wie er sich aufsetzt und mit jeder seiner Bewegungen die Decke raschelt. »Fable, was ist los?«

Jetzt bin ich diejenige, die in Panik gerät, und ich hasse mich dafür. Ich fühle mich schrecklich. Er hat es nicht verdient, so behandelt zu werden. Er hat mir gerade seine Gefühle offenbart, er hat gesagt, dass er dankbar dafür ist, mich zu haben, und ich versuche abzuhauen. Weil mir seine Worte Angst machen – es fühlt sich so wunderbar echt an.

Aber es ist nicht echt. Er ist genauso verblendet wie ich es bin. Ich kann überhaupt nicht mehr unterscheiden, was echt und was gespielt ist. Und ihm geht es garantiert genauso. Er hätte gern, dass das mit uns echt ist, und es ist ja auch leicht zu glauben, dass es mit uns funktionieren könnte, wenn wir allein sind und so tun, als wären wir etwas, was wir nicht sind.

Doch wenn wir wieder in die echte Welt zurückkehren, wird klar werden, wie unterschiedlich wir sind. Dass wir nie ein richtiges Paar sein könnten.

Ich bin nicht gut genug für einen Andrew D. Callahan.

»Ich … ich muss mich duschen.« Auf einmal muss ich das wirklich. Der Gedanke an kochend heißes Wasser, das meine ganzen aufgeregten Gefühle wegspült, ist sehr verlockend, und ich muss dringend hier raus.

»Okay.« Er räuspert sich, und ich frage mich, ob er merkt, wie unwohl ich mich fühle. Ich kann es mir eigentlich nicht anders vorstellen. »Kommst du … kommst du wieder, wenn du fertig bist?«

Es hat ihn eine Menge Überwindung gekostet, das zu fragen, das konnte ich hören. »Klar«, lüge ich und fühle mich schrecklich dabei. Ich bin wirklich der schlechteste Mensch auf Erden, ihn so anzulügen. Ich hasse Leute, die lügen. Aber ich lüge mich nur selbst an, wenn ich denke, dass Drew auch nur irgendetwas für mich empfinden könnte.

Ich fliehe aus seinem Zimmer und verschanze mich im Bad. Ich dusche so heiß, wie ich es gerade eben noch aushalte. Ich schrubbe meine Haut, bis sie ganz rot ist, und mir vom Dampf, der in dem kleinen Raum aufsteigt, ganz schwindlig wird. Die Tränen strömen mir das Gesicht hinab, während mein Körper von lautlosem Schluchzen erschüttert wird. Ich verstehe nicht, warum ich so traurig bin oder warum ich so dringend von Drew wegmusste. Ich bereue es nicht, was ich für ihn getan hab, wie ich ihn berührt und ihm Erleichterung verschafft hab. Erlösung. Wenn meine Berührung auch nur ein bisschen von dem, was ihn verfolgt, ausgelöscht hat, bin ich froh, dass ich ihm dabei helfen konnte. Es ist das Mindeste, was ich tun konnte.

Aber meine Reaktion auf das alles ist einfach absolut lächerlich. Ich breche hier total zusammen. Ich will nicht von Drew abhängig werden, aber es ist zu spät. Ich bin es bereits. Langsam, aber sicher werde ich es immer mehr, und wenn ich das Ganze nicht bald beende, wird mein Herz sich so sehr mit seinem verbinden, dass es sehr schmerzhaft werden wird, sollten wir jemals getrennt werden.

Mein Atem zittert, als ich aus der Dusche steige und mich schnell abtrockne. Ich stehle mich in mein Zimmer und schlüpfe in eine alte Jogginghose und ein T-Shirt, bevor ich mich unter meine eiskalte Decke lege. Ich fröstle von dem Temperaturunterschied meines immer noch heißen Körpers zu der Kälte im Zimmer.

Ich bin total erledigt und fühle mich leer, aber ich schlafe ziemlich unruhig, weil ich die ganze Nacht an Drew denken muss, der allein im anderen Zimmer liegt. Ich hab ihn allein gelassen. Ich hab ihn im Stich gelassen.

Ich bin keinen Deut besser als meine Mutter.

Als mir das bewusst wird, muss ich wieder weinen.

KAPITEL 11

Tag 5 (Thanksgiving), 12:55 Uhr

Je mehr ich dich von mir stoße,
desto mehr will ich, dass du dagegenhältst.
– Drew Callahan

Fable

»Mom kocht nichts zu Thanksgiving?«, frage ich ungläubig, während ich gegen den Drang ankämpfe, rauszulaufen und mir eine Zigarette anzuzünden. Meine Nerven liegen blank, und meine Hände zittern, aber ich habe nur noch zwei Zigaretten in meiner Notfallschachtel. Die voll war, als ich hier angekommen bin. Die zwei muss ich mir noch aufheben.

»Nee. Sie hat gesagt, ich kann die Portion Fertig-Truthahn aus dem Gefrierschrank essen. Und wenn mir der nicht passt, soll ich machen, was ich will.« Owen klingt empört, und ich kann es ihm nicht verübeln. »Ich glaube, sie ist mit Larry zu seiner Tochter gefahren, um ihren Truthahn da zu essen.«

Unglaublich, dass Mom Owen einfach nicht mitnimmt. Er ist ihr *Sohn*. Ich werde von Schuldgefühlen zerfressen, weil ich nicht bei ihm bin, aber das ist ja nichts Neues. So langsam glaube ich, dass alles Geld der Welt dieses Chaos nicht wert ist. Mein Herz ist in Fetzen gerissen worden, mein Gehirn hat das Denken eingestellt, und mein Bruder wurde von unserer Mutter an Thanksgiving allein gelassen, an einem Feiertag, den sie eigentlich liebt, und den sie gern ausgiebig feiert.

Unsere Großeltern sind kurz hintereinander gestorben, als ich elf war, und trotzdem hat Mom immer ein großes Thanksgiving-Essen gemacht und alle möglichen Leute eingeladen. Manchmal war ihr gerade aktueller Freund dabei; manchmal auch Freunde aus ihrer Stammkneipe, einsame Gestalten, die keine Familie haben.

Meine Mom mag ihre Fehler haben – und sie hat verdammt viele davon –, aber zu den Feiertagen lädt sie immer die einsamen Herzen ein. Sie kann es nicht ertragen, wenn jemand allein ist.

Kopfschüttelnd runzle ich die Stirn. Und dann lässt sie ihren eigenen Sohn allein zurück. Meldet sich nicht ein einziges Mal bei ihrer Tochter. Manchmal glaube ich echt, die Leute, mit denen sie trinkt, sind ihr wichtiger als ihre eigenen Kinder.

»Ich wünschte, ich wäre bei dir.« Ich senke die Stimme, denn ich bin im Haupthaus, und wer weiß, ob mir hier irgendwer nachspioniert. Ich würde es nicht ausschließen. »Du solltest Thanksgiving nicht allein sein.«

»Ich komm schon klar.« Seine angebliche Tapferkeit macht mich echt fertig. Owen versucht die ganze Zeit so cool zu sein. Ich frage mich, ob es für ihn genauso anstrengend ist wie für mich. »Wades Mom hat mich eingeladen. Ich geh in ’ner Stunde oder so rüber. Wade hat gesagt, sie essen so um drei. Und seine Mom macht wohl verdammt geilen Kürbiskuchen.«

Seine Ausdrucksweise lässt echt zu wünschen übrig. Aber mir wird schon wieder leichter ums Herz, und ich überlege, Wades Mom eine Dankeskarte oder ein Geschenk oder was immer ich aufbringen kann, zu besorgen, wenn ich wieder zu Hause bin. »Ach, bin ich froh, dass du was hast, wo du hingehen kannst.«

»Ich auch.« Er zögert kurz, bevor er leise sagt: »Ich vermisse dich.«

Ich schlucke. »Ich vermisse dich auch. Aber Samstagabend bin ich wieder zu Hause, versprochen. Wir machen am Sonntag was zusammen, okay? Wir könnten ins Kino gehen oder so.« Was wir nie tun, weil es viel zu teuer ist, auch die Frühvorstellung, aber egal. Wir müssen auch mal was machen, was Spaß macht. Es ist immer viel zu trostlos bei den Maguires, und wir müssen beide mal rauskommen, wenn ich wieder zu Hause bin.

»Das wäre toll, Fabes. Ich liebe dich. Happy Thanksgiving.«

»Ich liebe dich auch. Happy Thanksgiving, mein Schatz.« Ich lege auf, und als ich mich umdrehe, steht Adele keine fünf Schritte von mir entfernt, ihre perfekt gezupften Augenbrauen so hochgezogen, dass ich schon Angst habe, sie könnten ihr von ihrem viel zu hübschen, eingebildeten Gesicht fliegen.

»Ach, das ist aber nett, wie du so ins Telefon säuselst, wie sehr du ihn liebst und vermisst.« Sie kommt einen Schritt auf mich zu, und ich weiche ihr aus. Vor Angst läuft es mir kalt den Rücken runter, obwohl ich nicht weiß warum. Ich sollte vor dieser Frau keine Angst haben, trotz ihres drohenden Gesichtsausdrucks und dieser kalten, berechnenden Augen. Sie ist mir eigentlich vollkommen gleichgültig.

Aber ich will auch keinen Streit anfangen. Mein Gott, es ist schließlich Thanksgiving! Mich mit dieser Stiefmutter anzulegen, wird Drew nur verletzen und beschämen, und so eine Freundin will ich nun wirklich nicht sein, ob nun echt oder nur gespielt.

»Ist es nicht ein bisschen unhöflich, andere Leute beim Telefonieren zu belauschen?«, frage ich, denn ich kann einfach nicht anders. Ich bin echt sauer, dass sie zugehört hat, und erst recht, dass sie glaubt, ich würde mit einem anderen Freund, einem heimlichen Liebhaber oder sonst was telefonieren. Ich sollte mich eigentlich überhaupt nicht erklären müssen. Es geht sie absolut nichts an.

»Nicht, wenn die Telefonate in meinem Haus stattfinden. Und wenn du auch noch zufälligerweise das kleine Flittchen bist, das meinen Andrew fickt.«

Bei den boshaften Worten zucke ich zusammen. Wie einfach sie das F-Wort benutzt und wie besitzergreifend sie von *ihrem* Andrew spricht. »Er ist nicht *Ihr* Andrew«, flüstere ich. Er gehört *mir.*

Aber ich traue mich nicht, es zu sagen.

Ihr Lächeln ist gehässig. »Da hast du leider Unrecht. Das mit dir ist nur eine vorübergehende Geschichte. Etwas Neues, das schnell seinen Reiz verliert. Er hat dich mit nach Hause gebracht, um uns zu schockieren, um uns glauben zu lassen, dass er tatsächlich mit jemandem wie dir zusammen sein könnte, aber ich kenne die Wahrheit.«

Ich blicke mich in dem riesigen Zimmer nach einem Fluchtweg um, aber die einzige Möglichkeit hinaus ist, an ihr vorbeizugehen, und das will ich nicht. Und sie weiß es. Das Miststück hält mich gefangen. »Sollten Sie nicht gerade einen Truthahn mit Bratensaft übergießen oder so?«

Adele lacht. Es ist ein schrilles Lachen mit keiner Spur von Humor darin. »Versuchst du mich abzulenken? Das funktioniert nicht.« Sie verschränkt die Arme vor der Brust. »Thanksgiving ist eine sehr schwierige Zeit für meine Familie. Der Todestag meiner Tochter jährt sich am Samstag zum zweiten Mal.«

Ich bin schockiert und absolut sprachlos. Ich kann es nicht glauben, dass Drew mir nie erzählt hat, dass er eine Schwester hatte und sie gestorben ist. Vielleicht rühren seine Probleme ja von ihrem Tod her? Aber das kann eigentlich nicht sein, bei dem Verhalten, das ich bisher bei ihm beobachtet habe.

»Das tut mir leid«, sage ich automatisch, und ich meine es auch so. Der Tod eines Familienmitglieds ist eine schreckliche Sache, die ich niemandem wünsche, auch nicht dieser Hexe. Ich war traumatisiert, nachdem ich meine Großeltern verloren hatte. Sie waren die einzige Konstante in meinem Leben gewesen, denn auch als ich noch klein war, war schon kein Verlass auf meine Mutter gewesen.

»Vanessa wäre jetzt fünf. Sie würde jetzt in den Kindergarten gehen und Truthähne malen.« Adele wirkt auf einmal ganz entrückt. Die von ihr ausgehende Trauer ist so greifbar, dass sie mir richtig leidtut, obwohl sie mich gerade eben noch so schrecklich behandelt hat. »Sie war wunderschön. Sie sah aus wie ihr Vater.«

Drews Schwester ist mit drei Jahren gestorben – wie? Was ist passiert? Und gleich nach Thanksgiving? Kein Wunder, dass Drew nicht herkommen wollte. Wahrscheinlich ist es eine ziemlich schmerzhafte Erinnerung, die er lieber vergessen würde. Und was für ein gewaltiger Altersunterschied zwischen den beiden. Er muss ja, Moment, sechzehn oder siebzehn gewesen sein, als sie zur Welt kam? Ich frage mich, warum Drews Dad und Adele so lange gebraucht haben, sich zu einem gemeinsamen Kind zu entschließen. »Sie war bestimmt zauberhaft. Ihr Mann ist sehr attraktiv.« Ich weiß nicht, was ich sonst sagen sollte, aber es klingt so furchtbar abgedroschen, dass ich meine Worte sofort bereue. Besonders, weil sie mich jetzt so komisch ansieht.

»Mein Mann …« Wieder klingt sie ganz entrückt, und dann schüttelt sie den Kopf. »Du hast recht. Andy sieht sehr gut aus. Genau wie Andrew.«

Immer nennt sie ihn Andrew. Und gestern Abend, als ich ihn so genannt habe, hat ihm das nicht besonders gefallen. Überhaupt nicht. Er ist regelrecht ausgetickt.

War es der Name, der seinen Zusammenbruch ausgelöst hat? Oder ist *sie* der Auslöser?

»In einer halben Stunde wird das Essen serviert«, sagt sie scharf. Alle Anzeichen von Trauer sind verflogen. »Danach kannst du rüber ins Gästehaus gehen und deine Sachen packen. Ich werde dir ein Taxi bestellen, das dich zur Busstation bringt.«

Mir fällt die Kinnlade runter. Das kann nicht ihr Ernst sein.

»Oh ja, ich habe Pläne, kleine Fable. Pläne, die dich nicht involvieren, denn es geht um eine private Familienangelegenheit, und du bist nichts weiter als ein Eindringling. Es ist das Beste, wenn du abreist. Ich habe bereits mit Andrew gesprochen, und er sieht das genauso.« Ohne ein weiteres Wort dreht sie sich auf ihren sehr dünnen, sehr hohen Absätzen um und verlässt das Zimmer, wo ich rückwärts in einen dick gepolsterten Sessel falle, weil meine Beine mich nicht länger tragen.

Sie hat bereits mit Drew gesprochen, und er hat zugestimmt, dass ich heute noch abreisen soll? Das ergibt absolut keinen Sinn. Ich verstehe nicht, was hier los ist, und ich bin völlig durcheinander von den ganzen Informationen, die Adele mir gerade gegeben hat.

Drew hatte eine Schwester, die mit nur drei Jahren gestorben ist. Was ist passiert? Wie ist sie gestorben? War es eine Krankheit oder ein Unfall? Ich kann ja nicht so unsensibel sein und ihn direkt danach fragen, von daher werde ich es wohl nie erfahren, es sei denn, er entschließt sich irgendwann dazu, es mir zu erzählen.

Aber da er es mir bisher nicht erzählt hat, wird es wohl auch nicht mehr dazu kommen.

Es ist mir peinlich, es zuzugeben, aber es tut irgendwie weh, dass Drew mir nie von seiner Schwester erzählt hat. Es ist ein großes Trauma, das er da erlitten hat, und er hat es mir verschwiegen. Natürlich verschweigt er mir eine Menge. Er ist so voller Geheimnisse, dass ich immer noch das Gefühl hab, ihn überhaupt nicht zu kennen.

Heute Morgen hatte er schon das Haus verlassen, als ich schließlich aus meinem Zimmer kam, aber das hatte ich auch so geplant. Ich hatte mich in meinem Zimmer verschanzt und wie eine Irre versucht, meine Mom zu erreichen, aber sie ist nie ans Telefon gegangen und hat auch nicht zurückgerufen – oh Wunder. Dann hab ich versucht, Owen anzurufen, und ihm eine SMS geschickt, aber ich hatte mir schon gedacht, dass er ausschlafen würde.

Und bis jetzt hab ich Drew immer noch nicht gesehen. Ob er sauer auf mich ist, weil ich nicht zurück zu ihm ins Bett gekommen bin? Wahrscheinlich. Aber es ist auch besser so. Was auch immer da zwischen uns ist, es ist nicht echt. Nicht wirklich.

Egal, wie sehr ich es will.

Drew

»Da gibt es wohl noch einen anderen Mann im Leben deiner angeblichen Freundin.«

Ich drehe mich um, als ich Adeles Stimme höre. Sie ist mir in den Garten gefolgt, offenbar um mich allein zu erwischen.

Unbehagen breitet sich in mir aus, und ich verkrampfe mich. »Wovon redest du?«

Adele zuckt mit den Achseln, ihr Gesichtsausdruck ist undurchschaubar. »Ich habe sie gehört, als sie telefoniert hat. Sie hat dem Kerl am anderen Ende der Leitung gesagt, dass sie ihn vermisst und dass sie wünschte, Thanksgiving mit ihm zu verbringen, und dass sie mit ihm ins Kino gehen will, wenn sie wieder zu Hause ist.« Sie freut sich anscheinend richtig, mir diese schlechten Nachrichten zu überbringen, und ich gebe mir alle Mühe, so zu tun, als wäre alles in Ordnung. Als ob ihre beschissenen, fiesen Worte mir nichts anhaben könnten.

Aber das tun sie. Fable hat sich gestern Abend so komplett von mir zurückgezogen, und das nach allem, was zwischen uns passiert ist. Auf einmal hat sie den Spieß umgedreht und ist einfach nicht mehr zu mir ins Bett zurückgekommen. Sie hat es mir gemacht und mich dann liegengelassen. Das Adrenalin ist mir immer noch durch die Adern geschossen, und ich war total aufgekratzt und wild darauf, ihren Körper genauso gründlich zu erkunden, wie sie es gerade mit meinem getan hatte.

Doch stattdessen hat sie mich auf dem Trockenen sitzengelassen. Schließlich bin ich irgendwann eingeschlafen, als mir klar wurde, dass sie nicht wiederkommen würde, und heute hab ich sie auch den ganzen Tag schon nicht gesehen.

Ich hab den Eindruck, sie versteckt sich vor mir.

»Fable hat keinen anderen. Nur mich«, murmle ich und mache einen Schritt auf die offene Tür zu, um wieder hineinzugehen.

Adele stellt sich mir in den Weg und greift nach meinem Arm. Sie bohrt die Finger in mich. »Das weißt du doch gar nicht, du Dummkopf. Ich wette, diese kleine Schlampe macht für jeden, der es wünscht, die Beine breit.«

Ich bin so wütend, dass ich Adele beinah ohrfeige. »Nenn sie nicht noch mal so«, sage ich mit zusammengebissenen Zähnen. »Nie wieder.«

»Ich habe sie gehört. Sie hat ihn ›mein Schatz‹ genannt. Sie hat gesagt, dass sie ihn liebt, bevor sie aufgelegt hat. Sieh doch den Tatsachen ins Auge, Andrew. Sie betrügt dich mit einem anderen.« Adele zieht die Augenbrauen hoch und klimpert mit den Lidern. »Was ist denn los bei euch? Kannst du sie nicht befriedigen? Ich weiß, dass du deine animalischen Instinkte gern unter Kontrolle hältst, aber weißt du, manchmal mögen die Frauen es auch ganz gern, wenn ein Mann sich komplett vergisst.«

»Du kannst mich mal, Adele. Lass mich verdammt noch mal in Ruhe und hör auf, so einen Scheiß über meine Freundin zu erzählen.« Ich reiße mich von ihr los, stoße sie zur Seite und eile ins Haus. Ich muss Fable finden. Ich brauche ihre Bestätigung, dass sie mit keinem anderen Kerl telefoniert, während sie hier bei mir ist.

Ich weiß natürlich, dass ich sie nicht exklusiv für mich beanspruchen kann. Aber Fable könnte mir wenigstens den Gefallen tun, Anrufe von anderen Typen außer Hörweite von meinen Eltern anzunehmen. Ich meine, mal im Ernst. Damit lässt sie mich aussehen wie den letzten Idioten und gibt Adele auch noch zusätzliche Munition.

Und die Vorstellung, Fable könnte wirklich noch einen anderen Typen haben, während sie hier mit mir zusammen ist? Das ertrage ich nicht!

Ich koche innerlich, die Eifersucht frisst mich auf, und ich verwandle mich in ein totales Arschloch. Ich renne durchs Haus, ignoriere Dad, der mir hinterherruft, ignoriere Adele, die mir hinterhergekommen ist und mich wieder am Arm fassen will. Ich kann Fable nirgends finden, und als ich sie schließlich draußen im Vorgarten erblicke, wie sie eine Zigarette raucht, sehe ich rot.

Ich habe Lust, jemanden zu verprügeln, so wütend bin ich.

Ich reiße die Haustür auf, laufe hinaus und direkt auf sie zu. Unsere Blicke treffen aufeinander, und ich sehe die Angst, die Wachsamkeit und … die gleiche Wut in ihrem Blick. Sie nimmt einen langen Zug von der Zigarette, und als ich vor ihr stehen bleibe, pustet sie mir den Rauch direkt ins Gesicht. Ich bin stinksauer. Auf sie. Auf Adele. Auf meinen Dad.

Auf mich selbst, weil ich gedacht hab, dass das zwischen uns etwas Besonderes ist. Doch ich gehe ihr ganz offensichtlich am Arsch vorbei.

»Du bist mit einem anderen zusammen«, sage ich. Ich versuche gar nicht erst, mich zurückzuhalten.

Sie schürzt die Lippen, die Zigarette klemmt locker zwischen ihren Fingern. »Ah, du hast mit deiner Stiefmutter geredet.«

»Sag mir, was los ist.«

»Geht dich das irgendwas an?« Sie lässt die Zigarette fallen und drückt sie mit dem Absatz ihres Stiefels aus, wobei sie ein Loch in den ansonsten makellosen Rasen meiner Eltern bohrt. Mein Dad wird einen Tobsuchtsanfall bekommen, wenn er das sieht.

»Ich hab dir einen verdammten Haufen Geld dafür gezahlt, so zu tun, als wärst du meine Freundin. Von daher, glaube ich, geht mich das schon was an.« Ich fasse nach ihrem Arm, ziehe sie an mich heran und blicke ihr direkt in ihre glühenden grünen Augen. Ich will sehen, ob sie mich anlügt. Ob das gestern alles völlig bedeutungslos für sie war.

Die Vorstellung tut weh. Mehr als ich mir eingestehen mag.

»Dann sind wir also wieder da angekommen? All die süßen Worte und die ganze Romantik von gestern sind wohl verflogen, jetzt, wo ich es dir gemacht hab. Nun sind wir wieder am Anfang, und ich bin die bezahlte Freundin.«

Sie ist wütend. Aber ich bin noch viel wütender. »Sag mir die Wahrheit. Gibt es einen anderen?«

»Ich sage es dir nur, wenn du mir erzählst, wie deine Schwester gestorben ist«, wirft sie zurück.

Überrascht lasse ich sie los und mache ein paar Schritte zurück. Verdammt. Damit hab ich nicht gerechnet. Ich dachte, ich hätte noch ein bisschen Zeit, bis ich ihr die Sache mit Vanessa erzählen müsste. »Da gibt es nichts zu erzählen«, murmle ich und ignoriere das Schuldgefühl, das sich in mir breitmacht.

»Klar, du hast nur ganz aus Versehen vergessen zu erwähnen, dass du eine dreijährige Schwester hattest, die fast auf den Tag genau vor zwei Jahren hier gestorben ist. Ich meine, kein Wunder, dass du nicht herkommen wolltest, Drew. Ich würde das auch nicht. Das Haus ist garantiert voll mit schrecklichen Erinnerungen.«

»Da hast du verdammt recht.« Sie lenkt mich ab, und das macht mich noch wütender. Wir werden *nicht* noch weiter über meine Schwester reden. »Wer ist der Kerl, Fable?«

Sie schüttelt den Kopf. »Niemand.«

»Wer. Ist. Der. Kerl.« Ich spucke jedes einzelne Wort aus. Ich bin diesen Scheiß so leid.

»Was? Bist du etwa eifersüchtig?«

»Verdammt, ja, bin ich!«, schreie ich, unfähig, die Worte zurückzuhalten. »Nach allem, was wir zusammen erlebt haben, nach gestern wagst du es, mich zu fragen, ob ich eifersüchtig bin? Natürlich bin ich das. Das hier ist kein Spiel für mich, Fable. Das hier ist mein Leben. Und ich will, dass du ein Teil davon bist. Aber wenn du lieber mit anderen Typen rumfickst, kann ich das leider nicht akzeptieren. Ich will dich, und zwar allein. Ich teile dich nicht mit jemand anderem.«

Mein Atem geht nur noch stoßweise, und ich kann es nicht glauben, was ich gerade zu ihr gesagt habe. Sie starrt mich an, als wäre ich verrückt, und vielleicht bin ich das auch, aber ich kann mich ihr gegenüber nicht zurückhalten. Irgendwie bringt sie mich dazu, ihr alles gestehen zu wollen.

Jedes gottverdammte Detail, die guten wie die schlechten Sachen.

»Du und ich, wir tun doch nur so«, flüstert sie. Ihr stehen Tränen in den Augen, eine läuft ihr bereits die Wange hinunter. Ich will sie mit dem Daumen aufhalten, ich will die Träne wegküssen, aber ich tue es nicht. Ich kann es nicht, nicht nachdem, was sie gerade gesagt hat. »Das hier ist doch nicht echt. Du verwickelst dich in etwas, was gar nicht existiert.«

»Das ist nicht wahr«, fange ich an, aber sie lässt mich nicht ausreden, sondern presst mir die Finger auf den Mund und lässt die Hand dann fallen.

»Doch, ist es. Du willst mich doch eigentlich gar nicht. Ich bin nicht die, für die du mich hältst. Und du bist eindeutig nicht derjenige, für den ich dich halte. Es gibt so viele Geheimnisse und Probleme zwischen uns, unser Leben wäre eine einzige Katastrophe, wenn wir es wirklich miteinander versuchen würden. Und das wird niemals passieren, das weißt du selbst.«

Ich kann nichts sagen. Ich weiß, dass sie recht hat, egal wie sehr ich mir wünschte, dass es anders wäre. Ich wünsche mir etwas Unmögliches. Und mein Herz zerbricht daran.

»Zwei Tage noch, Drew.« Sie hält inne und kaut auf ihrer Unterlippe. »Es sei denn, du willst, dass ich heute noch fahre, wie Adele gesagt hat. Sie hat wohl etwas geplant zum Todestag deiner Schwester. Und ich bin offensichtlich nicht eingeladen.«

»Ich will nicht, dass du fährst«, sage ich automatisch. »Noch zwei Tage – ich brauche dich hier.«

»Okay.« Sie nickt kurz, ihre Lippen sind dünn, ihr Blick flehend.

Sie will noch etwas sagen, das sehe ich ihr an, aber da reißt Adele die Haustür auf und ruft: »Essen ist fertig!« Sie klingt total gut gelaunt, und es ist so eine aufgesetzte Scheiße, dass ich ihr einen finsteren Blick über die Schulter zuwerfe, wofür ich ein Türknallen ernte.

»Wir sollten reingehen«, sagt Fable und schlingt die Arme um sich, als sie auf die Haustür zusteuert.

Ich folge ihr, und erst später fällt mir auf, dass ich überhaupt nicht herausgefunden habe, ob da nun tatsächlich ein anderer Kerl war oder nicht.

KAPITEL 12

Tag 6, 8:00 Uhr

Was hinter und vor uns liegt, ist beides nichts verglichen mit dem, was in uns liegt.

– Ralph Waldo Emerson

Drew

Das Thanksgiving-Essen gestern war eine Katastrophe, wie nicht anders zu erwarten war. Dad hatte ein paar Geschäftspartner eingeladen, und während am einen Ende des Tischs eine Unterhaltung über die Wall Street und die allgemeine Wirtschaftslage geführt wurde, war es am anderen Ende ziemlich ruhig. Fable saß mir gegenüber, schwieg stur und stocherte in ihrem Essen herum.

Adele kocht nie, und mir war schon vorher klar, dass das Thanksgiving-Essen nicht von ihr sein würde. Ich weiß nicht, ob ich überhaupt einen selbst zubereiteten Truthahn gegessen habe, seit wir das letzte Mal zu Thanksgiving bei meinen Großeltern in New York gewesen sind, und das ist Jahre her.

Die Feindseligkeit im Haus war nicht mehr zu toppen. Adele hat auf Teufel komm raus versucht, eine Unterhaltung mit mir anzufangen, aber ich hab mich nicht darauf eingelassen. Später ist dann noch das Taxi gekommen, um Fable wie angekündigt abzuholen, aber ich hab dem Fahrer zwei Zwanziger in die Hand gedrückt und ihn weggeschickt.

Fable hat nicht ein Wort mit mir geredet. Als sich ihr die Gelegenheit zu entkommen bot, hat sie sie sofort ergriffen und sich mit einem allgemeinen Gruß in die Runde verabschiedet. Dann hat sie sich in ihrem Zimmer verkrochen und ist den Rest des Abends nicht mehr herausgekommen.

Also hab ich das Gleiche getan und mich darüber geärgert, sie überhaupt so nah an mich herangelassen zu haben. Ich hab nicht viel geschlafen, wie auch schon in der Nacht davor, und jetzt lauere ich vor Fables Tür und bin versucht, hineinzuplatzen und sie dazu zu bringen, mit mir zu reden.

Dabei passt das so gar nicht zu mir. Ich vermeide sonst jegliche Art von Konfrontation. Ich stelle mich nicht gern meinen Gefühlen. Aber dieser Streit gestern hat mich verletzt. Ich komme mir total blöd vor, überhaupt so zu denken, aber ich hatte gedacht, das mit uns wäre etwas Besonderes.

Anscheinend hab ich damit falschgelegen.

Aber genau da setzt sich meine Dickköpfigkeit jetzt auch mal in meinem Privatleben durch. Ich will nicht falschliegen. Ich glaube auch gar nicht, *dass* ich falschliege. Sie hat aus irgendeinem Grund Angst bekommen. Und ich kann es ihr nicht verübeln. Mir geht es genauso, jeden Tag. Nur beim Football hab ich wirklich das Gefühl, mein Leben unter Kontrolle zu haben. Ich sehne mich danach, wieder Football zu spielen, wo ich jetzt schon seit Tagen hier gefangen bin. Ich will mal wieder an etwas anderes denken als an den Scheiß hier, oder besser gesagt, an gar nichts denken, sondern mich einfach nur aufs Spielen konzentrieren.

Wieder zurück in den Robotermodus und alles andere vergessen.

Verärgert über mich selbst, klopfe ich an ihre Tür und drehe den Knauf, um überrascht festzustellen, dass gar nicht abgeschlossen ist. Ich spare es mir, ihr Zeit zum Antworten zu geben – ich laufe einfach direkt ins dunkle Zimmer und bleibe vor dem Bett stehen, wo sie, tief und fest schlafend, zusammengerollt auf der Matratze liegt.

Ihre blonden Haare liegen in wirren Strähnen über dem Kissen, ihr Gesicht ist entspannt. Die vollen Lippen sind leicht geöffnet, und die Decke ist ihr bis zur Taille hinuntergerutscht. Sie trägt ein knapp sitzendes hellblaues Tanktop ohne BH darunter, ihre Brustwarzen sind durch den dünnen Stoff deutlich sichtbar.

Das dünne Top, ihre harten Nippel darunter – ich bin völlig fasziniert, und mir läuft regelrecht das Wasser im Mund zusammen. Es ist schweinekalt im Zimmer, und so fasse ich nach der Decke und ziehe sie über ihren Körper. Meine Fingerknöchel berühren dabei ihre Brust – ich gebe zu, es war kein Versehen –, und sie schlägt sofort die Augen auf. Dann setzt sie sich so schnell auf, dass sie beinah mit dem Kopf gegen mich stößt, und ich mache eilig einen Schritt zurück.

»Was machst du da?« Sie zieht sich die Decke bis zum Kinn hoch und bedeckt zu meiner Enttäuschung die ganze schöne entblößte Haut. »Was schnüffelst du hier herum?«

»Ich wollte nur nachsehen, ob es dir gut geht.« Ziemlich lahme Antwort, ich weiß, aber mehr hab ich grad nicht auf Lager.

»Wie spät ist es?« Sie nimmt ihr Handy vom Nachttisch, guckt nach und stöhnt genervt. »Wie um alles in der Welt kommst du darauf, dass mit mir so früh am Morgen irgendwas nicht in Ordnung sein könnte?«

»Es ist über zwölf Stunden her, dass du dich hier eingeschlossen hast. Du hättest auch bewusstlos sein können. Woher hätte ich denn wissen sollen, dass es dir gut geht?« Ich hab das Gefühl, mich verteidigen zu müssen. Ihre Reaktion bewirkt, dass ich in die Defensive gehe, und ich hab keine Ahnung, wie wir es geschafft haben, so einen Rückschritt zu machen und uns wieder total feindselig gegenüberzustehen. Es gefällt mir nicht.

Ich will die neue Fable zurück. Ich will das neue *Wir* zurück.

Es gab nie ein »Wir«, du Idiot.

Ich presse die Lippen aufeinander und setze mich auf die Bettkante. Sie rutscht weg von mir, als bräuchte sie mehr Abstand. Seit drei Uhr früh geht mir diese Idee nicht mehr aus dem Kopf, und ich hoffe, dass ich damit den Schaden, den unsere noch so zarte Beziehung erlitten hat, wiedergutmachen kann. Wenn sie allerdings nicht mitkommen will …

Ich weiß nicht, was ich sonst tun soll.

»Tja, mir geht's gut«, erwidert sie scharf und legt das Handy wieder weg. Sie starrt auf ihre angezogenen Knie. »Du kannst jetzt wieder gehen.«

»Ich wollte dich eigentlich fragen, ob du mit mir wo hingehst.«

Sie guckt, als wäre es ihr scheißegal, was ich will. »Ich weiß nicht, ob es so gut ist, wenn wir noch weiter zusammen Zeit verbringen, Drew. Ich weiß, ich bin hier, um so zu tun, als wäre ich deine Freundin, aber die Woche ist jetzt schon fast rum, und ich glaube nicht, dass wir noch eine große Show abziehen müssen.«

Verdammt, was hab ich ihr denn getan? Ich hab echt keinen blassen Schimmer, und sie wird es mir anscheinend nicht erzählen, wenn es mir nicht gelingt, es ihr irgendwie aus der Nase zu ziehen. »Ich wollte dich fragen, ob du mitkommst zum Friedhof. Zum Grab meiner Schwester.«

Als sie mich endlich ansieht, sind ihre grünen Augen voller Mitleid. »Ich weiß nicht, ob das eine so …«

»Ich möchte, dass du mitkommst.« Ich fasse nach ihrer Hand und halte sie in meiner. Ihre Finger sind eiskalt, und sie versucht, sie mir zu entziehen, aber ich lasse sie nicht los. »Ich brauche dich, Fable.«

»Ich dachte, Adele hätte etwas nur für die Familie geplant.« Sie hebt das Kinn und blickt mich herausfordernd an. Sie sieht verletzlich aus. Und wunderschön.

So schön, dass ich versucht bin, sie in meine Arme zu ziehen und nie wieder loszulassen. Aber ich tue es nicht.

»Ich gehe nicht mit meinen Eltern.« Das wäre der absolute Albtraum. Adele ein schluchzendes, emotionales Wrack und von mir würde erwartet, dass ich ihr beistehe und ihr voller Mitgefühl meine Schulter anbiete.

Ich kann ja kaum die Vorstellung ertragen, dass sie mich anfasst, ich würde es erst recht nicht ertragen, sollte sie es tatsächlich tun.

Fable sagt nichts. Ich kann ihr ansehen, dass sie über meine Bitte nachdenkt, und mir fällt ein kleiner Stein vom Herzen. Ich will nicht allein zum Friedhof, und ich will auch nicht mit meinen Eltern gehen, aber ich muss hin und das Grab meiner kleinen Schwester besuchen. Der Gedanke, allein dorthin zu gehen, erfüllt mich mit einer solchen Trauer, dass ich sicherlich zusammenbrechen würde, sobald ich auch nur beim Parkplatz ankomme. Ich würde es nicht schaffen, den Friedhof überhaupt nur zu betreten, und ich muss dorthin.

Fable an meiner Seite zu wissen, würde mir die nötige Kraft geben, das Grab meiner Schwester zu besuchen. Sie an ihrem Grabstein dafür um Verzeihung zu bitten, nicht auf sie aufgepasst zu haben, und Fable die Wahrheit zu sagen. Ich hoffe nur, sie wird mich nicht für das hassen, was ich getan hab.

Und vielleicht, nur ganz vielleicht, falls sie mich als denjenigen akzeptieren kann, der ich bin, wird mir das über meinen eigenen Hass mir selbst gegenüber hinweghelfen.

»Ich komme mit«, sagt sie mit leiser Stimme. Sie hat den Blick wieder gesenkt. »Wann willst du los?«

»Ich will mich erst noch duschen. Du dich bestimmt

auch, oder?« Als sie nickt, fahre ich fort: »In zwei Stunden dann? Um zehn?«

»Klingt gut.« Sie nickt wieder und lässt langsam meine Hand los. Ihre Finger gleiten an meinen entlang, und ich bekomme von der kleinen Berührung eine Gänsehaut. Als ich sie ansehe, beobachtet sie mich, mit leicht geöffneten Lippen und großen Augen. Sie ist verdammt schön mit ihren zerzausten Haaren und so ganz verschlafen, es tut richtig weh, sie anzusehen.

»Danke«, flüstere ich. »Danke, dass du mitkommst.«

»Danke, dass du mir so weit vertraust, mich danach zu fragen.« Sie leckt sich über die Lippen und hinterlässt einen feuchten Glanz darauf, und ich will sie so dringend küssen, dass es kaum auszuhalten ist. »Deswegen war ich gestern so sauer, Drew. Ich hatte das Gefühl, du vertraust mir nicht, nach dem, was Adele und du mir vorgeworfen habt. Dabei war ich immer ehrlich zu dir.«

Sie hat recht. Ich weiß es. Ich hab völlig überreagiert. Adele hat mich provoziert, und ich bin total darauf reingefallen. Wie blöd.

»Ich hätte nicht auf Adele hören dürfen.« Ich hole tief Luft und atme wieder aus. »Es tut mir leid.«

Ein kleines Lächeln formt sich auf ihren Lippen, und mein Herz macht einen Sprung. »Entschuldigung angenommen. Und nur damit du es weißt: Der Typ, mit dem ich gestern telefoniert hab …«

Mein Herz schlägt wie verrückt. »Ja?«

»… das war Owen. Mein Bruder.«

Jetzt fühle ich mich noch tausendmal mehr wie ein Arschloch. Na klar hat sie mit ihrem Bruder telefoniert.

Sie hat sich die ganze Zeit schon verdammte Sorgen um ihn gemacht. »Ich sollte echt nicht auf Adele hören.«

»Nein, solltest du nicht.«

»Ich komme mir vor wie ein Arsch.«

»Gestern warst du auch echt einer.« Ich will etwas entgegnen, aber sie lässt mich nicht zu Wort kommen. »Ganz ehrlich? Ich fand es gut, dich so wütend zu sehen. Denn das bedeutet, dass du tatsächlich etwas für mich empfindest.«

Ich sage nichts. Sie hat recht. Ich kann mich nicht erinnern, wann ich zum letzten Mal so abgegangen bin. Tue ich das jemals? Mir ist gestern eine Sicherung durchgebrannt, und ich konnte mich nicht mehr zügeln.

»Ich geh mich mal duschen.« Sie reckt ihr Kinn in meine Richtung. »Du musst jetzt gehen. Ich will nicht, dass du mich siehst. Mein Shirt ist praktisch durchsichtig.«

»Fable, es tut mir leid, dir das sagen zu müssen, aber ich hab dich bereits oben ohne gesehen«, erinnere ich sie mit leiser Stimme.

Jetzt hat es ihr die Sprache verschlagen. Grinsend stehe ich vom Bett auf und gehe zur Tür. »Hat mir übrigens sehr gut gefallen«, sage ich noch über die Schulter.

Ihr leichtes Lachen klingt mir noch über den ganzen Flur hinterher.

Fable

Es ist kalt draußen und ziemlich trostlos mit den dunklen, Unheil kündenden Wolken am Himmel und dem immerwährenden Wind. Ich ziehe den Mantel fester um mich, während ich Drew auf dem Friedhof hinterherstapfe. Er folgt einem gewundenen Weg, der zwischen den Gräbern hindurchführt, und ich versuche, sie nicht anzusehen, aber ich kann dem Drang nicht widerstehen. Einige sind wunderschön, mit richtigen Fotos, herzzerreißenden Botschaften und sogar Statuen.

Und Blumen. Überall Blumen, künstliche und echte, bunte, leuchtende und dunkle, düstere Farben. Manche Gräber sind schon vorweihnachtlich geschmückt, andere haben noch Halloween-Dekoration und Herbstfarben: rostige Rot- und Orangetöne und Gelb.

Ich fühle mich etwas besser, als ich all die Farben sehe und die Bänke, auf die die Leute sich setzen, um Zeit mit den Verstorbenen zu verbringen. Der Tod ist eine furchtbare Sache, aber er ist nun mal auch Teil des Lebens. Ich denke nicht gern über unsere Vergänglichkeit nach.

Es ist leichter, so zu tun, als würden wir ewig leben.

»Hier ist es.«

Als ich Drews tiefe, düstere Stimme höre, blicke ich auf. Er ist vor einem Grab mit einem kleinen, flach auf dem Boden liegenden Grabstein stehengeblieben.

Langsam gehe ich auf ihn zu und stelle mich neben ihn. Ich blicke auf den Stein hinab, auf dem steht:

Vanessa Adele Callahan
geboren am 30. September 2007
gestorben am 27. November 2010
Für immer in unseren Herzen …

In der oberen rechten Ecke ist ein Foto von Vanessa. Ihre Haare sind dunkel wie die von Drew, sie hat ein strahlendes Lächeln auf dem Gesicht und funkelnde Augen.

Sie war unglaublich schön.

Ich sehe zu Drew hinüber. Sein Blick ist auf das Foto gerichtet, er hat die Hände in den Jackentaschen vergraben, sein Blick ist ausdruckslos. Ich würde ihn gern trösten, würde ihn gern in die Arme nehmen und flüstern, dass alles gut wird, aber ich hab nicht das Gefühl, dass es das ist, was er jetzt braucht.

Und er muss das hier tun. Auf der Fahrt hierher hat er mir erzählt, dass er einfach nur ein paar Minuten auf ihr Grab blicken und an sie denken will. In Gedanken mit ihr sprechen will.

Wieder überkommt mich die Neugier, doch ich versuche, sie zu ignorieren. Ich würde wirklich gern wissen, wie sie gestorben ist. Ich weiß nicht, warum mich das so beschäftigt, aber in dieser Familie sind alle so verdammt geheimnisvoll, egal worum es geht. Und dieses kleine Detail ist so wichtig, ich würde es wirklich gern wissen.

Ich *muss* es wissen.

Drew atmet zitternd aus, und ich ertrage es nicht länger. Ich mache einen Schritt auf ihn zu, fasse nach seinem Arm und drücke ihn, damit er weiß, dass ich für ihn da bin, wenn er irgendetwas braucht. Er zieht mich an sich, legt mir den Arm um die Schultern, und ehe ich's mich versehe, umarmt er mich und vergräbt sein Gesicht in meinen Haaren, seine Arme so fest um mich geschlungen, dass ich kaum noch atmen kann.

Aber ich lasse es zu, dass er sich an mir festhält. Er braucht jetzt Trost. Und ich auch.

»Es ist meine Schuld«, höre ich ihn an meinem Ohr flüstern. »Ich hab draußen auf sie aufgepasst, während mein Dad telefoniert hat. Und dann … dann hab ich sie allein gelassen.«

Mir läuft es kalt den Rücken runter, aber ich gebe mir Mühe, entspannt zu bleiben, damit er nicht merkt, wie sehr es mich verstört, was er gerade gesagt hat. Ich will, dass er sich mir gegenüber öffnet, und nicht wieder weiter verschließt.

»Es war ein Unfall«, sage ich. Ich hab zwar keine Ahnung, ob das stimmt, denn mir hat niemand etwas darüber erzählt, aber das zu sagen, scheint mir das einzig Richtige zu sein. »Es war niemandes Schuld.«

»Nein.« Er löst sich von mir, und seine blauen Augen glühen, als er mich ansieht. Sein ganzer Körper zittert, und er fährt sich aufgeregt durch die Haare. »Hat Adele dir erzählt, was passiert ist? Hat sie das?«

»Ich – nein.« Ich schüttle den Kopf und schnappe nach Luft, als er mich an den Schultern packt und leicht schüttelt. »Sie hat mir gar nichts erzählt. Nur dass sie gestorben ist.«

Leise fluchend stößt er mich von sich, und ich stolpere, vollkommen perplex, dass er mich so behandelt. Mit gesenktem Kopf und schnellen Schritten geht er davon, und ich laufe ihm hinterher. Ich bin verwirrt und sauer, und auf einmal wünschte ich, ich hätte ihn niemals an diesen furchtbaren, deprimierenden Ort begleitet.

»Wo willst du hin?«, rufe ich. Ich keuche, weil der

Wind so kalt ist, und Drews lange Beine ihn so viel schneller laufen lassen.

»Ich muss allein sein.«

»Hör auf mit dem Quatsch«, schimpfe ich und beeile mich, ihm hinterherzukommen. »Du kannst doch nicht ewig vor deinen Problemen davonlaufen.«

Er wirbelt zu mir herum, und auf seinem Gesicht zeichnen sich so viele widersprüchliche Gefühle ab, als wäre er eine ganz andere Person. »Du kennst mich doch gar nicht. Ich laufe überhaupt nicht vor meinen Problemen davon. Ich lebe jeden einzelnen Tag meines beschissenen Lebens damit!«

Ich bin schockiert von seinem Gefühlsausbruch. Doch auch wenn er all seine Wut gerade gegen mich richtet, muss es doch irgendwie gut für ihn sein, sie rauszulassen, oder? »Aber du musst damit doch nicht ganz allein zurechtkommen. Es ist völlig okay, wegen ihr zu trauern und über sie zu reden.«

»Meine Trauer ist nur voller Schuldgefühle. Es ist *meine* Schuld, dass meine kleine Schwester im Schwimmbecken ertrunken ist. Ich sollte draußen bleiben und auf sie aufpassen, aber … ich hab es nicht getan. Ich dachte, das Tor wäre zu.« Er fährt sich mit beiden Händen durch die Haare, zieht an den dunklen Strähnen und starrt durch mich hindurch. »Es ist meine Schuld. Und ihre.«

»Ihre Schuld? Du meinst Vanessas?« Sie war doch noch ein Kleinkind! Wie kann er das sagen?

»Nein, verdammt, natürlich nicht. Es war *ihre* Schuld. Oh Gott.« Er schluchzt, und da sehe ich, dass ihm Tränen die Wangen hinunterlaufen. Es tut mir in der Seele weh, ihn so unglücklich zu sehen, aber ich traue mich nicht, zu ihm zu gehen. Ich hab Angst, dass er mich nur wieder von sich stoßen wird, und den Gedanken ertrage ich nicht. Aber es tut auch weh, ihn so leiden zu sehen, zu wissen, dass er denkt, es wäre alles seine Schuld und wessen auch immer sonst noch.

Ich bin so verwirrt. Und ganz ehrlich: Ich hab Angst, nachzufragen.

»Erzähl mir, was passiert ist«, verlange ich, nachdem ich entschieden habe, tapfer zu sein und mich dem Ganzen zu stellen. »Wie ist deine Schwester gestorben?«

Drew wischt sich die Tränen vom Gesicht, und dann gehen wir wieder zu Vanessas Grab zurück. Ich setze mich auf eine Bank in der Nähe, um ihm Zeit zu geben, und er fängt an, direkt vor mir auf und ab zu gehen. Die Zweige über meinem Kopf wehen im Wind, und ich friere in meinem viel zu dünnen Mantel.

»Ich hab zusammen mit meinem Dad draußen in der Sonne gesessen. Es war viel wärmer als sonst um diese Zeit, und ich war total gut drauf, weil ich in meinem ersten Jahr im Footballteam schon so gut war.« Er hält kurz inne und fährt dann gedankenverloren fort: »Adele war den ganzen Tag unterwegs, Weihnachtsgeschenke kaufen. Sie hatte meinen Dad gebeten, auf Vanessa aufzupassen, und wir haben mit ihr im Garten gespielt. Sie ist die ganze Zeit hin und her gerannt und hat sich vor Kichern gar nicht mehr eingekriegt. Sie hat meistens eine Weile gebraucht, um wieder warm mit mir zu werden, weil ich so selten zu Hause war, aber ich hab sie immer wieder für mich einnehmen können.«

Ich sage nichts, denn ich will, dass er sich Zeit lässt.

Er muss das loswerden, egal wie schmerzhaft es für ihn ist, den Tag noch einmal zu durchleben. Auch wenn ich ihn lieber trösten und ihm gern sagen würde, dass wir auch ein andermal darüber reden können. Aber wann?

»Dann hat mein Dad einen Anruf bekommen. Er hat damals an einer großen Sache gearbeitet, die ihn schon Monate beschäftigt hatte, und er musste einfach rangehen. Er hat gesagt, ich soll auf Vanessa aufpassen und sie bloß nicht aus den Augen lassen, und ich hab natürlich gesagt, kein Problem.« Er seufzt und schließt die Augen. »Sie hat mit mir Verstecken gespielt, und wir haben gelacht. Ich wusste, dass mein Dad nicht weit weg war – ich konnte ihn am Telefon hören. Dann stand Adele auf einmal in der Tür und hat mich gebeten ... sie hat mich gebeten, zu ihr reinzukommen. Ich hab gesagt, dass ich nicht kann, dass ich auf Vanessa aufpassen muss, aber sie meinte, das wäre schon okay. Mein Dad wäre ja da. Und das war er ja auch. Also bin ich reingegangen und ... und Vanessa ist irgendwie in den umzäunten Bereich gelangt und ins Schwimmbecken gefallen. Mein Dad war nach vorne gegangen, aber das hatte ich nicht gewusst. Er hat nicht gemerkt, dass ich Vanessa allein gelassen habe. Ich dachte, er hätte sie im Blick, und er dachte, ich hätte sie im Blick ...«

Drew bricht in sich zusammen. Er geht in die Knie und krümmt sich vor dem Grab seiner Schwester, seine Schultern beben, während er sich vorneigt, als würde er beten. »Es tut mir so leid. Ich hab versagt, es tut mir so unendlich leid.«

Ich gehe zu ihm. Hocke mich neben ihn und lege die Arme um ihn. Er wendet sich mir zu, schlingt mir einen Arm um den Hals und drückt sein Gesicht gegen meine Brust. Ich fühle seine Tränen an meiner Haut, ich streichle seinen Kopf, kämme ihm mit den Fingern durch die Haare und gebe mein Bestes, ihn zu trösten.

So sitzen wir eine ganze Zeit lang schweigend da, sein Körper zittert, während er leise an meiner Brust weint. Ich lasse ihn weinen und spüre, wie die Tränen und die Trauer auch in mir aufsteigen, und dann weine ich mit ihm. Stille, reinigende Tränen, die mich mit Drew verbinden, während ich seine rohe, allumfassende Trauer spüre.

Das ist nicht alles, was ihn quält, das weiß ich. Ich kann es spüren, dass da noch mehr ist, so viel mehr, und er hält es alles zurück, aus Angst, dass ich ausflippen könnte. Oder noch schlimmer, dass ich ihn nicht mehr achten könnte.

Es hat etwas mit Adele zu tun. Und ich glaube, ich weiß, was es ist.

Ich bin nur noch nicht bereit, dem ins Gesicht zu sehen.

KAPITEL 13

Tag 6, 23:00

Die Leute, die einen am besten kennen,
können einen am meisten verletzen.

– Drew Callahan

Drew

Ich würde mich so gern in ihr verlieren, damit ich alles vergessen kann.

Nach dem Friedhof haben wir uns zum Mittagessen Fast Food geholt und sind zurück nach Hause. Wir haben nicht viel geredet, ich hätte sowieso keine Unterhaltung führen können, selbst wenn ich es versucht hätte. Ich bin erschöpft, emotional und körperlich, und sie weiß das. Fable drängt mich nicht, sie verlangt keine Erklärungen, es sei denn, sie hält es für unbedingt notwendig.

So wie sie danach gefragt hat, wie Vanessa gestorben ist. Schwer zu glauben, aber es hat sich gut angefühlt, endlich mal darüber zu reden. Ich hab noch nie mit irgendjemandem über den Tod meiner Schwester gesprochen. Nicht mit meinen Eltern, mit niemandem. Ich hab es zwei Jahre lang in mir verschlossen gehalten, und als ich angefangen hab zu reden, war es, als wäre ein Damm gebrochen.

Ich hab geweint. Ich hab getrauert. Ich habe meine Geschichte erzählt, und ich war so verdammt froh, dass sie noch nicht mal gezuckt hat, dass sie mich nicht verurteilt hat. Sie hat mich einfach gehalten und mich weinen lassen, als wäre ich ein großes Baby.

Verdammt. Ich habe es satt, mich selbst zu verurteilen, mich dafür fertigzumachen, dass ich so etwas wie Gefühle hab. Meine kleine Schwester ist gestorben, als ich auf sie aufpassen sollte. Ich hab jedes Recht, zu weinen und wütend zu sein, wenn mir danach ist.

Den Rest des Nachmittags haben wir geschlafen. Zusammengerollt in der Mitte meines Betts, die Arme umeinandergeschlungen, die Decke über uns gezogen. Den ganzen Nachmittag und fast den ganzen Abend haben wir so dagelegen. Wir haben es beide gebraucht. Keiner von uns beiden hat viel geschlafen, seit wir in Carmel sind.

Morgen fahren wir wieder – an dem Tag, an dem meine Familie den Todestag meiner Schwester begeht. Ich bin froh, hier rauszukommen, aber ich weiß nicht, wie es mit Fable und mir weitergehen wird, wenn wir wieder zu Hause sind.

Ich habe Angst davor, was ich tun könnte. Was sie tun

könnte. Was wir beide zusammen tun könnten, was alles zerstören würde.

Mein Handy piept, und ich weiß sofort, wer es ist. Mein Dad oder Adele, die letzten zwei Menschen, mit denen ich mich jetzt auseinandersetzen will. Ich rutsche zur Seite, setze mich auf und greife nach dem Handy. Die Lampe auf der Kommode auf der anderen Seite des Zimmers ist immer noch an und verbreitet ein schwaches Licht. Ich blicke aufs Display und sehe, dass es eine SMS von meinem Dad ist, und gerade, als ich sie lesen will, fängt das Handy an zu klingeln. Und wieder ist es mein Dad.

»Tut mir leid, dass ich nicht zurückgerufen hab«, sage ich sofort. Ich hab ein schlechtes Gewissen. Er hat es auch gerade nicht leicht, und ich sollte mich nicht so von ihm abschotten, egal wie leicht er es mir macht.

»Wage es ja nicht aufzulegen.« *Scheiße.* Es ist Adele.

»Was willst du?« Ich spreche leise, um Fable nicht zu wecken, aber sie bewegt sich bereits unter der Decke und dreht mir den Rücken zu.

Ich hab keine Ahnung, ob sie wach ist oder noch schläft, aber ich werde nichts zu Adele sagen, wonach Fable mich später ausfragen könnte. Es ist schon schlimm genug, was ich ihr heute über Vanessa gestanden habe. Ich kann ihr auf gar keinen Fall noch mehr aufladen.

»Du kommst doch morgen mit, oder? Zu Vanessas Grab?«

»Ich war heute schon da.«

Sie antwortet mit Totenstille, und ich sage nichts darauf. Ich werde nicht derjenige sein, der zuerst etwas sagt. Ich bin es leid, ständig nach ihrer Pfeife zu tanzen. Das ist schon viel zu lange so gegangen.

»Warst du mit ihr da?«

»Ja.«

Ein Fauchen entfährt ihr. »Wie kannst du es wagen, sie ans Grab meiner Kleinen mitzunehmen.«

»Sie ist meine Schwester. Ich kann jawohl meine *Freundin* mit zum Grab meiner Schwester nehmen.«

»Sie ist nicht deine … *Gott.*« Adele scheint beinah an ihren Worten zu ersticken. »Du kommst morgen mit uns mit. Ich brauche dich.«

»Wir fahren morgen. Ich kann nicht. Deswegen bin ich heute schon da gewesen.« Was nicht ganz der Wahrheit entspricht, aber die Erklärung funktioniert.

»Damit wirst du deinen Vater schwer enttäuschen.« Sie senkt die Stimme, bis es beinah so klingt, als würde sie mir ein Lied vorsummen. »Du willst ihn doch nicht enttäuschen, oder? Du bist doch immer so ein braver Junge, Andrew. Du tust doch immer, was ich sage. Worum ich dich bitte.«

Mir stellen sich die Nackenhaare auf, und ich schließe die Augen, hole tief Luft und bete, dass ich nicht gleich zusammenbreche. Erneut. Seit ich hierher zurückgekommen bin, befinde ich mich in einem unaufhörlichen Vollrausch der Gefühle. Ich wusste, dass es schlimm werden würde. Aber ich hab nicht gedacht, dass es so kommen würde. »Ich komme nicht mit, Adele. Es ist an der Zeit, die Verbindung ein für alle Mal zu kappen.« Ich lege auf, ehe sie irgendetwas sagen kann.

Ich drehe mich zu Fable um und sehe, dass sie sich mir wieder zugewandt hat und mich mit ihren intensiven, grünen Augen aufmerksam beobachtet. Mir zieht sich der Magen zusammen. Wie viel sie wohl von dem Gespräch mitbekommen hat?

»Setzt sie dir sehr zu?«, fragt sie leise.

Ich nicke. Sage kein Wort.

Sie zieht sich die Decke vom Körper, kniet sich hin und kommt zu mir herüber. Sie legt mir die Hände auf die Schultern und sieht mich an. Ihre Augenlider senken sich, als sie mir auf den Mund blickt. Ihr Brustkorb bewegt sich schnell auf und ab, und ich spüre die tröstende Wärme ihres Körpers. Dieses Mädel, sie …

Tut das alles für mich.

Aber ich weiß nicht, wie ich es in Worte fassen und ihr sagen soll.

»Danke für alles heute«, sagt sie auf einmal.

Ich runzle die Stirn und streiche ihr eine Haarsträhne hinters Ohr. »Ich sollte wohl eher *dir* danken, für alles, was du für mich getan hast.«

»Ja, solltest du.« Ein zitterndes Lächeln formt sich auf ihren Lippen. »Aber ich wollte mich dafür bedanken, dass du so ehrlich zu mir bist. Dass du mir das mit deiner Schwester erzählt und diesen Teil von deinem Leben mit mir geteilt hast. Ich weiß, dass das nicht leicht für dich war.«

Meine Finger liegen auf ihrer weichen Wange, und ich streichle sie mit dem Daumen. »Danke, dass du für mich da warst. Dass du mir zugehört hast.« *Und dafür, dass du mich in deinen Armen hast weinen lassen.*

Sie krabbelt auf mich, spreizt ihre Beine über meinen Oberschenkeln, und automatisch lege ich meine Hände auf ihren perfekten Hintern und ziehe sie an mich.

Gott, sie fühlt sich gut an, so nah an mir, dass noch nicht mal mehr ein Blatt Papier zwischen uns passen würde. »Drew.« Ihre Stimme ist nur noch ein Flüstern, als sie sich vorbeugt und mir einen sanften Kuss auf die Lippen drückt. »Das ist unsere letzte Nacht hier. Zusammen.«

Die Erkenntnis tut weh. Das war's. Morgen Abend kehren wir in unser normales Leben zurück. Ich kann es gar nicht erwarten, dass dieser Höllentrip hier zu Ende geht, aber zu wissen, dass ich nicht mehr Fable als meine angebliche Freundin an meiner Seite hab …

Das schmerzt. Mehr, als ich mir eingestehen mag.

Ich lasse eine Hand unter ihr Sweatshirt gleiten und streichle die nackte, weiche Haut auf ihrem Rücken. Sie erschaudert, als ich sie berühre, und beugt sich weiter zu mir vor. Ihr Haar fällt nach vorne und umgibt unsere Gesichter, und als ihre Lippen über meinen schweben, hält sie inne. Ich weiß, was sie will.

Ich will das Gleiche.

Ich lehne den Kopf gegen das Kopfteil des Betts, umfasse ihren Nacken und ziehe sie an mich. Unsere Münder begegnen sich in einem langen, zärtlichen Kuss. Ich lecke ihr über die Oberlippe, umfahre die Ränder ihrer Unterlippe und genieße ihren unglaublich süßen Geschmack. Sie stöhnt leise, und ich vertiefe den Kuss, verstärke den Druck an ihrem Hinterkopf und verschlinge ihren Mund.

Ich werde von meinem Verlangen nach ihr überwältigt. So habe ich noch nie vor ihr empfunden, und Erinnerungen an unsere gemeinsame Nacht überkommen mich. Wie sie mich so selbstlos zum Orgasmus gebracht hat und nichts als Gegenleistung wollte. Ich will das Gleiche für sie tun. Ihr geben, was immer sie will, was immer sie von mir braucht. Ich will mit ihr zusammen sein, unsere nackten Körper die ganze Nacht ineinander verschlungen.

Aber ich sollte sichergehen, ob sie es überhaupt will. Ob sie mich will …

»Hast du Hunger? Ich meine, wir haben den ganzen Tag noch nichts gegessen.« Meine Lippen kribbeln, und ich will sie sofort wieder küssen. Mit meiner Frage gebe ich ihr die Gelegenheit, aus der Nummer auszusteigen. Was ganz schön blöd ist, ich weiß, aber ich will nicht, dass wir zu weit gehen, und sie dann einen Rückzieher macht.

Ich bin bereit, aber ist sie es auch? Wirklich?

Sie löst sich von mir, greift nach dem Saum ihres Sweatshirts, zieht es sich über den Kopf und wirft es auf den Boden. Sie hat einen schlichten weißen BH an, mit Spitze und einer winzigen Satinschleife in der Mitte. So unschuldig und süß sieht sie aus, aber meine Gedanken sind alles andere als das, als ich sie betrachte und darüber nachdenke, wie ich sie aus diesem verdammten BH bekomme, ohne so zu wirken, als könne es mir nicht schnell genug gehen.

»Ich würde dich gern vernaschen«, flüstert sie. Ihre Augen glühen, ihre geschwollenen Lippen glänzen von unserem Kuss. »Zieh dein Shirt aus, Drew.«

Ohne zu zögern, reiße ich mir das T-Shirt vom Leib und lasse es neben mich aufs Bett fallen. Sie blickt mir die ganze Zeit in die Augen, während sie ihre Beine in den Leggins fest um meine Hüften drückt und ihre Arme um meinen Hals schlingt. Sie vergräbt die Hände in meinen Haaren, und ich schließe die Augen, nehme ihren Duft in mir auf, das Gefühl ihres Körpers so nah an meinem. Unsere Oberkörper liegen Haut auf Haut, ihr BH die einzige Barriere, und der seidig glatte Stoff erregt mich noch mehr, als sie ihre Brust an meiner reibt.

Als unsere Münder sich finden, werde ich von Gefühlen für diese Frau überwältigt. Ich hab mich seit Tagen nach dieser Art von Verbindung mit ihr gesehnt. Mein Gott, ich hab mich schon seit Jahren nach dieser Art von Verbindung gesehnt, aber ich hatte immer viel zu viel Angst, um an so etwas zu glauben.

Aber das hat sich jetzt geändert. Dank meiner angeblichen Freundin.

Dank Fable.

Fable

Drew Callahan hat den absolut schönsten männlichen Körper, den ich je gesehen hab. Und es ist mir peinlich zuzugeben, dass ich schon verdammt viele männliche Körper gesehen habe.

Ich war so abgelenkt von Drews unaufhörlichen Küssen, dass es eine Weile gedauert hat, mich von seinen Lippen zu lösen, und jetzt bin ich völlig angetan von seinen entblößten Muskeln und der Kraft, die er ausstrahlt. Als wir letztes Mal zusammen im Bett waren, war es dunkel. Wir hatten zu viel Angst, uns anzublicken, weil wir nicht wussten, was wir vielleicht sehen würden.

Jetzt will ich alles sehen. Alles. Ich will ihm in die Augen sehen, wenn er zum ersten Mal in mich eindringt. Ich will ihm in die Augen sehen, wenn er mich zum Orgasmus bringt. Ich will ihn meinen Namen flüstern hören, wenn ich *ihn* zum Orgasmus bringe …

Ein Schauder durchfährt mich, als ich mit den Fingern über seine breiten Schultern fahre, seine Arme hinab, über seinen steinharten Bizeps und die dunklen Haare, die seine Unterarme bedecken. Er bleibt ganz ruhig liegen, aber ich fühle seinen heißen Blick, mit dem er mich verschlingt, während ich aufmerksam seine Haut abtaste. Ich berühre seine Brust, und als die Fingerspitzen meiner Zeigefinger gleichzeitig über seine Brustwarzen gleiten, zuckt er leicht zusammen, und ich muss lächeln.

Aber ich werde gleich wieder ernst, als ich voller Erregung über die kleinen Erhebungen und Rillen seines Waschbrettbauchs fahre. Mit langsamen Bewegungen erforsche ich seine Bauchmuskeln und fühle, wie er unter meinen Berührungen erschaudert.

Ich hebe den Kopf und sehe, dass er mich mit hochgezogenen Brauen beobachtet, sein Mund ist zu einem leichten Lächeln geformt. Das ist bei Weitem sein glücklichster Gesichtsausdruck seit dem Tag, als wir zusammen Mittagessen waren und er mich hinterher in der verwunschenen Gasse geküsst hat, während um uns herum die weißen Lichter leuchteten und der Regen prasselte.

Ohne ein Wort presse ich meine Lippen auf die seinen und halte so lange die Augen offen, bis er seine schließt. Ich stehe vollkommen in seinem Bann. Der Kuss ist jetzt hungriger, drängender, und ich überlasse Drew die Führung, genieße es, wie er seine große Hand oben auf meine Brust legt und dann weiter hochgleiten lässt, bis er in einer sehr besitzergreifenden Geste meinen Hals umfasst und mir ganz schwindlig wird.

Mit derselben Hand fährt er meinen Hals wieder hinab, steckt die Finger unter den losen Träger meines BHs und schiebt ihn von meiner Schulter. Mit dem anderen Träger macht er das Gleiche und hat mich so in Sekundenschnelle auf wundersame Weise von meinem BH befreit. Mein nackter Busen drückt gegen seine Brust, und meine harten Nippel bohren sich in seine warme Haut.

»Ich will dich«, flüstert er mir ins Ohr, und ein Schauer läuft mir über den Rücken. »Ich will dich so sehr, Fable.«

Es macht mich an, dass er meinen Namen in einem Atemzug damit sagt, dass er mich will. Er ist nicht mehr im Dunkeln versteckt oder von der Vergangenheit geblendet, er ist hier, bei mir. Er küsst und berührt mich und reibt langsam seine Erektion an mir. Ich bin völlig verzaubert von ihm, gehe regelrecht in ihm auf, und es gibt keinen anderen Ort auf der Welt, wo ich gerade lieber wäre.

Er umfasst meine Taille und wirft mich aufs Bett, sodass ich auf dem Rücken liege. Er stützt die Hände zu beiden Seiten meines Kopfs auf die Matratze, während er sich über mich beugt und seine Lippen die meinen nicht eine Sekunde verlassen. Doch in dieser Position ist er mir längst nicht so nah, wie ich ihn gern hätte, also schlinge ich die Beine um seine Hüften und versuche, ihn näher an mich zu ziehen.

Er löst sich von mir und gleitet meinen Körper hinab, fährt mir mit der Hand unter den Saum meiner dünnen, schwarzen Leggins und zieht sie langsam und geduldig zusammen mit meinem Höschen herunter. Zitternd und atemlos blicke ich an die Decke und beiße mir auf die Unterlippe, während er mich auszieht und seine Finger über meine Oberschenkel, meine Knie und meine Waden fahren. Ich fühle seinen Atem zwischen meinen Beinen und schließe die Augen. Als seine großen Hände meine Schenkel auseinanderschieben, wird mir kurz schwindlig.

Er betrachtet mich, und ich weiß nicht, was ich sagen soll. Dann atmet er stoßweise aus, umfasst meine Hüften, und dann küsst er meine Brust, fährt mit den Lippen über meine Haut, bis ich seine Zunge an meinen Nippeln spüre.

Ich halte es nicht länger aus. Ich bin keine, die still ist im Bett – war ich noch nie, auch wenn ich nicht wirklich laut bin. Aber seine Berührung, sein Mund auf meiner Haut fühlt sich so gut an, dass ich mich ihm stöhnend entgegenwerfe. Ich bin von Gefühlen überwältigt, wie ich so völlig nackt und entblößt vor ihm liege, und ich hab mich noch nie so geschätzt gefühlt. So lebendig.

»Du bist wunderschön«, flüstert er, während er meine Brüste liebkost. Ich vergrabe meine Hand in seinen Haaren und drücke ihn an mich, winde mich unter seinen Küssen. Ich bin immer noch verwirrt. Ehrlich, ich weiß immer noch nicht, wie es überhaupt hierzu gekommen ist. Ich hab ihn eigentlich von Anfang an nicht ausstehen können. Ich hab mich nur wegen des Geldes hierauf eingelassen. Ich dachte, er wäre total kaputt. Ich denke *immer* noch, dass er es ist.

Aber das bin ich auch. Und er ist so wunderschön, so aufmerksam, so verletzlich. Wir können zusammen kaputt sein. Ich will ihn heilen. Ich weiß, dass ich es kann.

Diese Vereinigung unserer Körper ist der erste Schritt.

»Warte«, murmelt er. Ich öffne die Augen, und sein Gesicht ist direkt vor meinem. Er gibt mir einen schnellen Kuss, steigt von mir und steht aus dem Bett auf. »Bin gleich wieder da.«

Ich blicke ihm hinterher, und dann lege ich mir den Arm über die Augen und versuche, mein rasendes Herz zu beruhigen, meinen beschleunigten Atem. Ich bin so erregt, es wird nicht lange dauern, bis ich komme. Ich zittere, ich bin so voller Adrenalin und Verlangen und anderer seltsamer Gefühle, die in meinem Körper herumschwirren. Ich hab noch nie in meinem ganzen Leben so etwas empfunden.

Die Erkenntnis raubt mir den Atem.

Kurz darauf kommt Drew wieder ins Zimmer und schließt die Tür hinter sich ab. Ich beobachte ihn, wie er wieder zum Bett kommt und eine kleine Packung Kondome auf den Nachttisch legt. Als unsere Blicke sich begegnen, ziehe ich eine Augenbraue hoch, und er lächelt.

»Da haben wir echt Glück gehabt. Ich hab die Schachtel im Bad unterm Waschbecken gefunden. Zwischen den Handtüchern und dem Shampoo und so. Meine Eltern haben hier ständig Gäste, das geht hier manchmal zu wie im Hotel. Mein Dad hat oft Besuch von Geschäftspartnern.«

Ah ja. Wenigstens sorgen die Callahans sich um die Sicherheit ihrer Gäste.

Allerdings kann ich nicht länger über die Sache mit den Kondomen nachdenken. Nicht, wenn Drew neben mir seine Jeans aufknöpft und sie von seinen Hüften rutschen lässt. Sie fällt ihm um die Knöchel auf den Boden, und er kickt sie weg. Als ich sehe, wie perfekt er die schwarzen Retroshorts ausfüllt, bleibt mir die Spucke weg.

Und dann zieht er sich auch die Unterhose aus, und ich starre ihn ganz ungeniert an und staune darüber, wie groß sein Schwanz ist. Und dann frage ich mich, wie sich das wohl anfühlen wird, wenn er schließlich in mich eindringt.

Und ob es wehtun wird.

Er scheint meine Verunsicherung zu bemerken und versucht, mich zu beruhigen, indem er mich in seine starken Arme nimmt und mich festhält. Ich schließe die Augen und lege den Kopf an seine feste Brust, atme seinen frischen, einmaligen Geruch ein. Er ist sanft, er ist zärtlich, aber er bleibt trotzdem fordernd, und bald küssen wir uns wieder, erforschen einander mit Händen und Mündern und rollen über die Matratze wie sich im Spiel balgende Kinder.

Doch an diesem großen, muskulösen Mann ist nichts Spielerisches, als er meine Arme über meinem Kopf in die Matratze drückt, die Finger um meine Handgelenke geschlossen, und mich mit seinen schönen blauen Augen ansieht.

Gerade erst vor ein paar Momenten hat er sich das Kondom übergezogen. Er ist bereit. Ich bin bereit. Und doch bin ich nervös. Das hier ist so ein bedeutender Schritt für unsere Beziehung, ein Schritt, den wir nie wieder rückgängig machen können. Ich werde ihn oder diese Nacht niemals vergessen. Er schreibt sich hiermit für immer in meine Geschichte ein.

»Es gibt kein Zurück«, flüstert er, als könne er meine Gedanken lesen.

Ich nicke langsam. Ich bin viel zu überwältigt, um Worte zu finden.

»Wenn ich erst mal in dir bin, gehörst du mir.«

Oh. Ich hätte niemals gedacht, dass es mich so anmachen würde, wenn ein Typ das zu mir sagt. Aber es ist so. Dabei habe ich mich immer für eine unabhängige Person gehalten. Ich gehöre niemandem.

Aber die Vorstellung, Drew zu gehören, erfüllt mich mit einer solchen Freude, dass ich Angst hab zu platzen.

»Ich will, dass du mir gehörst, Fable.« Er lockert den Griff um meine Handgelenke, senkt den Kopf und küsst meine Wange, meine Nase. Es ist eine sehr liebevolle und doch erotische Geste, und seufzend lege ich ihm die Arme um den Hals und ziehe ihn an mich.

»Und ich will dein sein«, antworte ich flüsternd. »Ich will zu dir gehören, Drew. Zu dir allein.«

Er küsst mich und dringt gleichzeitig in mich ein, Zentimeter für Zentimeter raubt er mir den Atem durch die bloße Größe seiner Erektion, und ich spanne mich an, halte die Luft an, während er tiefer und tiefer in mich eindringt.

»Ich tue dir weh.« Er drückt zärtliche, schnelle Küsse überall auf mein Gesicht. »Entspann dich. Atme.«

Ich versuche es, gebe mein Bestes, dass die Anspannung in meinem Unterleib nachlässt, und allmählich geht es leichter, und Drew dringt weiter in mich ein. Sein ganzer Körper ist angespannt, weil er sich so zurückgehalten hat, sein Gesicht ist mit einem dünnen Schweißfilm bedeckt, und ich hebe meine Hüften, öffne die Beine noch etwas weiter, damit er noch tiefer in mich hinein kann.

Wir stöhnen beide und fangen an, uns zu bewegen. Zusammen. Vorsichtig zuerst, um den Rhythmus des anderen kennenzulernen, unsere Körper aufeinander einzustimmen, bis sie sich gemeinsam bewegen. Er stößt in mich, fester. Und noch fester, und mit jedem seiner Stöße gebe ich die Kontrolle ein bisschen mehr auf. Ich gebe mich selbst auf, meinen Verstand und meine Gedanken. Ich kann nur noch fühlen. Ich fühle, wie sich eine unglaubliche Welle anbahnt, ich werde gleich gewaltig kommen, aber dann überrascht er mich.

Drew zieht mich hoch, sodass ich zum Sitzen komme. Er lehnt mit dem Rücken gegen das Kopfteil des Betts, und meine Beine sind um seine Taille geschlungen, genau wie noch vor ein paar Augenblicken, als wir noch vollständig angezogen waren. Bloß jetzt sind wir nackt, im körperlichen wie im emotionalen Sinne, unsere Körper sind miteinander verbunden, ich hab ihn so tief in mir aufgenommen, dass es sich anfühlt, als wäre er ein Teil von mir.

»Ich hätte dich beinah verloren.« Wie gut er mich doch kennt. »Ich will nicht, dass du vergisst, mit wem du gerade schläfst. Wer dich zum Orgasmus bringen wird.« Seine Stimme ist rau und sein Schwanz tief in mir, meine Muskeln ziehen sich um ihn zusammen. Sein besitzergreifender Ton erregt mich, seine Worte machen mich an.

Drew versetzt mich in Ekstase – mit jedem Blick, jedem Wort, jedem Zustoßen seines Körpers, jedem Lecken seiner Zunge. Alles, was er tut, haut mich völlig um. Berauscht mich. Erneuert mich.

Jede einzelne Zelle in mir.

»Ich werde niemals vergessen, mit wem ich gerade schlafe«, flüstere ich gegen seine Lippen, bevor ich ihn küsse. Seine Hände umfassen meine Hüften, er zieht mich runter, und ich arbeite mit ihm, der Explosion entgegen, und gleichzeitig will ich es noch etwas länger hinauszögern.

Er fasst mir in den Nacken und zieht so fest an meinen Haaren, dass es wehtut. Aber ich genieße den Schmerz, fühle mich durch ihn lebendig. In Drews Armen, ihn tief in mir.

Ich fühle mich lebendig. Geschätzt. Geliebt.

Er haucht meinen Namen an meinen Lippen, und ich weiß, er ist kurz davor. So wie ich. Ich verändere leicht meinen Winkel, reibe mich an ihm, wiege mich auf ihm, und dann komme ich mit einem leisen Aufschrei, und mein ganzer Körper zittert. Er kommt gleich nach mir, er erschaudert und stöhnt in köstlichen Qualen, und sein Arm ist so fest um meine Taille geschlungen, dass ich kaum noch Luft bekomme.

Wir bleiben minutenlang so ineinander verschlungen, mit bebenden Körpern und sich langsam wieder beruhigendem Atem. Ich will ihn nicht loslassen, will ihn nicht aus mir herauslassen, auch wenn ich weiß, dass das albern ist.

Aber ich kann nicht anders. Drew Callahan hat mich für immer verändert, und das Wissen darum belebt und erschreckt mich gleichermaßen. Es gibt immer noch so viel, was ich nicht von ihm weiß.

Immer noch so viel, was er mir von sich erzählen muss. Schreckliche Dinge, vor denen ich Angst hab. Aber die Wahrheit – heißt es nicht, die Wahrheit wird euch frei machen?

Ich will Drew aus dem Gefängnis seiner Vergangenheit befreien. Und das kann ich nur erreichen, indem ich herausfinde, was passiert ist.

Und morgen werde ich es herausfinden.

Ich muss es herausfinden.

KAPITEL 14

Tag 7 (Abreise), 9:00 Uhr

Der Weg wahrer Liebe ist niemals eben.

– William Shakespeare

Drew

Wir haben ausgeschlafen, mit aneinandergeschmiegten nackten Körpern, ihr Rücken an meiner Brust und meine Hände auf ihrem Busen. Ihre duftenden Haaren in meinem Gesicht und ihre Beine um meine geklammert, bin ich mit einer Latte hart wie Stahl aufgewacht und war sofort bereit, sie gleich wieder zu nehmen.

Was ich getan habe.

Seit gestern Abend habe ich jetzt viermal mit Fable geschlafen. Jedes Mal war noch besser als das Mal zuvor, und ich bin so in dieses Mädel verschossen, es ist der Wahnsinn.

Schließlich treibt sich mich aus dem Bett, sagt, wir

müssen langsam in die Gänge kommen, und sie hat ja auch recht. Wir haben eine ohnehin schon mindestens vierstündige Fahrt vor uns, und an einem Reisetag wie heute wird es wahrscheinlich noch länger dauern.

Außerdem will ich los, bevor ich Adele begegne. Oder meinem Vater. Erbärmlich, oder? Ich liebe meinen Dad, aber heute … Der heutige Tag wird schwer für ihn sein. Und ich weiß nicht, ob ich damit klarkomme. Ich hab ein richtig schlechtes Gewissen, am Todestag meiner Schwester so glücklich zu sein, aber ich will dieses Gefühl abschütteln.

Ich bin die Schuldgefühle so leid. Den Kummer und die Scham. Zum ersten Mal in meinem Leben hatte ich die ganze Nacht Sex mit einer wunderschönen Frau, und daran will ich mich noch etwas erfreuen. Ich will mit ihr zusammen sein, sie berühren, ihr sagen, wie viel sie mir bedeutet, statt wegzulaufen und mich vor allem zu verstecken.

Fable tut mir so verdammt gut, ich kann sie nicht gehen lassen.

Wir duschen zusammen, denn ich bin schon wieder geil, und sie ist es auch. Ich lasse meine Finger zwischen ihre Beine gleiten und bringe sie behutsam zum Orgasmus. Mein Mund ist die ganze Zeit mit ihrem verbunden, ich schlucke ihr Seufzen und Stöhnen, während das warme Wasser auf uns herunterprasselt. Und dann kniet sie sich hin und nimmt meinen Schwanz in den Mund, ihre Lippen umschließen meine Eichel, ihre Zunge erforscht jeden Zentimeter, bis ich mit einem zitternden Keuchen komme.

Das allein schon ist ein großer Wendepunkt. Bisher habe ich Blowjobs gehasst. Weil sie mich mit solchem Ekel erfüllten, wenn die Erinnerungen in mir hochkamen. Die Scham, das Grauen darüber, wie leicht ich dem Beharren einer Frau nachgegeben habe, ihrer Behauptung, dass, was wir tun, nicht verkehrt sei. Dass nichts daran sei, wofür man sich schämen müsste.

Dabei stimmte das nicht. Ich wusste, dass es nicht richtig war, was wir taten, aber ich hatte mich nicht unter Kontrolle, meine Bedürfnisse, meine Reaktionen auf sie. Sie wusste, wie sie mich erregen konnte, und ich hasste sie dafür.

Ich hab sie dafür gehasst, wozu sie mich gemacht hat. Ich war ihr Sexspielzeug, das sie hervorgeholt, gefickt und benutzt hat, bis ich nicht mehr konnte und mir kotzübel war. Mehr als einmal hab ich darüber nachgedacht, mich umzubringen, nachdem sie mich allein gelassen hatte. Aber ich konnte es nicht. Ich hatte zu viel Angst, was passieren würde, wenn ich es überleben sollte.

Also habe ich mir einen Panzer zugelegt. Bin wie ein Roboter durchs Leben gegangen und hab getan, was von mir erwartet wurde, und so bin ich ganz gut zurechtgekommen.

Bis mir dieses Mädchen begegnet ist und mich verzaubert hat. Mich überrascht hat. Berauscht hat.

Mich komplett auseinandergenommen hat.

»Du bist unersättlich«, sagt sie, nachdem wir uns gegenseitig abgetrocknet haben.

Ihre Worte lassen mich erstarren. Adele hat an dem Abend im Country Club so ziemlich das Gleiche zu mir gesagt. Die Worte hatten mich wütend gemacht. Beschämt.

Genauso, wie sie es jetzt tun.

Das Lächeln verschwindet von Fables perfekten Lippen, als ich sie anstarre und versuche, meine Wut unter Kontrolle zu halten. Ich darf jetzt nicht austicken. Nicht, nachdem ich gerade die schönste Nacht meines Lebens mit ihr zusammen verbracht habe. »Was ist?«, fragt sie.

Ich schüttle den Kopf und verlasse das Badezimmer. Ich gehe in mein Zimmer, um mir etwas anzuziehen. Ich habe bis auf ein paar Sachen bereits gepackt und bin so gut wie startklar. Ich muss hier raus, weg von diesem Haus. Von diesem Leben hier. Es ist nicht mehr Teil von mir, aber ich kann fühlen, wie sich seine dornigen Ranken um meinen Verstand winden und in mich bohren, um mich niemals entkommen zu lassen.

Minuten später kommt Fable in mein Zimmer. Offenbar hat sie sich in Eile angezogen, ihre Jeans ist immer noch offen, ihr Shirt sitzt nicht richtig. Sie zupft es um ihre schmalen Schultern herum zurecht und gewährt mir dabei verlockende Blicke auf ihre Haut. Kurzzeitig bin ich abgelenkt.

Aber ich bemerke auch ihren bohrenden Blick, und mir ist klar, dass sie mich nicht so einfach davonkommen lassen wird. »Sag mir, was los ist.«

»Ich … will einfach nur los.« Das muss als Antwort genügen.

»Es ist doch gerade irgendwas passiert. Ich will wissen, was.« Sie verschränkt die Arme vor der Brust, eine Geste, die ich seit Tagen nicht mehr bei ihr gesehen habe und die offenbar Abwehr signalisiert. Sie versucht tough zu sein, mir zu zeigen, dass sie nicht nachgeben wird.

Tja, ich werde aber auch nicht nachgeben. Wir können dieses Gespräch hier nicht führen. Nicht hier und nicht jetzt. »Lass gut sein, Fable. Bitte.«

»Nein.« Sie kommt auf mich zu und schubst mich mit beiden Händen. »Ich hab es satt, so zu tun, als wäre alles okay. Ich hab die Schnauze voll davon, dass du ständig in die Luft gehst und austickst und mir dann erzählst, alles wäre in Ordnung. Ich weiß, dass du immer noch um deine Schwester trauerst. Ich weiß, dass du dich schuldig an ihrem Tod fühlst, und das verstehe ich auch. Aber da ist doch noch mehr. Es ist noch mehr passiert, was du mir nicht erzählst. Aber ich muss es wissen, Drew.«

Ich schüttle langsam den Kopf, und auf einmal ist alle Luft aus meiner Lunge entwichen. »Ich – ich kann nicht.«

»Du *musst* aber.« Sie schubst mich wieder, und ich fasse nach ihren Handgelenken und halte sie fest. »Ich muss es wissen. Wie soll ich dir sonst helfen, darüber hinwegzukommen?«

»Glaub mir, du willst es nicht wissen.« Ich lasse sie los und drehe mich zu meiner Tasche auf dem Bett um, aber sie nimmt meinen Arm und reißt mich herum, sodass ich ihr wieder gegenüberstehe.

»Schließ mich nicht aus. Ich bin für dich da. Nach allem, was wir schon zusammen durchgemacht haben. Nach allem, was wir schon zusammen erlebt haben.« Sie seufzt und schließt für einen kurzen Moment die

Augen, als wäre sie von ihren Gefühlen überwältigt. »Ich hab dir meinen Körper und meine Seele entblößt, und ich hab das noch nie für irgendjemanden vor dir getan. Ich *bitte* dich. Erzähl mir, was verdammt noch mal passiert ist!«

Ich starre sie an. Ich würde es ihr so gern gestehen. Aber ich hab auch eine wahnsinnige Angst vor ihrer Reaktion. Ich öffne meine Lippen, aber die Worte wollen nicht herauskommen. Es fühlt sich an, als würde die ganze Welt auf meine Brust drücken und mein Herz zu Staub zermahlen.

»Soll ich raten?«, fragt sie so leise, dass ich mich zu ihr vorbeugen muss. »Ich … ich hab so eine Vermutung. Kann ich dir Fragen stellen, und du antwortest einfach nur mit Ja oder Nein?«

Was sie vorschlägt, ist eine Lösung für Feiglinge. Und da ich gerade ein ziemlicher Feigling bin, ist das wohl die einzige Lösung für mich.

Also nicke ich.

Sie holt tief Luft, macht einen Schritt zurück und lehnt sich gegen die Kommode. »Was dir in deiner Vergangenheit zugestoßen ist, ist hier passiert, oder? Nicht hier im Gästehaus, sondern drüben, im Haupthaus. Nicht in der Schule oder irgendwo anders. Richtig?«

Ich schlucke schwer und nicke.

»Okay.« Sie presst die Lippen aufeinander, ihr Blick ist besorgt. »Ich glaube … es hat etwas mit Adele zu tun, oder?«

Ich sage nichts. Ich bin wie gelähmt. Ich will Ja sagen. Ich will weglaufen. Sie ist so nah dran. So nah dran, es herauszufinden, doch dann wird mir klar, dass sie es wahrscheinlich längst herausgefunden hat, und ich bin auf einmal so beschämt, dass mir ganz schlecht wird.

»Ja«, sage ich mit rauer Stimme und reibe mir mit dem Handrücken über den Mund. Ich muss garantiert jeden Moment kotzen.

Ich sehe die Angst in ihren Augen. Mitleid und Sorge und Tränen, die sie meinetwegen nicht vergießen soll. »Sie ... sie hat dich missbraucht, oder?«

Schockiert über ihre Wortwahl schüttle ich den Kopf. »Sie hat mich nicht missbraucht. Ich wusste ganz genau, was ich tat.«

Fable fällt die Kinnlade herunter. »Was?«

»Wir hatten eine Affäre. Das war's. Keine sexuelle Belästigung, kein Kindesmissbrauch. Sie hat mir nachgestellt, mich verführt, und ich hab mich in sie verliebt und jahrelang eine Affäre mit ihr gehabt.« Ich spucke die letzten Worte regelrecht aus, ich bin so angewidert von mir selbst, ich kann kaum noch geradeaus schauen. »Bitte sehr, Fable. Da hast du deine Antwort. Und, was sagst du jetzt? Ich bin widerlich, oder? Mich mitten in der Nacht heimlich mit meiner Stiefmutter in meinem Zimmer zu treffen und sie wieder und wieder wie wild zu vögeln. Sie wusste immer, wie sie mich scharf machen konnte, und ich hab es gehasst, was für eine Kontrolle sie über mich hatte.« Ich zittere, der Atem stockt mir, und meine Zähne schlagen aufeinander. Ich kann es nicht glauben, dass ich das gerade alles gesagt habe. Ich hab ihr alles erzählt. *Alles*.

Fable steht da und starrt mich an. Ihre Augen sind immer noch voller Tränen. »Wie – wie alt warst du, als das losging?«

»Fast fünfzehn.« Und unglaublich geil. Adele wusste es. Sie war schön, geheimnisvoll. Sie hat mir geschmeichelt, mit mir geflirtet, und ich bin darauf angesprungen. Sie ist nur elf Jahre älter als ich; sie hatte mir erzählt, wir hätten mehr gemeinsam als sie und mein Dad, und ehe ich's mich versah, kam sie mitten in der Nacht in mein Zimmer geschlichen und hat mich berührt. Sie hat mir einen geblasen, und ich bin so heftig gekommen, dass ich dachte, ich falle in Ohnmacht.

Ich war jung, voller Hormone und total wild auf Sex. Ständig. Und trotz der Scham und Wut auf sie und mich selbst hab ich sie insgeheim doch immer gewollt. Ich habe ihre Aufmerksamkeit genossen, auch wenn ich mich von ihr immer nur für einen kurzen Moment gewollt, begehrt und geliebt gefühlt hab.

Nur danach, wenn sie mich allein in meinem Zimmer zurückgelassen hatte, hab ich mich geschämt. Mich vor mir selbst geekelt. Ich hab sie und mich gehasst. Meinen Dad gehasst, weil er von dem Ganzen überhaupt nichts mitbekommen hat. Ich hab meine Mutter gehasst, weil sie so früh gestorben ist und nicht für mich da war, um mich zu beschützen.«

»Du warst noch ein Kind, und sie hat dich ausgenutzt, Drew. Das war keine Affäre zwischen zwei Erwachsenen, die beide ihr Einverständnis gegeben haben. Es war deine Stiefmutter, die dich missbraucht hat.« Ihre Stimme zittert, ihr ganzer Körper zittert, genau wie meiner, und dann macht sie das Verrückteste überhaupt.

Sie kommt auf mich zugelaufen und umschlingt mich so fest, als wolle sie mich nie wieder loslassen. Sie weint, sie schluchzt in mein Shirt, und langsam lege ich die Arme um sie und halte sie fest. Ich hab keine Tränen, keine Trauer in mir. Ich bin vollkommen gefühllos. Leer. Ich glaube, ich stehe unter Schock.

Ich hab Fable gerade mein dunkelstes, schmutzigstes Geheimnis offenbart, und sie ist nicht weggelaufen. Sie hat nicht gelacht, sie hat sich nicht lustig über mich gemacht, sie hat nicht mit dem Finger auf mich gezeigt und mich verurteilt.

Zum ersten Mal in meinem Leben scheine ich jemanden gefunden zu haben, der mich versteht.

Fable

Ich wusste es. Ich wollte es zwar nicht wahrhaben, aber ich wusste, dass es etwas mit Adele zu tun hat. Im Laufe der Woche kamen immer mehr Hinweise zusammen, und mein Verdacht hat sich langsam erhärtet.

Und jetzt wurde er bestätigt.

Auf einmal bin ich von Hass erfüllt, der so überwältigend ist, dass mir ganz schwindlig wird. Ich hasse diese Frau, die Drew das angetan hat. Wie sie ihn immer noch weiter quält. Sie ist abstoßend. Mein Gott, sie ist eine verdammte Kinderschänderin, die dafür ins Gefängnis gehört, dass sie ihren Stiefsohn missbraucht hat.

Ich hasse sie mit jeder Faser meines Körpers.

»Wir müssen los«, sage ich mit gedämpfter Stimme gegen seine Brust. Ich löse mich von ihm, und als ich zu ihm hochsehe, ist sein Gesicht völlig ausdruckslos.

Er hat seine Gefühle total runtergefahren, und ich kann es ihm nicht verübeln, denn es scheint seine Art zu sein, damit fertigzuwerden.

Sobald wir zu Hause sind, werde ich ihm sagen, dass er dringend zu einem Psychotherapeuten gehen muss. Er muss das Geschehene aufarbeiten. Nicht, dass er seine Erfahrungen jemals ganz hinter sich lassen können wird, aber er kann wenigstens mit jemandem darüber reden. Sich Hilfe suchen, damit er besser mit seiner Vergangenheit klarkommt.

»Drew.« Ich schüttle ihn, und er sieht mich an. »Wir müssen los. Jetzt.«

»Du hast recht. Komm, wir gehen.«

Ich laufe in mein Zimmer und werfe alles, was noch herumliegt, in meinen Seesack. Ich nehme meine Handtasche, das Sweatshirt, das ich anziehen will, und blicke mich noch mal im Zimmer um, ob ich auch nichts vergessen habe.

Wobei es auch egal wäre. Ich will nur noch raus hier.

Im Wohnzimmer warte ich auf Drew. Ich blicke aus dem Fenster und behalte das Haupthaus im Auge. Was immer sie heute vorhaben, um Vanessas Todestag zu begehen, sie sind noch nicht losgefahren. Der Range Rover steht in der Auffahrt, als ob Drews Dad ihn schon mal vorgefahren hätte. Wenigstens hat er nicht Drews Pickup zugeparkt.

Gott sei Dank.

»Willst du deinem Dad noch Tschüss sagen?«, frage ich, als er mit seiner Tasche über der Schulter ins Wohnzimmer kommt. Sein Gesichtsausdruck ist immer noch ziemlich leer.

Langsam schüttelt er den Kopf. »Ich werde ihm eine SMS schreiben. Sind sie schon weg?«

»Nein.« Die Panik ist mir anzuhören, und verärgert über mich selbst räuspere ich mich. »Drew, ich halte es für keine gute Idee, da rüberzugehen …«

»Ich auch nicht«, unterbricht er mich.

Erleichterung durchströmt mich, und wir eilen hinaus zu seinem Pickup. Hektisch werfe ich meine Tasche auf den schmalen Rücksitz. Drew steigt gleichzeitig mit mir ein, wir werfen die Türen zu, und er steckt den Schlüssel in die Zündung.

Wir sind schon fast raus hier. Ich war noch nie so froh, irgendwo wegzukommen, wie in diesem Moment.

»Andrew!«

Ich reiße den Kopf nach links und beobachte ungläubig, wie Adele auf uns zugelaufen kommt und an der Fahrertür stehenbleibt. Sie schlägt mit der Hand gegen das Fenster und ruft Drew zu, dass er es herunterlassen soll. Er starrt sie an, die Hand auf dem Schaltknüppel, bereit loszufahren.

»Tu es nicht«, murmle ich. »Mach ja nicht das Fenster auf! Sie verdient deine Aufmerksamkeit nicht, Drew.«

»Was ist, wenn sie es meinem Dad erzählt?«, fragt er leise. Er klingt wie ein kleiner Junge, und es tut mir in der Seele weh. Sein Schmerz ist zu meinem geworden.

»Ist doch egal. Du bist nicht schuld daran. Sie ist es.«

Mit gesenktem Kopf drückt er auf den Schalter und lässt das Fenster herunter. »Was willst du?«, fragt er sie kühl.

»Bitte … komm mit uns mit. Ich brauche dich, Andrew.« Sie wirft mir einen kalten, harten Blick zu, und ich starre zurück. Genauso kalt, genauso hart.

Ich würde sie am liebsten in der Luft zerreißen, so sehr hasse ich sie.

»Ich war gestern schon auf dem Friedhof, um das Grab zu besuchen. Was willst du noch von mir?« Seine Stimme ist frostig, der Blick, mit dem er sie ansieht, genauso eisig, doch sie scheint es gar nicht zu bemerken.

»Es gibt so viel mehr, was du nicht weißt, und ich … ich muss es dir erzählen. Allein. Es ist wichtig, Andrew. Bitte.«

»Hören Sie auf, ihn so zu nennen.« Ich kann nicht anders – sie muss damit aufhören. Ich ertrage es nicht, wie sie seinen Namen ausspricht.

»Er heißt nun mal so«, sagt sie ausdruckslos. »Und was bildest du dir überhaupt ein, mir zu sagen, was ich tun oder lassen soll?«

»Rede nicht so mit ihr«, sagt Drew in drohendem Tonfall. Aber es scheint Adele nicht besonders zu beeindrucken.

»Sie ist nichts, Andrew. Wertlos. Warum vergeudest du deine Zeit mit ihr? Ist sie gut im Bett? Macht sie ständig für dich die Beine breit? Gibst du dich deswegen mit ihr ab?« Adele klingt richtig verrückt. Ich lasse mich von ihren Beleidigungen nicht beeindrucken.

Es ist unter meiner Würde, mich mit ihr abzugeben. Für das, was sie Drew angetan hat, sollte sie ewig in der Hölle schmoren.

»Jedenfalls bin ich keine Kinderschänderin«, murmle ich vor mich hin.

Adeles Keuchen deutet darauf hin, dass ich nicht leise

genug gesprochen habe. »Was hast du gesagt, du kleine Schlampe?«

Verdammt, jetzt gibt es kein Zurück mehr.

»Sie weiß Bescheid, Adele«, unterbricht Drew sie schroff. »Sie weiß alles.«

Das Schweigen, das sich auf uns legt, ist fast schmerzhaft. Ich kann sie nicht ansehen. Ich blicke auf meine zitternden Knie und versuche, ruhig und gleichmäßig zu atmen. Aus den Augenwinkeln sehe ich Drew an. Seine Kiefermuskeln zucken, und er hält das Lenkrad so fest umklammert, dass seine Knöchel weiß hervortreten.

»So.« Ihre Stimme überschlägt sich, und sie hustet kurz. »Du hast ihr also alles erzählt, ja? Über unsere kleine Affäre?«

»Einen Fünfzehnjährigen zu missbrauchen ist etwas ganz anderes als eine Affäre.« Ich presse die Lippen aufeinander und schließe die Augen. Meine Mom hat schon immer gesagt, meine große Klappe würde mir noch zum Verhängnis werden.

Wahrscheinlich hat sie recht damit.

»Gut – wenn du willst, dass sie alles weiß, dann werde ich dir eben in Anwesenheit deiner vorlauten Schlampe sagen, was ich dir eigentlich unter vier Augen sagen wollte.« Ihre Stimme ist ganz süß und unbeschwert, und sie geht mir damit so auf die Nerven, dass ich nicht anders kann, als den Kopf zu heben und sie anzusehen.

Was ich sehe, gefällt mir überhaupt nicht. Sie hat ein hinterhältiges Glühen in den Augen, und ihr Mund ist zu einem verrückten Grinsen verzogen. Sie ist offensichtlich kurz davor überzuschnappen.

»Wir sollten los«, flüstere ich Drew zu, und ohne ein Wort, startet er den Motor.

»Willst du etwa nicht hören, was ich dir zu sagen habe?«, fragt sie mit ihrem gruseligen Singsang.

»Eigentlich nicht.« Er starrt weiter auf das Lenkrad.

»Das ist aber wirklich schade. Es geht nämlich um Vanessa.«

Er löst den Blick vom Lenkrad und sieht sie an. »Was ist mit ihr?«

»Ich habe schon immer versucht, es dir zu sagen, aber irgendwie war es nie der richtige Zeitpunkt. Aber du musst es wissen. Ich hatte schon immer so ein Gefühl ... aber ich war mir nicht sicher. Aber jetzt weiß ich es. Ohne Zweifel, ich weiß es.«

»Spuck es aus, Adele.«

Mein Magen zieht sich zusammen, während ich auf ihre Antwort warte. Meine Handflächen sind feucht, und ich kralle mich an meinen Knien fest, solche Angst hab ich davor, was sie gleich sagen wird.

»Vanessa war nicht deine Schwester, Andrew.« Adele machte eine Pause und wirft mir einen vernichtenden Blick zu. »Sie war deine Tochter.«

KAPITEL 15

Tag 7 (Abreise), 13:30 Uhr

Wo Liebe ist, da ist auch Schmerz.

– Spanisches Sprichwort

Fable

Mehr als vier Stunden später weiß ich immer noch nicht, was ich sagen soll.

Nach Adeles verheerendem Geständnis stehe ich unter Schock. Dabei bin ich noch nicht mal diejenige, die den größten Schock erlitten hat. Es macht mir eine Heidenangst, wie Drew die Nachricht aufgenommen hat. Nämlich völlig ohne jede Reaktion.

Er ist kalt wie Eis. Ohne irgendeinen Ausdruck. Irgendein Gefühl. Ohne irgendetwas.

Ich hab sechs Tage und Nächte mit ihm verbracht. Ich hab ihn mit all seinen Hochs und Tiefs erlebt, in seinen wütendsten und seinen zärtlichsten Momenten, aber ich habe ihn noch nie so gesehen wie jetzt. Ich weiß nicht, was ich für ihn tun kann. Und er redet nicht mit mir.

Schließlich wird es die längste, schweigsamste Autofahrt meines Lebens. Der Verkehr ist die Hölle, das Wetter beschissen, die Straßen sind rutschig und es regnet so stark, dass Drew kaum etwas sieht.

Er hat gleich zu Beginn der Fahrt das Radio eingeschaltet und damit deutlich gemacht, dass er nicht reden will, also dränge ich ihn auch nicht. Auch wenn ich es gern würde. Und wie gern ich es würde! Ich hab so viele Fragen und keine Antworten.

Stimmt es, was Adele gesagt hat? War Vanessa wirklich Drews Tochter? Hat sein Vater – ihr Mann – irgendeine Ahnung? Wusste er davon? Und wie lang ging das Ganze eigentlich?

Nach meinen Berechnungen muss sie ihm das ziemlich lange angetan haben. Mindestens vier Jahre. Nach dem, was er mir über den Tag, an dem Vanessa starb, erzählt hat, gehe ich davon aus, dass Adele ihn ins Haus gelockt und es mit ihm getrieben hat. Vanessa ist also ertrunken, während die beiden gevögelt haben.

Es ist brutal, aber die Wahrheit – ich kann es fühlen. Daher kommt die Extraladung Schuldgefühle, unter denen er leidet.

Doch ich bin nicht wütend auf ihn, ich kann ihn nicht dafür verurteilen, was passiert ist. Es ist nicht seine Schuld, egal wie sehr er selbst es glaubt. Sie hat ihn in dieser verrückten, kranken Beziehung gefangen gehalten, und er wusste nicht, wie er da wieder rauskommen sollte. Er war ein Kind, als sie mit ihrem schrecklichen Spiel angefangen hat.

Es ist ein Wunder, dass er letzte Nacht überhaupt mit mir zusammen sein konnte.

Die letzte Stunde der Fahrt habe ich unruhig geschlafen, und jetzt schrecke ich aus dem Schlaf hoch, als der Pickup auf einmal anhält und Drew den Motor abstellt. Ich öffne die Augen, und als ich aus dem Fenster sehe, stehen wir auf dem Parkplatz vor meinem Wohnhaus.

Juhu. Ich bin zu Hause.

»Da wären wir«, sagt er, und seine tiefe Stimme ist absolut ausdruckslos. »Soll ich dir mit deiner Tasche helfen?«

Ungläubig sehe ich ihn an. »Soll es das jetzt echt gewesen sein?«

Sein Blick begegnet meinem, und er ist so voller Schmerz, dass ich fast wegsehen muss. Aber ich halte ihm stand. Er wird nicht gewinnen. Ich lasse mich nicht von ihm abservieren. »Du hast gehört, was sie gesagt hat, Fable. Und ich erwarte absolut nicht von dir, dich weiter mit mir abzugeben.«

»Hast du wirklich eine so schlechte Meinung von mir?« Gott, er bringt mich auf die Palme! Ich würde ihm gern eine scheuern und ihn gleichzeitig in den Arm nehmen. »Okay.«

Ich fasse hinter mich und greife nach meinem Seesack. Dann werfe ich die Tür auf und steige so schnell aus dem Pickup, dass ich beinah hinausfalle.

»Fable.«

Der Klang meines Namens lässt mich innehalten, und meine Finger krallen sich an die Autotür, die ich gerade vor einer Sekunde noch zuschmeißen wollte. »Was?«

»Ich … ich muss das erst mal verarbeiten. Ich muss

über das alles nachdenken.« Seine Augen bitten mich um Verständnis. »Ich brauche etwas Zeit.«

Ich schüttle den Kopf, mein Kinn zittert, doch ich reiße mich am Riemen. Ich werde nicht vor ihm weinen. »Wie oft muss ich es denn noch sagen? Stoß mich nicht von dir weg, Drew.«

Er atmet tief ein und guckt weg. Er hat immer noch dieses Zucken im Unterkiefer, und sein Gesicht ist so angespannt, dass ich Angst habe, es könnte jeden Moment zerspringen. »Ich weiß nicht, wie ich das alles gemeinsam mit jemand anderem bewältigen soll. Ich bin es gewohnt, alleine zurechtzukommen.«

Mein Herz zerbricht noch etwas mehr. Ich frage mich, wie es überhaupt noch in einem Stück sein kann, nach allem, was wir schon miteinander durchgemacht haben. »Komm mit rein. Ich muss kurz nach Owen sehen, und dann … dann können wir reden. Okay?«

»Owen.« Er sieht mich an und seufzt. Als hätte er alles vergessen und ich hätte ihn gerade erst wieder in die Realität geholt. »Geh zu deinem Bruder. Er braucht dich auch. Er ist jetzt gerade wichtiger.«

»Drew …« Klar, Owen ist wichtig, er wird mir immer wichtig sein, aber meine Sorge um Drew zählt gerade viel, viel mehr. Ich habe Angst davor, was er tun könnte, wenn ich nicht mehr bei ihm bin.

»Geh, Fable. Ich … ich ruf dich an.«

»Nein, tust du nicht.« Auf einmal bin ich von Zorn erfüllt, und mit voller Wucht schlage ich die Autotür zu. Allerdings befriedigt es mich wenig.

Ich gehe auf das Gebäude zu und ziehe die Schultern gegen den Nieselregen hoch, der vom dunklen, wütenden Himmel fällt. Ich höre, wie Drew den Motor startet, höre, wie er durchs offene Fenster nach mir ruft, aber ich drehe mich nicht um.

Ich antworte ihm nicht.

Ich tue, was er gesagt hat, und gehe zu meinem Bruder.

Als ich meine Mom auf der Couch sitzen sehe, bleibe ich wie angewurzelt stehen. Ihre Augen sind blutunterlaufen, ihre Wangen mit roten Flecken übersät. Sie sieht aus, als hätte sie geweint. Owen steht mit hilflosem Gesichtsausdruck hinter der Couch, und er ist sichtlich erleichtert, dass ich wieder da bin.

»Was machst du hier?«, frage ich sie, als ich die Tür hinter mir schließe.

Sie starrt mich an. »Ich wohne hier. Wo sollte ich deiner Meinung nach sonst sein?«

Ich antworte nicht, sondern gehe zu Owen und nehme ihn kurz in den Arm. »Ist alles okay?«

»Ja.« Er blickt nervös zu Mom. »Kann ich zu Wade gehen? Ich bin zum Abendessen zurück, versprochen.«

»Ich dachte, wir könnten heute Abend ins Kino gehen.« Ich brauche dringend Ablenkung. Meine Gedanken drehen sich sonst die ganze Zeit um Drew und sein verrücktes Leben, und ich würde viel lieber einen sinnfreien Film gucken und Drew eine Weile vergessen.

Auch wenn ich weiß, dass das nicht wirklich funktionieren wird. Wie könnte ich ihn jemals vergessen? Noch nicht mal für einen kurzen Moment.

»Ich glaube, Mom will mit dir reden«, sagt er und zappelt nervös herum. Er will anscheinend wirklich los.

»Dann gehen wir wann anders ins Kino.« Ich wuschle ihm durch die dunkelblonden Haare, und er duckt sich weg und lächelt mich gewinnend an. »Wie wär's mit Pizza zum Abendessen?«

Sein Gesicht leuchtet auf, als er zur Tür läuft. »Echt? Okay!«

Ich sehe Owen hinterher, und als die Tür hinter ihm zugeht, wende ich mich Mom zu. Sie sieht mich misstrauisch an, ihre blonden Haare – ganz wie meine – fallen ihr über die Augen. Ihr Eyeliner ist verschmiert, ihr Mund verkniffen. Ich stelle mir kurz vor, dass ich in zwanzig Jahren genauso aussehen werde, und allein der Gedanke lässt mich beinah in die Knie gehen.

Ich will nicht werden wie meine Mutter, egal wie ähnlich mein Weg dem ihren vielleicht ist.

»Warum fragt er dich, ob er gehen darf, und nicht mich?« Mom wedelt mit der Hand in Richtung der geschlossenen Tür. »Er tut so, als wärst du seine Mutter.«

»Wenn du öfter zu Hause wärst, würde er vielleicht auch dich fragen.« Ich bringe den Seesack in mein Zimmer und werfe ihn auf mein ungemachtes Bett. Ich hab mein Zimmer in einem absoluten Chaos hinterlassen. Überall sind Klamotten verstreut, auf meiner alten Kommode liegt ein Haufen Modeschmuck, und der Spiegel könnte auch mal wieder geputzt werden. Ich benutze dieses Zimmer zum Schlafen und für nichts sonst, denn ich bin schließlich ständig auf Achse, am Arbeiten oder … sonst was.

Wenn ich mir vorstelle, Drew mit nach Hause zu nehmen und ihm mein Zimmer zu zeigen – er würde wahrscheinlich ziemlich abgestoßen sein. Er ist penibelst ordentlich, und alle, die hier wohnen, sind eher das genaue Gegenteil.

Als wenn ich ihn jemals mit hierher bringen würde. Es würde niemals mit uns funktionieren. Ich muss den Tatsachen mal ins Auge sehen. Er ist viel zu verletzt, viel zu dickköpfig, um mir eine Chance zu geben.

»Ich bin doch die ganze Zeit zu Hause«, wagt es meine Mom zu sagen, als ich wieder ins Wohnzimmer komme. Sie hat sich ein Bier aufgemacht, nimmt einen Schluck und seufzt. »Ich hatte ein hartes Wochenende. Da musst du mir nicht noch irgendwelche Schuldgefühle einreden.«

Ich würde wirklich gern hören, was sie mit einem harten Wochenende meint. Ist ihnen das Bier ausgegangen? Oder die Zigaretten? Vielleicht hat ihr Freund auch mit einer anderen geflirtet. Wenn irgendjemand ein hartes Wochenende hatte – ein richtig hartes Wochenende –, dann ist das Drew Callahan.

Oh ja, und ich.

»Es ist gerade mal Samstag«, sage ich. »Hast du keine Kneipe, wo du rumhängen kannst?«

Sie schnaubt. »Seit wann bist du denn so eine Klugscheißerin?«

Ich antworte nicht. Stattdessen gehe ich in die winzige Küche und gucke in den Kühlschrank. Deprimierend wie immer. Reste vom Chinesen, die schon wer weiß wie alt sind, und lauter fast leere Flaschen mit Ketchup, Senf, Mayo und Traubengelee stehen in der Tür. Außerdem ein Karton Milch, wovon aber auch nur noch ein Schluck übrig ist, der dem Haltbarkeitsdatum nach zu urteilen auch schon seit mehreren Tagen sauer ist.

Dann sind da noch zwei Limos und ein halb leerer Zwölferpack Bier. Na klar. Mom würde niemals auf ihr Bud Light verzichten.

Ich schwöre mir, dass ich morgen früh als allererstes von dem Geld, das ich mit meiner Freundinnen-Nummer verdient habe, einkaufen gehen werde, damit wir endlich mal richtiges Essen im Haus haben. Owen wächst noch, er muss etwas Richtiges essen, nicht nur Süßigkeiten und Fast Food. Wir werden heute einen letzten Abend fetttriefende Peperoni-Pizza essen, aber ab morgen ernähren wir uns ordentlich.

»Ich hab gehört, du hast deinen Job verloren«, rufe ich, während ich mir eine Limo nehme und sie aufmache. Der kalte Schwall aus Koffein und Zucker läuft mir die Kehle hinunter, und als ich die Kühlschranktür zumache, steht meine Mom an den Küchentresen gelehnt da und die fast leere Bierdose baumelt von ihrer Fingerspitze.

»Hat Owen dir wohl erzählt, was?« Sie schüttelt den Kopf. »Das ist so ein Quatsch, was die gesagt haben.«

»Was haben sie denn gesagt?« *Großartig.* Hört sich ja schon mal ganz so an, als wäre es ihre Schuld gewesen, dass sie den Job verloren hat.

»Ein Kunde hat sich angeblich beschwert, dass ich eine Bierfahne gehabt hätte, als ich ihm geholfen hab.« Sie prostet mir mit ihrer Dose zu, dann schüttet sie sich den letzten Schluck in den Mund. Ist das nicht ironisch? »Ich meine, ich bin den Abend vorher spät ins Bett gegangen, weil ich noch was mit Larry getrunken hatte, also hatte ich wohl noch etwas Restalkohol, aber ich war nicht mehr betrunken. Es war völlig okay.«

Ich sehe sie bloß an, während ich meine Limo trinke. Meine Mom ist absolut unverantwortlich.

Mein Leben ist irgendwie ganz schön scheiße, aber das ist nichts, verglichen mit Drews.

Absolut nichts.

»Wo ist Larry?« Als sie mich ohne zu antworten ansieht, ziehe ich die Augenbrauen hoch. »Dein neuer Freund?«

»Ich weiß es nicht.« Sie zuckt mit den Schultern. »Wir haben uns gestritten, und dann hat er mich vor nicht mal einer Stunde hier abgesetzt. Wir wollten heute Abend eigentlich zusammen ausgehen.«

Gott, ich will sie echt nicht hier haben. Ich wünschte, sie würde ausgehen und mich alleinlassen, allein mit meinen Gedanken. Owen würde irgendwann zum Pizzaessen nach Hause kommen, aber mit ihm verbringe ich den Abend gern. »Vielleicht solltest du Larry anrufen und sagen, dass es dir leidtut.«

»Wie kommst du darauf, dass es meine Schuld ist?«

Weil es immer so ist? »Vielleicht solltest du die Initiative ergreifen und dich entschuldigen, auch wenn es nicht deine Schuld war.« Jetzt zucke ich mit den Schultern.

Mom tippt sich mit dem Zeigefinger gegen die Lippen und zieht ihr Handy aus der Tasche. »Keine schlechte Idee. Ich rufe ihn an.«

Sie geht mit dem Telefon am Ohr in ihr Schlafzimmer. »Hey, Babe. Ich bin's«, höre ich sie sagen, als sie langsam die Zimmertür schließt.

Ich bleibe noch lange in der Küche stehen. Denke an Drew. Wo er wohl gerade ist, was er wohl macht?

Ob es ihm gut geht? Ich bin ganz krank vor Sorge um ihn. Ich wünschte, er hätte mich nicht weggestoßen. Ich wünschte, er würde mich an sich heranlassen.

Aber wünschen tun nur die Dummen.

Drew

Nachdem ich Fable bei ihr zu Hause abgesetzt hab, fahre ich noch eine Stunde lang durch die Stadt und nehme die vertrauten, beruhigenden Bilder in mir auf. Diese Kleinstadt, in der ich die letzten drei Jahre verbracht hab, fühlt sich viel mehr wie ein Zuhause an als der Ort, an dem ich aufgewachsen bin, es jemals tun wird.

Meine Heimatstadt ist vor allem mit schlechten Erinnerungen behaftet, abgesehen von den paar Tagen, die ich mit Fable dort verbracht hab.

Ich fahre am Campus vorbei, am Stadion, wo ich den Großteil meiner Zeit verbringe, und alles liegt ziemlich verlassen da. Ich fahre durch die Innenstadt, an den Geschäften vorbei, den Cafés und dem Starbucks, und werde am La Salle's etwas langsamer, wo auch nichts los zu sein scheint. Dafür, dass es noch nicht mal sechs Uhr ist, auch nicht weiter überraschend. Und die ganzen Leute vom College sind eh noch nicht wieder in der Stadt. Die werden erst morgen zurückkommen.

Es regnet immer noch, und als mir bewusst wird, dass ich über eine Stunde ohne Ziel durch die Gegend gefahren bin, komme ich schließlich bei meinem Apartment an. Es liegt am entgegengesetzten Ende der

Stadt; ich wohne im neueren, dem *besseren* Teil der Stadt. Wo es ruhig ist und die Gärten gepflegt sind. Anders als die älteren Stadtteile, die voller junger, lauter Studenten sind, weil die Mieten dort so günstig sind. Ich wette, meine Wohnung ist doppelt so groß wie Fables, und das, obwohl ich nur ein Schlafzimmer habe. Noch dazu wohne ich allein, sie dagegen mit ihrer Mom und ihrem Bruder zusammen, die alle drei ihr Bestes geben, mit dem Wenigen, was sie haben, über die Runden zu kommen …

Ich schlage mit der Faust gegen das Lenkrad. Dann noch mal, wobei ich den Schmerz, der mir erst durch die Knöchel und dann durch die ganze Hand fährt, ignoriere. Mein Coach würde mich umbringen, wenn er sehen könnte, wie ich gerade meine Wurfhand malträtiere. Bei dem Gedanken muss ich gleich wieder gegen das Lenkrad schlagen, und meine Faust pulsiert vor Schmerzen.

Aber der Schmerz fühlt sich gut an. Roh und real, er erinnert mich daran, wer ich bin, *was* ich bin. Mein Leben sieht so einfach aus, so verdammt einfach. Alles, was ich je wollte, wurde mir auf dem Silbertablett serviert. Ich bin ein verwöhntes Kind aus reichem Elternhaus, das das Leben in vollen Zügen genießen sollte: vor meinen sogenannten Freunden angeben, auf großem Fuß in meinem riesigen Apartment leben und mit gleich zwei Mädels auf einmal im Arm über den Campus spazieren, weil ich der Held bin, der unserem Football-Team in den letzten zwei Saisons den Arsch gerettet hat.

Meine Welt … ist ein Haufen Scheiße. Ich hab einen

richtigen Schock erlitten durch das, was Adele mir eröffnet hat. Die ganze Fahrt über hab ich nicht ein Wort gesagt. Und Fable auch nicht. Ich fühle mich echt mies, dass ich mich ihr gegenüber so verhalten hab, aber was hätte ich denn tun sollen? Smalltalk mit ihr betreiben? Über das Wetter reden und unsere Lieblingsbands und, oh, über die Tatsache, dass meine Stiefmutter mir gerade mitgeteilt hat, dass meine Schwester gar nicht meine Schwester war, sondern meine *Tochter*?

Mein Leben ist echt eine Seifenoper. Ich weiß nicht, wie ich damit umgehen soll. Ich weiß nicht, ob ich Adele Glauben schenken kann. Sie hat mich schon so oft angelogen. Sie lügt immer. Vielleicht wollte sie mich bloß schockieren. Meine Freundin derart abstoßen, dass sie mich verlässt. Aber Fable ist dickköpfig.

Abgesehen davon weiß ich selbst ganz genau, wie ich sie mir vom Leib halten kann. Darin habe ich mich in den letzten Tagen genug geübt.

Die Erkenntnis betrübt mich.

Ich halte meine Gedanken nicht länger aus und rufe, immer noch auf dem Parkplatz in meinem Pickup sitzend, Adele an. Der Regen trommelt in gleichmäßigem Rhythmus aufs Autodach.

»Andrew.« Adele geht bereits beim zweiten Klingeln ran. Sie klingt überrascht, dass ich sie anrufe. Das sollte sie auch sein.

»Sag, dass es gelogen war.« Die Worte platzen aus mir heraus, und ich schließe die Augen, während ich angsterfüllt auf ihre Antwort warte.

Sie schweigt einen Moment. Im Hintergrund höre ich leise Musik. Wahrscheinlich ist sie in einem Restaurant oder so. Ich frage mich, ob sie gerade mit meinem Dad unterwegs ist, und hoffe nur, dass sie zum Telefonieren weggegangen ist und er nicht hört, was sie sagt. »Ich habe nicht gelogen. Sie war von dir.«

Ich atme scharf aus, und meine Lungen fühlen sich so eng an, als würden sie in sich zusammenfallen. »Woher willst du das wissen?«

»Gott, Andrew, es ist das alte Lied. Dein Vater und ich … wir haben jahrelang versucht, ein Kind zu kriegen, aber ohne Erfolg. Und eines Tages kam mir der Gedanke, dass du der perfekte Kandidat sein könntest. Der Bestmögliche, sozusagen, und das warst du ja auch. Ich habe meine nächtlichen Besuche bei dir nach meinem Zyklus geplant, ein paar Löcher ins Kondom gestochen, und es war beinah sofort ein Erfolg.« Ihre Stimme ist gedämpft, aber sie klingt so verdammt abgebrüht, dass ich schreien könnte.

Die Galle steigt mir hoch, und ich schlucke. Ich war verfickte sechzehn Jahre alt, als ich dieses Miststück geschwängert habe. *Sechzehn.* »Du hast mich ausgetrickst. Und meinen Vater. Du hast mit uns beiden gespielt. Ich hoffe, du bist stolz auf dich.«

»Ich habe niemals mit euch gespielt – das musst du mir glauben. Ich liebe deinen Vater wahnsinnig. Und ich … ich liebe auch dich, Andrew. Kann eine Frau nicht zwei Männer gleichzeitig lieben? Es gibt so vieles, was ihr gemeinsam habt, und ihr seid doch so unterschiedlich. Ich wollte euch beide.« Sie spricht ganz leise. Dass sie über mich redet, als ob sie … sie mich wollte, als ich praktisch noch ein Kind war, verursacht mir Übelkeit.

»Tja, du hattest uns beide. Ich hoffe, du bist zufrieden«, sage ich und will schon auflegen. »Andrew?«, sagt sie mit Verzweiflung in der Stimme, und ich beschließe, mir anzuhören, was sie noch zu sagen hat. Ich weiß auch nicht, warum. »Was?«

»Du … du wirst es doch nicht deinem Dad erzählen, oder? Was ich dir erzählt habe?«

Er würde völlig am Boden zerstört sein, wenn er das wüsste. Auch wenn es nicht bewiesen werden kann, jetzt wo Vanessa tot ist, werde ich bestimmt nichts erzählen. Warum sollte ich ihn verletzen? Es würde unserem Verhältnis einen unwiderruflichen Schaden zufügen, und er ist die einzige Familie, die ich habe. Dieses Geheimnis werde ich mit mir ins Grab nehmen. »Ich werde es ihm nicht erzählen. Nicht deinetwegen, sondern seinetwegen.«

Sie atmet hörbar aus, und ihre Stimme zittert, als sie sagt: »Danke, Andrew.«

»Du brauchst mir nicht zu danken. Ich tue das nicht für dich.«

»Natürlich nicht.« Sie hält kurz inne. »Was ist mit deiner – Freundin? Sie weiß es auch. Ich habe es dir ja in ihrer Gegenwart gesagt. Was ist, wenn sie es ihm erzählt?«

»Das wird sie nicht«, sage ich automatisch, denn ich weiß, dass es so ist. Ich vertraue Fable. Sie würde es keiner Menschenseele erzählen.

»Ihr kennt euch noch nicht so lange. Was ist, wenn ihr zwei euch trennt und sie sich an dir rächen will und sich überlegt, unser beider Leben zu zerstören? Wir würden uns nie davon erholen, wenn die Wahrheit ans

Licht kommt.« Adele macht schon jetzt ein Wahnsinnsdrama daraus. Ich frage mich, ob sie davon einen Kick bekommt.

»Fable wird es garantiert niemandem erzählen. Mach dir deswegen mal keine Gedanken.« Und damit lege ich auf. Ich will nicht mehr mit ihr reden. Ich will gar nicht reden.

Stattdessen sitze ich noch eine Weile in meinem Pickup und denke nach. Es wird langsam warm in der Fahrerkabine, die Fenster beschlagen, und der Regen wird immer dichter. Ich will nicht in mein Apartment und dort allein sein. Meine Gedanken sind viel zu durcheinander, viel zu sehr bei dem, was Adele mir erzählt hat.

Ich wünschte, sie hätte mir nie die Wahrheit über Vanessa erzählt. Es wäre so viel einfacher gewesen, ohne dieses Wissen durchs Leben zu gehen.

Aber sie hat mich an ihrem Elend teilhaben lassen, und dadurch bin ich noch mehr als ohnehin schon für immer an sie gebunden. Wo ich gerade gedacht habe, ich hätte mich von Adeles Ketten befreit, zieht sie mich wieder zurück und sperrt mich ein.

Und wirft den Schlüssel weg.

KAPITEL 16

Ein Tag später, Mitternacht

Ich wähle dich.

– Drew Callahan

Fable

Ich kann nicht schlafen. Ich bin viel zu unruhig, zu besorgt, zu … Meine Mom ist schon seit Stunden weg, seit ich sie dazu ermuntert habe, ihren neuen Freund, den Loser, anzurufen und sich wieder mit ihm zu versöhnen. Er ist, fünfzehn Minuten nachdem sie aufgelegt hatte, vorbeigekommen und hat sie abgeholt, um mit ihr zu ihrem Lieblingsort zu fahren: einer beschissenen Kneipe, die von den einheimischen Alkis heiß und innig geliebt wird.

Dass ich selbst in einer Kneipe arbeite, ist mir natürlich klar. Ich weiß, dass ich damit in ihre Fußstapfen trete, egal wie sehr ich mich bemühe, es nicht zu tun.

Was mich zu der Frage führt, ob wir nicht ohnehin dazu bestimmt sind, so zu enden wie unsere Eltern, wie sehr wir uns auch dagegen wehren mögen.

Der Gedanke allein deprimiert mich, und so schiebe ich ihn zur Seite.

Owen ist um fünf nach Hause gekommen und war sichtlich erleichtert, dass Mom nicht mehr da war. Er war viel entspannter und flachste – wenn auch etwas derb – herum. Ich muss ihm unbedingt diese primitive Ausdrucksweise abgewöhnen, die er sich immer mehr aneignet. Aber ich bin da vielleicht nicht die Richtige, ich fluche schließlich selbst die ganze verdammte Zeit.

Wir bestellen Pizza und es dauert ewig, bis sie kommt, denn es ist der Samstag nach Thanksgiving und keiner hat Lust zu kochen. Wir gucken großartige Neunzigerjahre-Filme im Pay-TV – der eine Luxus, für den ich gern bezahle, denn es macht Owen – okay, mich auch – glücklich –, während wir auf unsere Pizza warten und darüber jammern, dass wir am Verhungern sind.

Und die ganze Zeit über denke ich an Drew. An sein Lächeln, wie er mich berührt hat, wie er mich angesehen hat, als er mich zum ersten Mal auf seinen Schoß gezogen hat. Ich denke an den Geschmack seiner Lippen, die Wärme seines Atems, wie sich seine Hände auf meiner nackten Haut angefühlt haben – er verfolgt mich, während ich meinen Bruder necke, während ich einen Film gucke, den ich schon hundertmal gesehen habe, während ich mir endlich die Pizza in den Mund schiebe, als hätte ich seit Wochen nichts gegessen.

Ich kann die Vorstellung nicht ertragen, dass er jetzt irgendwo da draußen allein ist mit seinen Gedanken, seinen Erinnerungen und Nöten. Ich blicke immer wieder auf mein Handy, ob er mir eine Nachricht geschickt oder angerufen hat, aber er meldet sich nicht. Und ich werde mich nicht bei ihm melden.

Noch nicht.

Vielleicht braucht er einfach Zeit, überlege ich, als ich später am Abend zusehe, wie Owen ein paar Klamotten in seinen Rucksack wirft. Er will wieder zu Wade, um dort zu übernachten. Sein Freund hat angerufen, um zu fragen, und ich habe mit Wades Mom gesprochen, um sicherzugehen, dass Owen auch wirklich dorthin geht, und sich nicht mitten in der Nacht auf den Straßen rumtreibt. Ich will meinem Bruder ja vertrauen, aber mal im Ernst …

Er ist dreizehn.

Also bin ich mal wieder ganz allein, das bin ich ja schon gewohnt. Owen schläft oft bei seinem Freund, und Mom treibt sich gern so lange rum, bis die Kneipen zumachen. Da ich sonst abends arbeite, ist um diese Zeit normalerweise nie jemand zu Hause.

Es regnet immer noch; ich kann es hören, als ich im Dunkeln im Bett liege und mit weit aufgerissenen Augen an die Decke starre. Ich kann Drew nicht aus dem Kopf bekommen. Ich muss wissen, dass es ihm gut geht. Ohne nachzudenken, nehme ich mein Handy, schreibe ihm eine kurze SMS und schicke sie ab, bevor ich es mir anders überlegen kann und ich die Nachricht wieder lösche.

Ich schlüpfe aus dem Bett und gehe ins Wohnzimmer. Dort rolle ich mich auf dem Sofa zusammen, werfe mir eine alte Decke über und schalte den Fernseher an. Es ist schon nach Mitternacht. Unsere einwöchige angebliche Beziehung ist damit offiziell zu Ende.

Und als die Minuten zu Stunden werden, wird mir klar, dass er nicht kommen und mich retten wird. Er hat sich an unsere Abmachung gehalten.

Meine Anstellung als Drew Callahans einwöchige Freundin ist vorbei.

Drew

Ich bin einfach so auf meinem Bett eingeschlafen, in Jeans und Sweatshirt, und hab noch nicht mal die Decke über mich gezogen. Ich muss stundenlang geschlafen haben, denn ich bin total fertig und desorientiert aufgewacht, mit schmerzenden Muskeln, trockenem Mund und knurrendem Magen, denn ich hab zwei komplette Mahlzeiten ausgelassen. Was ich sonst nie tue.

Als ich auf den Wecker auf dem Nachtisch sehe, ist es schon nach zwei Uhr morgens. Ich setze mich auf, kratze mich am Hinterkopf und mache die Nachttischlampe an. Mein Handy liegt auf dem Nachttisch. Ich greife danach, um nachzugucken, ob mir jemand eine SMS geschickt oder angerufen hat. Da sehe ich es. Eine Nachricht von Fable, und sie besteht aus nur einem Wort.

Marshmallow

Verdammte Scheiße! Sie hat mir die SMS schon vor Stunden geschrieben. *Stunden.* Ich fühle mich wie ein totales Arschloch. Ich stolpere beinah über meine Füße, als ich aus dem Bett springe, mir das Handy in die Hosentasche stecke und nach den Schlüsseln auf der Kommode greife. Ich sollte ihr zurückschreiben, aber das würde zu lange dauern, und ich bin besessen davon, sie wiederzusehen. Ich hab sie stundenlang hängengelassen. Der Gedanke, sie zu enttäuschen …

Das ertrage ich nicht.

Ich verlasse das Apartment und eile hinaus in den immer noch strömenden Regen, steige in den Pickup und fahre los. Die Straßen sind so gut wie leer, nur ab und zu kommt mir ein Auto entgegen, und ich kann an nichts anderes denken als an Fable. Vielleicht hätte ich sie anrufen sollen. Was ist, wenn sie in ernsthaften Schwierigkeiten steckt? Was ist, wenn sie mich wirklich gebraucht hat, und ich war nicht für sie da?

In Rekordzeit komme ich auf dem Parkplatz vor ihrem Wohnhaus an. Ich springe aus dem Auto und renne zu ihrer Tür. Zum Glück kann ich mich noch daran erinnern, bei welcher Hausnummer ich sie abgeholt habe, als wir vor zwei Wochen aufgebrochen sind.

Unglaublich. Ich kann es nicht fassen, dass ich dieses Mädel erst seit zwei Wochen kenne. Sie bedeutet mir alles – und mit meinem ganzen Ballast bin ich wahrscheinlich zu ihrem schlimmsten Albtraum geworden.

Ich jage die Betonstufen zu ihrer Wohnung im ersten Stock hinauf, das Metallgeländer klappert laut, und dann klopfe ich kurzatmig, triefnass vom Regen, wie ein Wahnsinniger an ihre Tür.

Lange, quälende Augenblicke vergehen, bis ich noch einmal klopfe. Was ist, wenn sie nicht da ist? Verdammt, ich hätte sie eindeutig zuerst anrufen sollen.

Ich hole gerade mein Handy hervor, als die Tür einen Spalt aufgeht. Die Sicherheitskette ist drin.

Erleichterung durchströmt mich, und ich bekomme ganz weiche Knie. Es ist Fable, die mit nichts weiter als einem dünnen, oversized T-Shirt bekleidet, durch den Türschlitz guckt. Alles, was ich sehe, sind ihre schönen langen Beine und ihre verwuschelten blonden Haare.

Mein Körper reagiert sofort.

»Was machst du hier?«, fragt sie unterkühlt.

»Ich hab deine SMS bekommen.« Ich fahre mir mit der Hand übers Gesicht, um die Regentropfen wegzuwischen.

»Du bist zwei Stunden zu spät.« Sie will die Tür schon wieder zumachen, aber ich stelle den Fuß hinein. »Hau ab, Drew!«

»Fable, hör mir zu. Ich bin eingeschlafen. Ich hab stundenlang geschlafen. Ich bin gerade vor einer Viertelstunde aufgewacht, und als ich deine SMS gesehen hab, bin ich sofort ins Auto gesprungen und hierher gefahren.« Ich breite die Arme aus. »Sieh mich doch an. Ich bin durch den scheiß Regen gelaufen, um zum Auto und hierher zu kommen.«

»Na und?« Ihr schnippischer Ton macht mich langsam wütend. Fable ist wieder völlig tough, und es gefällt mir gar nicht, auch wenn ich es wahrscheinlich gerade verdiene.

»Komm schon.« Ich kratze mich am Hinterkopf. »Sag mir einfach, ob bei dir alles okay ist. Ist mit deiner Mom und deinem Bruder alles in Ordnung? Kein Notfall oder irgendwas?«

Sie runzelt die Stirn. »Nein, kein Notfall. Es ist alles in Ordnung.«

»Gut.« Mir wird etwas leichter ums Herz, und dankbar reibe ich mir über die Brust. »Wenn du mich nicht hier haben willst, kein Problem. Ich dachte nur ... als ich deine SMS gelesen hab, musste ich einfach nachsehen kommen, ob es dir gut geht.«

Ich nehme den Fuß aus der Tür, damit sie sie schließen kann, und will schon gehen, als sie auf einmal doch noch etwas sagt.

»Drew ... warte.«

Als ich mich langsam zu ihr umdrehe, hat sie die Tür weit geöffnet, sodass ich sie jetzt ganz sehen kann. Verdammt, sie ist so schön. Sie hat sich abgeschminkt, ihr Gesichtsausdruck ist wachsam, und ihre unglaublichen Haare fallen ihr in einem wilden Durcheinander auf die Schultern. Das T-Shirt deutet ihre Kurven nur an, aber ich weiß genau, wie sie darunter aussieht, und es juckt mich in den Fingern, es ihr auszuziehen.

»Ja?« Meine Stimme überschlägt sich, und ich räuspere mich. Ich sollte mich von ihr fernhalten. Indem ich weiter Kontakt mit ihr halte, hole ich sie nur noch mehr in meine katastrophale Welt, dabei hat sie selbst schon genug Probleme. Sie braucht nicht auch noch meine.

»Kannst du ... Magst du reinkommen und bei mir schlafen?«

Mein Herz bleibt einen Moment stehen, setzt buchstäblich einen Schlag aus, und ich mache einen Schritt vorwärts, bereit, das Angebot anzunehmen. Trotz der Alarmglocke in meinem Kopf, trotz der Tatsache, dass ich nicht gut genug für sie bin, will ich sie nicht abweisen.

Ich *kann* sie nicht abweisen. Ich werde zu ihr hingezogen. Ich muss sie haben. Wenigstens ein weiteres Mal, bevor ich sie für immer verlasse. Ich weiß, es wäre das Beste für sie, wenn ich mich aus ihrem Leben heraushalte, egal wie egoistisch ich bin. Aber ich will mit ihr zusammen sein.

Für immer.

»Wo ist deine Mom?«, frage ich so beiläufig wie möglich.

»Mit ihrem Freund unterwegs.«

»Und dein Bruder?« Ich beiße mir auf die Unterlippe und nage daran. Ich bin so nah daran, das Richtige zu tun und zu gehen.

Aber ich bin genauso nah daran, sie in die Wohnung zu drängen und ihr das T-Shirt vom Körper zu reißen, damit ich sie nackt und in Sekundenschnelle unter mir habe.

»Er schläft bei einem Freund.« Sie macht die Tür noch weiter auf, eine eindeutige Einladung. »Bitte, Drew. Komm rein. Du wirst ja ganz nass.«

Sie hat recht. Ich stehe immer noch im Regen. Auch mit dem kleinen Vordach über der Eingangstür werde ich noch pitschnass.

»Bist du sicher, dass du das willst?«, frage ich mit tiefer Stimme. Ich hoffe, dass die Tragweite meiner Worte bei ihr ankommt.

Fable nickt langsam, und ihre Lippen formen sich zu einem angedeuteten Lächeln. »Ich will es.«

Ohne ein weiteres Wort gehe ich an ihr vorbei in die Wohnung. Sie schließt die Tür hinter mir und verriegelt sie. Ich lege ihr die Arme um die Taille und ziehe sie an mich. Ich muss sie so schnell wie möglich spüren.

Sie überrascht mich, indem sie auf mich springt, ihre Arme um meinen Hals schlingt und die Beine um meine Hüfte. Ich fasse ihr unter den Hintern, um ihr Halt zu geben. Sie trägt ein leichtes Höschen, das so dünn ist, dass ich ihr warmes, weiches Fleisch darunter spüre, und ich stöhne, als sie ihren Mund auf den meinen drückt.

Wir haben uns vor ein paar Stunden das letzte Mal gesehen. Himmel, ich war gerade noch heute Morgen in ihr. Aber es fühlt sich an, als wären wir wochenlang getrennt gewesen. Monate. Unsere Münder fallen übereinander her, ihre Hände sind in meinen Haaren vergraben und pressen mich an sie, während ich in ihrem Wohnzimmer herumstolpere und schließlich, immer noch mit ihr auf mir, auf das Sofa falle. Sie reißt an meinem Sweatshirt, ich ziehe an ihrem T-Shirt, und ich gewinne die erste Runde, befreie sie aus ihrem oversized Shirt und werfe es zur Seite.

Sie ist nackt bis auf ihr Höschen, und das bedeckt nicht gerade viel. Mein Schwanz wird hart wie Stahl, als ich ihren Anblick gierig in mich aufsauge und nicht weiß, worauf ich meine Augen richten soll. Das Gesamtpaket ist einfach umwerfend. Unglaublich sexy.

Und alles meins.

Fable rückt näher an mich heran und geht etwas höher, sodass ich ihre Brüste jetzt direkt im Gesicht habe. Sie provoziert mich, hält mir diese schönen, blassrosa Nippel nah vor den Mund. Ich nehme einen zwischen die Lippen, sauge ihn ein, winde die Zunge um die harte Knospe. Stöhnend reibt sie ihre Hüften an mir, die Hände fest an meine Haare geklammert, und ich fahre ihr mit einer Hand ins Höschen und streiche ihr über die feuchte Haut.

»Oh Gott, Drew«, keucht sie und windet sich, während ich sie weiter streichle. Das hier ist ganz anders als die letzte Nacht, als wir uns noch Zeit gelassen haben, unsere Körper zu erkunden.

Jetzt bin ich verrückt, beinah außer Kontrolle vor Verlangen, sie zum Orgasmus zu bringen. Als ich meine Finger tief in ihr versenke, drängt sie mir ihre Hüften entgegen und sieht mir dabei in die Augen, die Lippen leicht geöffnet. Ein bebendes Seufzen entweicht ihr, und dann kommt sie, einfach so.

Ich beobachte sie und empfinde so etwas wie Stolz. Ich denke wie ein überheblicher Arsch, aber verdammt, es macht mich nun mal unglaublich an, wie einfach ich mein Mädel zum Orgasmus gebracht hab.

Ich trage sie ins Schlafzimmer, stoße im Dunkeln gegen Möbel, und sie kichert, als ich sie aufs Bett fallen lasse. Ihr Lachen durchdringt mich. Sie klingt so glücklich, so sorglos, und für einen kleinen Augenblick kann ich so tun, als ginge es mir genauso.

»Zieh dich aus«, flüstert sie, und das Verlangen in ihrer Stimme macht mich noch mehr an. Sie greift nach meiner Jeans und hat sie in null Komma nichts aufgemacht. Als sie hineingreift und mit den Fingern über die Vorderseite meiner Shorts fährt, unterdrücke ich ein Stöhnen und weiche zurück.

Wenn sie mich weiter so anfasst, explodiere ich gleich.

Ich werfe meine restlichen Klamotten ab, nehme das

Kondom aus der Jeanstasche und schlüpfe zu ihr ins Bett. Ich ziehe sie an mich heran, sie ist so warm und duftend und seidig-weich, dass ich sofort in ihr sein will.

»Lass mich das machen«, flüstert sie, nimmt mir das Kondom aus den Fingern und reißt die Packung auf. Sie fasst nach meiner Erektion und umschließt sie mit ihren schlanken Fingern. Ich drehe mich auf den Rücken und schließe die Augen, vollkommen überwältigt davon, wie ihre Finger mich streicheln, während sie das Kondom so verführerisch abrollt, dass mir ein Schauer durch den ganzen Körper fährt. »Ich will oben sein«, flüstert sie, und ich erstarre.

Adele – sie wollte so gut wie immer oben sein. Es hat mir nichts ausgemacht, dass Fable auf meinem Schoß saß, als wir miteinander geschlafen haben, aber mich von ihr reiten zu lassen … Gott. Ich weiß nicht, ob ich das kann.

»Drew.« Sie berührt meine Wange, und ich zucke zusammen und sehe ihr in die Augen. Sogar im Dunkeln kann ich sehen, wie sie funkeln. Dieses Mädel … Ich will sie immer noch für mich allein haben, aber wir haben letzte Nacht all diese Dinge gesagt. Bevor ich wusste, wie sehr Adele mich betrogen hat. Wie sehr sie unsere ganze Familie betrogen hat.

Ich kann Fable in diese Katastrophe, die mein Leben ist, nicht hineinziehen. Ich … *verdammt.*

Ich kann es einfach nicht.

»Ich hätte dich beinah verloren«, wiederholt sie lächelnd genau die gleichen Worte, die ich in der letzten Nacht zu ihr gesagt hab. Ich schmiege meine Wange in ihre Handfläche und drehe den Kopf, sodass ich ihre Hand küssen kann. »Ich will dir helfen, deine schlechten Erinnerungen loszuwerden, Drew. Darf ich?«

»Ich …« Himmel, ich weiß nicht, wie ich in Worte fassen soll, wie sehr mir das hier zusetzt. Nicht, weil ich mit ihr zusammen bin – es gibt keinen Ort, an dem ich jetzt lieber wäre –, sondern weil ich Angst hab, dass ich mich in der Vergangenheit verlieren und etwas Dummes tun könnte.

Sie wegstoßen, zum Beispiel. Austicken. Komplett den Verstand verlieren.

Sie hat das alles schon erlebt, und sie ist immer noch da. Du kannst es sie wenigstens versuchen lassen.

Ich umfasse ihre Hüften und ziehe sie auf mich. »Okay«, flüstere ich, und meine Finger bohren sich in ihre Haut.

Fable

Dieser stille Moment zwischen Drew und mir in meinem unaufgeräumten Zimmer ist bedeutend. Es ist der bisher wichtigste Moment überhaupt zwischen uns, jedenfalls in meinen Augen.

Ich versuche, ihm dabei zu helfen, sich sein Leben zurückzunehmen. Seine Vergangenheit zu vergessen, zu vergessen, was Adele – Gott, ich kann diesen Namen fast nicht *denken,* geschweige denn aussprechen – ihm angetan hat. Es kann nicht angehen, dass diese Frau nach all den Jahren immer noch so viel Macht über ihn hat. Das werde ich nicht zulassen.

Ich sehe Drew weiter in die Augen, während ich mich auf ihn herabsenke, und stöhne leise, als er in mich eindringt. Jedes Mal, wenn unsere Körper sich miteinander verbinden, bekomme ich eine Gänsehaut, und ich kann es kaum glauben, dass es wirklich gerade passiert. Wieder einmal. Ich. Und er.

Zusammen.

Seine Hände sind eng um meine Taille geschlungen, und ich beuge mich vor und fahre ihm mit den Lippen über den Mund. Unsere Augen sind immer noch geöffnet, als wir anfangen, uns zu bewegen. Ich halte mich an seinen muskulösen Schultern fest, hebe die Hüften, senke sie wieder auf ihn hinab und nehme ihn noch tiefer in mir auf, bis ich so von ihm ausgefüllt bin, dass ich völlig überwältigt bin.

»Du fühlst dich so gut an«, flüstert er und stößt in mich hinein.

»Sieh mich weiter an.« Ich will nicht, dass er wegsieht. Er muss sie ganz aus seinen Gedanken verdrängen und darf sich nur auf mich konzentrieren.

Und sich. Uns. Zusammen.

Ich bin bereits einmal gekommen – ich war so scharf auf ihn, so bereit, als mir bewusst wurde, dass er tatsächlich hergekommen ist, um mich zu retten, dass es nicht viel gebraucht hat, bis er mich mit den Fingern zum Orgasmus gebracht hat. Für einen kurzen Moment war mein Verlangen damit gestillt, aber ich hab mir selbst etwas vorgemacht, zu denken, dass die Befriedigung lange anhalten könnte.

Ich will ihn immer. Immer.

So ist das mit uns. Wir begegnen uns und … gehen

einfach in Flammen auf. Ganz leicht. Und wunderbar. Weiß er eigentlich, was für eine Wirkung er auf mich hat? Ist ihm klar, dass er mein Herz in seinen Händen hält? Ich gehöre ihm ganz und gar, genau wie er es letzte Nacht gesagt hat. Nichts von dem, was Adele heute behauptet hat, hat daran irgendetwas geändert. Ich will für ihn da sein. Will ihn trösten, heilen. Ich will ihm in jeder Hinsicht eine Partnerin sein.

Wenn er mich lässt.

Innerhalb kürzester Zeit gehen wir völlig ineinander auf. Unsere Haut ist ganz feucht von Schweiß, als unsere Körper sich in perfektem Rhythmus miteinander bewegen, sich aneinanderpressen und Haut über Haut gleitet. Das Beben meines zweiten Orgasmus kündigt sich bereits unaufhaltsam an. In Drews Blick sehe ich das Verlangen, die Verzweiflung, die sich auf seine blauen Augen legt, und ich weiß, dass er nah dran ist. So nah dran.

»Sag meinen Namen«, flüstere ich, denn er soll sich bewusst sein, mit wem er hier gerade schläft.

»Fable.«

Ich stütze die Hände auf seine steinharte Brust, gehe ein Stück hoch, und dann fange ich an, ihn richtig zu reiten. »Sag ihn noch mal«, murmle ich und schließe für einen kurzen Moment die Augen, weil es sich so gut anfühlt.

»*Fable.* Oh Gott, ich …« Er bäumt sich unter mir auf, als er die Kontrolle verliert, und ich öffne die Augen und sehe zu, wie er unter mir erschaudert. Die ganze Zeit sind seine Augen auf mich geheftet, nicht eine Sekunde unterbricht er die Verbindung, und es ist bei

Weitem das Intimste, was ich jemals mit einem anderen Menschen zusammen erlebt habe.

Ich lasse mich auf ihn sinken, lege meinen Körper auf seinen und genieße es, wie richtig es sich anfühlt, wenn unsere erhitzte Haut so aneinandergepresst ist. Mein Kopf liegt auf seiner Brust, und ich höre seinen beschleunigten Herzschlag. Meine Augen gehen ganz von allein zu, als seine großen Hände meinen Rücken entlangfahren, mich einlullen und trösten.

»Danke«, flüstert er, und ich schmiege mich an ihn. Ich mag mich noch nicht von ihm trennen.

»Wofür?« Ich muss es ihn sagen hören.

»Dafür, dass du mir geholfen hast, sie aus meinen Erinnerungen zu verbannen.« Er zieht sanft an meinen Haaren, und ich hebe den Kopf und sehe ihm in die Augen. »Es hat funktioniert.«

Ich lächle ihn träge an, auf einmal bin ich ganz erschöpft. »Echt?«

»Ja.« Er drückt meinen Hintern mit der anderen Hand und sagt: »Ich muss mal kurz aufstehen. Wo ist denn das Badezimmer?«

Ich erkläre es ihm und sehe zu, wie er aus dem Bett steigt. Sein nackter Körper ist so wunderschön, dass ich ein Stechen in der Brust spüre, als ich ihn anblicke. Er verschwindet und kommt kurz darauf ohne Kondom wieder zu mir ins Bett. Ich ziehe die Decke über uns, lege meinen Kopf auf seine Schulter und schlinge den Arm um seinen Bauch. »Schläfst du hier?«

»Ja.«

Er sagt sonst nichts und ich auch nicht. Ich kann nicht. Ich bin viel zu müde, und es fühlt sich so gut an, in Drews Armen einzuschlafen. So richtig. Ich schlafe wie ein Stein, wie schon letzte Nacht, als ich auch in seinen Armen lag.

Drew Callahan macht so abhängig wie Schlaftabletten.

Als ich am Morgen aufwache …

Ist er weg.

KAPITEL 17

Eine neue Woche, ein neues Leben

Fable

Liebe Fable!

Meinen schlimmsten Feind habe ich dank Dir bezwungen.
Aber es gibt immer noch so viel zu erklären.
Ratlos, so fühle ich mich – und wie gelähmt –, aber glaube mir, Du bist alles, woran ich denken kann.
So vieles in meinem Leben verwirrt mich und …
Hat mich verletzt – nur Du nicht.
Möglicherweise kommen wir eines Tages wieder zusammen.
Alles, was ich will, bist Du, aber ich kann es gerade nicht.
Loszulassen und Dich zu verlieren, wird das Schwerste sein, was ich bisher bewältigen musste.
Liebe – Dich zu lieben – könnte ein großer Fehler sein.

Ohne Zweifel würde ich Dich nur verletzen, Dich in alles Dich mit hineinzuziehen. Und das will ich nicht.

Wirst Du mir jemals verzeihen?

Ich liebe Dich.

Drew

Wie Regentropfen fallen meine Tränen auf Drews Brief, lassen die hastig geschriebenen Worte verlaufen, und wütend wische ich sie mir von den Wangen. Ich starre auf das Blatt Papier und versuche, die Nachricht zu verstehen. Warum sollte Drew mich verlassen? Warum?

Und dann lese ich den Brief noch mal. Mein Herz rast, als ich die etwas wirren Sätze lese, die er nur für mich geschrieben hat, und die Anfangsbuchstaben mir ins Auge springen. Ich fahre die ersten Buchstaben jeder Zeile mit dem Zeigefinger nach und spreche sie laut mit.

»M-A-R-S-H-M-A-L-L-O-W.«

Mein Herz droht zu zerspringen, und ich presse mir den Brief gegen die Brust. Seine geheime Botschaft erfüllt mich mit so viel Hoffnung und Liebe, dass ich gleich wieder zu weinen anfange. Aber diesmal sind es keine Tränen der Trauer. Drew stößt mich nicht weg, er will, dass ich ihn rette. Sein Brief beweist das. Aber wie soll ich ihn retten, wenn er mich nicht wirklich lässt?

Entschieden falte ich das Blatt Papier zusammen, das ich auf meinem Nachttisch gefunden habe. Ich ziehe die oberste Schublade meiner Kommode auf und verstecke den Zettel unter einem Stapel zusammengelegter Unterwäsche, bevor ich die Schublade langsam wieder schließe.

Ich wische mir über die Augen und blicke mein Spiegelbild an. Ich sehe anders aus. Älter, erwachsener. Weniger trotzig, weniger … unglücklich. Trotz der Tatsache, dass der Mann, in den ich mich hoffnungslos verliebt habe, mich mit einer blöden, herzzerbrechenden Botschaft zurückgelassen hat und ich genug Tränen geweint hab, dass man damit die Küchenspüle füllen könnte, bin ich glücklich.

Weil ich weiß, dass Andrew D. Callahan mich liebt.

DANKSAGUNG

Dank an meine wundervolle kritische Stimme E., die den Originalbrief von Drew an Fable geliebt hat (und eines Tages werde ich diese romantische Botschaft vielleicht noch teilen), aber eine noch viel bessere Idee hatte. Du hast mir schon öfter den Hintern gerettet, als ich mitzählen kann, und dafür werde ich immer in deiner Schuld stehen. Dank an meinen Mann und meine Kinder, die es aushalten, dass ich den lieben langen Tag vor dem Rechner sitze. Und an alle meine Leserinnen da draußen, die meiner kleinen Geschichte eine Chance gegeben haben: Danke.